Sunny 文庫

268

寂寞舟中誰借問

我們的「人之初」為誰殉葬

逸之◎著

自序　洗硯池頭樹的補敘

我的女兒，孩子們，這冊小書，其實也可算作是對於我的《方寸天地看人間——燈火闌珊處，尋一代少年背影》❶（姑且稱爲「前書」）的補敘。稱其爲「前書」，緣由不在於出版順序，而是在於兩冊小書內容與內涵的邏輯。「前書」中講述了文革亂世，講到我們一代少年中許多人在那亂世中成爲毛氏馬前卒，他們針對「另冊之人」的行爲嘴臉堪稱是凶殘，是暴徒的典範。若無文革，我們一代或許也不會整體地遭遇之後的人生故事。同時，若無如此機會，那「紅色少年」或許也無機緣將他們的暴徒臉面顯示得如此集中，也如此極端。

我在「前書」中答允你們，解答你們的疑問之一——爲什麼Y中學那篝火之夜後，文革驟起之時，學生們似乎一夕間便更換了模樣，從「好學上進、守規自律的好學生」成爲暴徒？女兒，孩子們，俗語云「冰凍三尺非一日之寒」。你們的疑問若轉換角度來看，其實是在追究一個遠去的眞相——當年究竟是是何種教育，會將一代少年造就爲一代暴徒？爲能做出合格的解答，我想我只能回望那當年實施紅色教育的學校課堂，因爲那是我們一代人自束髮受教以來，直至文革暴起之前所處的環境、每日充耳僅聞的人生理念，如同我講過的雛鴨日日被強灌入喉中的飼料。我們一代人當年所受的教育中，是否爲人性——爲人性中蘊涵的同理心、友愛心、男女慕戀之愛，甚至是憐憫之心，留有存在的空間？或者你們也會追問，那麼，爲什麼那新生的紅色大陸中國要將孩子們教育成暴徒模樣？

我們一代自幼所受的紅色教育，歸根究底依然要回溯到毛氏自延安時期便屢屢宣講的階級劃分與鬥爭理論，且自其執掌大陸中國起始便作爲帝王手中屢試不爽爾推行的統治模式——以「階級鬥爭爲綱」。這統治模式可歸結爲以一波又一波整肅碾軋依然敢於執守「獨立之精神，自由之思想」的學人乃至平民，將其冠之以「階級敵人」之名，藉此震懾芸芸眾生，同時以階級理論洗腦後生一代，即當年的我們一代。那教育——或曰「洗腦」，對於幼童的內容主旨便是明示或暗示地不斷灌入些似是而非的觀念——例如「爹親娘親不如共產黨親」、「親不親，階級分」，諸如此類。總言之，是自兒童尙是懵懂年齡起便要在心中被播下如何看待這人世諸類人之間的關係，親疏遠近如何區分的模糊觀念，那便是愛黨愛毛氏要重於對父母家人之愛。若自家父母家人被黨歸類爲「另冊之類」則兒童必要懂得須「划清敵我界限」，即將父母家人視爲「敵人」。兒童被日日教育——最親的親人必須是黨與毛偉人，與他們爲敵之人只能成爲敵人。當年的童言童語，通稱敵人是「壞人」、「壞蛋」，而對於「壞蛋」惟一正確立場——共黨的立場，便是將其從人類範疇中剔除，將其趕盡殺絕，再將那尸骨焚化，揚之棄之，似乎對「壞蛋」愈是殘忍便愈是堅守革命立場。女兒，我在許多我們一代人回憶往事的文章中讀到，他們當年眞心認爲冠以「右派」身份的父母是壞人。

女兒，你若設身處地地想象，當年你若尚是懵懂孩童，身在大陸中國學堂，聽到一眾老師同學眾口一詞地說你的父母「反黨」，是壞人，你會有怎樣的反應？父母生你養你愛你，你如何可能不知不覺？面對他們，你又如何能對他們視若仇儔？可是若你依然對父母有愛，是否又會畏懼自己是違背了「正確的立場」——即「黨的立場」，那紅色教育日日強調你應選擇的唯一正確立場？此時的你，愛不得又恨不得，還是兒童的你，內心會是如何折磨？你是否會逐漸在心中磨練出一層鎧甲，以冷漠或沉默面對這一「非此即彼」的困境？或是你會選擇疏遠家人？或是逐漸養成愛恨交纏難以發洩的暴戾性格？女兒，你從未有處於如此困境中體驗，讓你面對此等假設做個選擇，那是爲難你了。我同時也慶幸你從來無須面對此等不堪的困境。

女兒，你的母親——我，也可謂是幸運的孩子，在校園中幸運地避過了那「非此即彼」的牆角。我的幸運並非在於我的家人躲過了那紅色政權的處置。他們也是「另冊中人」。不過父母家人在我們年幼時自己作了沉默的行道樹，展開枝葉，讓我們躲在那片小小的樹蔭下。同時也有我的學校師長在那制度夾縫中盡可能的翼護，才使得我從未領悟到自己可能需要面對那種困境。若是我從自己幼時便領略到那困境有可能侵入我的現實生活，是否我的學校歲月裏還能膽敢讓自己過得我行我素，坦然地疏離當年的現實？女兒，在接下來的講述中，你會看到我是如何幸運，又是如何毫無意識地我行我素，頗爲冥頑不靈地面對我的校園紅色教育。

女兒，孩子們，要解答你們尋根究底的疑問，另一個解答角度則是在於我們一代在毛氏宏圖霸業的版圖中究竟被擺在何種地位？如今回想，全然是客觀觀察，我們在那版圖中并非被看作是人類。或說，我們一代只是被看作偉人實現其頭腦中宏圖偉業的工具，是實驗品，是準備隨時可以擺上其棋盤的祭品，無需有獨立的人性。

於文革將興之時，我們一代不幸恰成爲毛氏心目中最適於擺上他棋盤的祭品。或者，如同我在前書中寫下的感嘆——「可以說那一九六八年並不是憑空而來，而是拖帶著大陸中國紅色革命的長長歷史，而我們——當年只是少年的一代人，恰好成爲毛氏引導的紅色革命機器行進軌道在這一節點上的祭品」。其實何只是一九六八年，那一九六六年的文革，又豈是憑空而來？少年學生的暴徒模樣，又豈是憑空而來？

註釋

❶ 逸之，華夏出版公司，二〇二二年。

Contents

Contents

第二部　那時我們正年少

Contents

第一部　回望帝都校園

——「風乍起，吹皺一池春水」，是錦繡園林，還是「填鴨養殖場」？

女兒，孩子們，我在「前書」中寫過一九六六年紅色少年的種種殘暴行徑，聰敏如你們，在「前書」中也心存疑問，爾我也已經應允解答，但當時儘說請容我稍後講述我的理解。你們問，「前面你講了中學少年的種種暴行，難道紅衛兵當年不也是在受學校老師教育嗎？他們不曾是行爲規矩的好學生嗎？爲什麼會突然變成暴徒？爲什麼會突然變的蠻橫暴力無人性呢？」你們的疑問有理。你們確實是幸運的一代，因爲你們出生時，恰逢那蒙眼的紅布已經被撕裂，因而你們可能難以認同「前書」中的邏輯，會反駁說，「「難道學生們對毛氏的召喚必須是一呼即應麼？那些學生就完全沒有自我意識麼？完全沒有自我思索麼？當年即使是受人蠱惑，難道過後個人就無需檢討，無需反思，無需爲自己當年的惡行而懺悔麼？難道懺悔過錯，期冀彌補，對於受害人感到愧疚，這些不是人性天然反應麼？那些少年竟然毫無人性人心麼?」孩子們,我贊同你們追問下去,直到那追問深入每個有過惡行的學生的靈魂。

回想當年,那些紅衛兵少年似乎是一夕改變性情,肆意對平日也是眞心尊重的老師們極盡羞辱的種種暴行,的確是匪夷所思。他們平時也大多是規矩守禮的正常學生,與我同窗。每堂課都依照慣例先向教員問好,爲什麼一夕之間竟然改爲暴力相向?對平時朝夕相對、日日授課的老師,到底有何深仇大恨?他們並非僅僅是集會批判老師教學之毒,還要對老師千方百計地實施人身羞辱。例如老師無分男女,都是頭髮剃成半陰半陽、脖頸懸掛黑幫牌——寫滿羞辱詞句,甚至以漿糊對老師從頭澆下,那漿糊中甚至羼了人尿唾液,爲何如此?女兒,孩子們,你們自然不免會想,即使毛氏一聲令下,縱容中學生作領頭小卒,對毛氏所稱的「黑司令部」去衝鋒陷陣,也要那些小卒心甘情願地拿起棍棒皮帶大刀吧?那些小卒掄起棍棒皮帶大刀之前是否思量過,他們手中武器面對之人究竟是何罪名?那些罪名是否成立?

不過現實中那些少年似乎是沒有猶疑,更無思考。他們非但是力求緊跟,身體力行,還惟恐暴戾不足,因而將少年的想像力、創造力乃至頑童搗蛋的心思,全部傾注於作惡,加倍地放大了對老師的人身羞辱,且無需證據便可對人隨意冠以「罪名」。許多當年的學生,終生不曾反思自己的暴行惡行,甚而心中對於當年任意囂張至今暗存些眷戀,頂多辯解一句「那是相應偉大領袖號召」,或「那是群眾運動……」,似乎便可以心安理得。這說法不算全錯，確實少年們是響應毛氏號召而暴起行動，但如此惡毒的具體行動方式又來自何處？或可說是來自毛氏《湖南農民運動考察報告》中描述的暴戾作爲的啓蒙。但爲什麼學生會如此甘願作惡，甚至是對作惡充滿激情？那些惡行出自學生眞心，紅色教育的結果，縱容他們爲自己的惡行尋找「正當理由」。我在「前書」中曾數次說我們是「紅布蒙眼」下成長的一代人，是「塡鴨」和「甘做紅色螺絲釘」精神教養出的一代人。今日之中共絕不願明白指出，那發出號召之人便是毛氏，那些惡行是毛氏一力慫恿結出的惡果。我想這緣由在於毛氏是中共的遮羞布，絕對不能揭開。這也是中共種種惡行，從未遭遇徹底清算的緣由吧？

對你們疑問更有具象的答案，依然要回溯到一九六六年之前，我們一代尚在學校讀書的歲月。一九六六年之前十數年間，對於我們一代人的紅色教育，可說是這少年暴行累積的源頭。表面看少年學生是一夕之間成爲惡魔，其實人世間有多少事，眞的是純粹出於偶然，突發作惡之念？俗話說「冰凍三尺非一日之寒」，實際上那紅色鋒刃是漸漸長成在少年們心中，被終年磨礪，日積月累，才會在一九六六年盛夏時節被偉人一語激發。那是紅色教誨日復一日、累積十數年所結下的果實。

女兒，爲此節選擇「吹皺一池春水」作爲標題，非特指某一人。我只是感念我們出生時的「人之初」，那時都是童心。童心如一池春水，「表裡俱澄澈」，無掛礙、無波瀾亦無焦慮，溫和透明如同四月春風輕拂的天氣；又如渾沌般不曉世事，甚至不曉晝夜來去。從何時起，這一池春水漸漸失了明淨，漸漸羼入雜質，漸漸染爲黑白不分？甚至漸漸積蓄了暴戾與惡毒？或借禪宗六祖的故事，延伸一問：菩提明鏡，何處惹了塵埃？

女兒，文革之前的我，尚在未跨過從兒童進入少年的年齡門檻，心理又屬晚熟之人，因而那時的學校生活存留在我記憶中的，只剩些雪泥鴻爪，不成故事，更無吉光片羽的珍貴。那只是山雨欲來之前的歲月中，一個邊緣人眼中的世界。佛云「一花一世界，一葉一菩提」。此語如今雖然已經用濫，卻依舊是佛的智慧。「其小無內，其大無外」，從這一角度，小人物眼中的世界，又何嘗不是與大人物的世界，本質上仍是重合爲一？自己記憶中的那些片斷，如同萬花筒中的細小玻璃碎片，千頭萬緒，應從何收拾起？萬花筒中的碎片，可從不同角度擺弄出千般花樣。自己的記憶碎片組合一處，是否會巧拙難辨，畫虎不成反類犬，未能給後人留下眞相？不過若爲此前思後慮，躊躇不能落筆，豈不又是因噎廢食？不如隨心所至，所謂「橫看成嶺側成峰」。同一座廬山，角度不同便所見樣貌不同，那麼我之所見可能並非其他同學所見；即使所見相同，索解可能亦不相同。也只能順其自然吧。見嶺見峰、見山巒飛瀑，千峰萬壑方可湊成整座廬山，文字記敘又何嘗不是如此？

我如今對當年教育的領悟，似可從鄭板橋一首頗帶諷刺意味的小詩說起——「讀書破萬卷，胸中無適主，便如暴富兒，頗爲用錢苦」。與當年天朝教育的方式與後果很是貼切。我一直說我們是在封閉中成長的的一代人。紅色政權所建立的體制如「十面埋伏」，層層「封閉」，唯恐有一絲裂隙可使小民窺見外界。紅色政權對於我們一代實施的，自然也是封閉式教育。大陸中國以數十萬計的小學與中學，一律施以統一教育，即華夏王土一應學校只允許使用統一教材，統一教學進度，甚至教師們用於教學的教案，也是政府統一製作，絕不允許教師有自由發揮的餘地。不過教師非機器人，在授課之中也不免有意無意地，流露出個人的風格與所思所想。這樣的老師亦相當於層層圍牆上綻開的縫隙。不過這樣的老師，在紅色政權建立的封閉環境中如同珍禽異獸，可遇不可求，且愈益瀕臨絕境。生活在華夏的瀕危動物如金絲猴、大熊貓雖生存不易，卻是紅色政權視爲中華臉面的奇珍異寶，受到官方諸多關照，從繁殖到養育都頗受優遇。但是有個人思想與風骨的讀書人雖是學界珍寶，在大陸中國卻境遇相反，是千方百計試圖剷除之的對象。何謂「剷除」？輕者是強制「自我改造思想」，重者則剝奪繼續發聲的資格或管道，而極致則是肉體摧殘直至摧殘致死。這一過程持續數年，至文革則是「畢其功於一役」。如此資質的老師，在我開始讀書的年月，已經是如鳳毛麟角，自己亦有幸遇到一二。回想當年，實在是感謝老師肯於苦心衛護。

孩子們，爲避免偏頗，亦爲對當年小學與中學所有教員持守公平，在組合那些記憶碎片之前，我想說明自己文中未涉及學校的智力教育水準，緣於那並非本文主題。無論當年我的小學還是中學的智力教育水準均極高，毋庸置疑。其中文、數學、物理等等科目的水準，在帝都學校排名中歷來是名列前茅。學生亦並非僅拘泥於書本才能。例如學校的軍樂隊水準，似乎與專業樂隊亦不遑多讓。學校的老師極爲出色，無論是中文數理甚至地理美術音樂皆是一時之秀，也並非每位老師講課都是完全拘泥於課本。

自己從未完成中學學業，若說文字表達與邏輯分析尚有幾分功力，則完全要感謝學校老師們當年的教育。

帝都校園之一　「人之初，性本善」

女兒，記得姥姥將我從W城送回父母身邊時，我大約五歲左右。一步踏入陌生的新世界，雖是年幼，也無意地覺察到兩者的不同。如今記得最清楚的是W城兒童們相聚玩鬧，即使玩惱了也不會罵人，只是一哄而散。這或許是W城父母教育的結果，W城父母聽到孩子罵人，會嚴厲禁止，道「不許罵人，看髒了你自己的嘴！」在W城父母心中，罵人者就等同罵了自己。北京的兒童玩惱了卻會罵人，不過那時還不是那些鄙俗的粗口（例如如今的國罵TMD）。小孩子之間最厲害的罵人話是罵對方家裡有錢，類如「你家闊，你家闊……」之類。似乎罵人「家闊」，就等於罵對方是大壞人。再是記得某日幾個小姑娘聚起玩「過家家」，先確定各人的角色。那天我穿了條裙子，記憶中是絲質面料印滿小碎花，或許來自姥姥當年箱底的碎布料。小姑娘們便提議我的角色是「地主小姐」，因爲地主家才有錢穿絲綢。我堅決拒絕，結果是不歡而散。我拒絕，必定也是由於模糊地知道「地主小姐」不是個好詞，那是罵「壞人」的。闊人家與地主都是壞人麼？稚齡的我們，是從哪裡將這些觀念，印在我們對人世的初步認知裡？那「紅布」是從何時起，就靜靜地蒙上了我們的雙眼？

小學歲月留予記憶中的舊事屈指可數，其中值得一提的更不過寥寥。不過蘇軾先生說過「人生識字憂患始」，識字依然可以看作是我們的人生之始吧？華夏傳統，除例外早慧幼兒，一般是總角受教，這一傳統幾千年來並無大改。我們依然是六歲或七歲入小學，首先學習的便是識字。識字之前則視為懵懂幼童，父母長輩皆寬容待之。自孩童總角入學，似乎便邁過了人生第一道門檻，從此要學習禮儀，舉止形容要脫離稚氣，所謂「心宜莊敬氣宜舒」。出生於紅色中國的一代兒童，如我，則識字之始亦可謂是紅色教育開始之時。

性本善還是本惡？似乎是一道數千年無解的哲學題。我無定見，基督教雖確定每人都有原罪，但其「原罪」概念並非是指人心中皆有惡念。我欣慰地見到華夏先賢者似乎多數是相信「人之初，性本善」，甚至在春秋戰國，諸國爭霸，戰亂紛紜時依然如是，不知道是否可以佐證數千年之前，華夏萬民還是良善之人居多？前文中我已經感歎過童子之心如一縷山泉水，「表裡俱澄澈」。從何時起這一縷山泉漸漸失去明淨，漸漸羼入雜質，漸起波瀾？菩提明鏡，何時染了塵埃？或許那塵埃初次入心時，無論是我們還是教育我們的老師，都並未意識到那是些塵埃，而是自然而然地相信那是雨露甘霖。

時隔多年，無法清楚記憶小學語文課本的內容，但大致記得「紅色經典」是重中之重，例如控訴地主盤剝佃農、宣揚八路軍抗日功績、頌揚共產黨人為革命而殺身成仁，等等，亦不乏紅色中國建立後塑造的「榜樣」，例如毛的好戰士雷鋒。自然古文在教科書中亦未敢全部棄而不用，但多是訴說古代底層民生艱難的古詩，純粹有審美價值的文字極少。由於極少，反而至今記得那寥寥幾句古詩意境的極致之美，例如「舍南舍北皆春水，但見群鷗日日來」，例如「窗含西嶺千秋雪，門泊東吳萬里船」，等等，亦不免暗自在腦中描摹那些現實中無法見到的畫面，暗自羨慕那畫幅中的天地。經過改革的啓蒙，那些「紅色經典」在八〇年代的課本中多是或刪或減。或許歷史終究是公平的，那些浮誇、辭藻華麗卻骨子裏都是編造成篇的「紅色經典」，終於未能入得文學的殿堂。不過在權貴橫行的今日大陸中國，那些敘說古代底層民生艱難的古詩句，卻是重新見於民間媒體，且詩句與今日現實無比契合，例如「朱門酒肉臭，路有凍死骨」。若從今日這些課文在自己心中的位置來看，自己童年經歷的紅色教育是成功還是失敗？亦或是物極必反？

對於無視幼童的先天差異而一味推行統一標準的大陸教育，女兒，你是否同意這亦是洗腦過程的一部分？幼童如同一張白紙，總角之年進入學堂，亦是孩童踏入人間社會之始。潛移默化地融入孩童腦中、心中以及習慣之中的，並非只有課本裡印刷成文字的知識，還要學習人間社會的種種規範，要逐步領悟成人世界對於孩童未來的期許，亦會經歷紅色語境中的打磨，等等。老師的說教、父母的期許、考試制度以及同學之間的互動，無一不是禁錮幼童的思維，無一不是在暈染那一張張白紙，日久天長便模塑出孩童初期的人格與性情。大陸小學教授的課程整齊劃一，老師們贊許的好孩子亦都有整齊劃一的標準，例如乖巧聽話，遵守秩序，諸如此類。每年期末對於學生們的褒貶亦都依此為準。若自幼成長於如此的環境中，幼童們又怎會不認為與他人一致才是正道？又怎會不一味地循規蹈矩、怎會不下意識地認定遵從人生統一的標準，才是天經地義呢？

自己在此並無意抹殺大陸基礎教育的長處，尤其是對於數學、體能等等基本技能的培育。只要是不涉及意識形態理念的領域，大陸的基礎教育都可以說是極為出色。大陸中國小學教育的理念，是極力使每個孩子的基礎技能都達到劃一的水準，因而著意磨練每個孩子的基本技能，務求達到上級規定的目標。例如算術的技能，乘法表幾乎是每一個孩子都可以倒背如流，一百以內數字加減的心算也大都不在話下。相比於秉承西方教育理念的某些國家，例如澳洲，結果確實大有逕庭。澳洲小學生只要學得算術的原理即可，哪怕是一年級兒童，也允許用計算器做算數運算。不過見仁見智，在運算已經可以電腦替代人力的今天，似乎缺乏算數基礎技能，也並未阻礙澳洲人在某些科學領域中，取得超越同儕的成就。例如澳洲對於研發防癌疫苗的成就，便超越大陸同行。澳洲的體育課程，可看作是澳洲人文理念的有趣例子。澳洲視體育運動為天賦人權的要件之一，殘疾人奧運會便是由澳洲首倡，最終成為奧林匹克運動會的組成部分。澳洲宣導殘疾人奧林匹克是基於其人權理念，即殘疾人參與運動的權利亦不應遭剝奪侵害。澳洲雖然視體育運動為基本人權，學校秉承的體育課教學理念卻是「天生我材必有用」，課程中並不要求孩子們統一達到某種標準，更不會刻意培養小孩子的運動競技能力。體育課無需學習大陸小學生必須修習的基礎運動標準姿勢，而是玩些地道的兒童遊戲，相互追逐、踢球、扔球、接球，等等。在這樣的課程下，有運動天賦與無運動天賦的孩子自然是優劣自見，無運動天賦或興趣缺乏的孩子，也無須浪費精力來訓練未來成為競技運動員的技能。其實不可否認「天生我材必有用」的理念所包含的道理。那道理就是社會日常生活畢竟有多元需要，既需要有研究高深科學課題的人才，有為人治病的醫生，也需要有建房屋的建築工人，有作育花木的園丁，有修理房屋下水道的管子工。現實生活中，下水道修理工可能比研究人員更為大眾所需。因而人人選擇適合自己天生興趣與智慧的職業方向，才是既符合邏輯，也符合人性。澳洲人與大陸中國不同，沒有憑職業將人劃分為三六九等的觀念，因而學校確實無強迫孩子們，各科學業達到統一標準的壓力。野花盛開、百草雜生的原野，才是上帝創造的國度，而剔除枝枝蔓蔓、只留牡丹一枝獨秀的花園，只能是東方世界裡皇帝的御花園吧？數千年來，華夏讀書人多是視考入朝廷，為官為宰為正途——「學成文武藝，貨與帝王家」。難道大千世界，萬千氣象，如天文地理、醫學生物，皆不值得讀書人研習之？研習者便被視為不入正道，等而下之？或許便是因此，千年來華夏看似泱泱人材，卻實則凋零，瑤花琪草無人識得，只餘皇帝的唐花塢中牡丹的熱鬧，看似奇花鬥妍，實則庸才而已。

女兒，自己又是跑得離題萬里，還是回到我們一代的「人之初」吧。記憶裡，學校中的紅色教育對乳牙未脫的幼童也未忽略。我們曾被問過「人生的意義是什麼」，也記得那之後老師在課上的另一提問：「每個人都想取得好成績，不過是否想過那是爲什麼？你學習是爲什麼？努力學習是爲父母誇獎？是爲其他同學羨慕？還是想爭得班中第一？」那時自己大約是二年級，乳牙尚未脫盡的年齡，也依然是被老師的問題懵住。自己當年也算得是好學生，不過從未想過學習是爲什麼。讀書只是因爲喜歡文字罷了。那時的自己剛剛識得不過百字，即癡迷讀書，不在意讀得囫圇吞棗，甚至拿起可能是完全不懂的書籍，也會讀得樂此不疲。似乎文字本身中便藏了無窮神奇。領悟到那些字竟然可以連接出不同的意思，描述出現實之外的景象，似乎那是世間奇蹟，是人世間隱藏的一樁秘密。對於當年如我的孩童，雖想不到「書中自有黃金屋」，確是感覺書中自有天地，另有秘境。之後隨年齡漸長而煩惱漸多，則逐漸體會到躲入書中可以避世，或許類似於「躲進小樓成一統，管他冬夏與春秋」的心境吧。回到當年的課堂，記得那時應答老師提問的只是寥寥數人，畢竟七、八歲的兒童尚未開竅吧。老師便自問自答道，「你們有沒有想過讀書是爲我們的國家呢？國家建設需要你們，你們讀書是要滿足將來祖國革命需要，想過嗎？……」這是第一次聽到「國家」以及「革命需要」的話語，想來必定是給自己留下極深印象，否則不會至今未忘吧？

那次課堂提問之後，老師似乎嘗試了更適合兒童理解力的方法，記得是問學生們的志向——「將來想成爲什麼人？」那次每人都盡力回應了，答曰想成爲作家、科學家、醫生，等等，總之在年幼時的想像中，未來是一片陽光普照的燦爛。我們這些紅色中國的第一代兒童，曾學過一首節奏歡快的歌，「我們的祖國像花園，花園的花朵眞鮮豔……」。我們那時深信自己便是歌中鮮豔的花朵，會歡快地盛開。如今回想，我們一代不過如同那些在年節舞龍舞獅或秧歌花鼓的隊伍末尾湊熱鬧嬉笑的小孩子，滿心以爲那秧歌花鼓是大人讓我們快樂，其實是小孩子們的嬉笑爲別人添了熱鬧，烘托了氣氛。當年我們那些答案，實際上亦十分符合那時的兒童心理。自己的小學設在大陸中國頂級科研機構的駐地，學生父母以科研人員居多，因而多數回答亦反映了同班孩子們的特點——敏而好學且志向遠大。得到回答，老師略略沉默，之後問道，「你們是否想過我們的國家未來需要什麼人？未來的革命事業需要什麼人？未來負起革命事業的是你們，你們個人的理想是否符合革命的需要呢？如果國家需要你們做工人農民呢？」不記得這場問答到底怎樣收場，似乎是有個男生聽得不耐煩，自己從窗戶翻出去，跑向了校門，老師只得去追，那課便草草結束。如今回想，老師那時的說教，或許是統一教學大綱的組成部分？不過她貌似是十分合格的算命先生，對於我們的未來確實一語中的。

模糊地記得那時的自己聽得懵懂，只是將這番「新鮮」見解原樣搬運回家，複述一遍。一向不多話的父親認真聽過，卻說，「從辛亥革命以來，已經有過幾次革命。革命是什麼？誰可以回答？你還是先好好念書吧。」或許是由於父親出乎意料的反應，我才記住了這番反差鮮明的學堂與家中的對話。其實父親一定料不到，僅僅是N年之後，兒女要「先念書」亦成爲父母遙不可及的期望。文化革命捲地襲來，課堂與教師皆一夕間散碎如片片羽毛，零落委地。無論當年志向如何遠大，那些心思清純的孩子，都捲入大致相同的人生軌跡——學齡失學，少年離家，成爲「知識青年上山下鄉」中的一員，嚐到人間五味。

女兒，如今回想你母親童年接受的那些紅色說教，回想幼時自己的鸚鵡學舌，不免自嘲。反言之，那老師當年又何嘗不是無意有意地，言中了紅色權力對我們的定位，以及我們幾年之後的命運呢？誠如其言，我們一代的個人願望其實是渺小脆弱，面對紅色偉人的願望，不過如沙粒之於颶風，可以忽略不計。毛氏的「革命需要」（或者是以革命的名義宣稱的需要）裹挾了我們一代人的未來，只有少數人在毛氏逝後的改革間隙中，獲得了脫離那紅色軌道的機會，但是那封閉天地中自幼教育的烙印，終是或輕或重地鐫刻於我們的心底與人格之中。

我的那些同學大都先是裹挾在「知識青年上山下鄉」的列車中，再是經千方百計、「八仙過海，各顯神通」地回城的一番折騰。之後回到帝都，所謂的大陸首善之城，已經是七

○年代中晚期。七○年代晚期知青剛剛回城時，恰逢大陸各地剛剛開始收束文革的兵荒馬亂，經濟凋敝，就業機會本就寥寥。知青又是學歷有限，技能有限，自然競爭力低下，大部分人又無社會網路中的權力關係可以依仗，顯然處於社會金字塔低端。如此境地，童年的志向只能成為海市蜃樓或夢中的慰藉吧。據統計資料，回城之後，我們一代成為知識青年的人之中，只有大約不及2%最終跨過了大學門檻。當年以「科學家、作家」為人生志向的孩子們，最終只是隨波逐流地各謀飯碗，或許可以謀得一隻鐵飯碗，便是那種人生境地中的成功了，遑論是何種職業？那些非「紅二代」家庭背景的知青難尋到立足的根基，不得不為每日一粥一飯甚至一席安枕之地費盡心思，盡心修習各種謀生技能，例如燒餅油餅手藝、修鞋修自行車手藝，等等。工廠工人或者商場售貨都成為難得的職業。不過那時雖人人皆為生活所迫，最終卻依然做出種種不同選擇——例如選擇苦讀而成就一番學問者有之，選擇琴棋詩書畫者有之，選擇趨炎附勢以求分得一杯羹者亦有之，卻也是不容蒙混的真實景象。種種人生路徑選擇不同，難道是「生活所迫」可以一語蔽之？只知將一切行為推諉於外力所致，那我們豈非是文過飾非，永無長進？所謂「以銅為鏡可以正衣冠；以史為鑒可以知興替；以人為鏡可以明得失」，唐太宗的感慨，是否亦可以古為今用？我們一代若人人如實檢討自己，是否可以使得後人的心路歷程少些徬徨？相信時時檢討自己亦是善念。既是善念，必得庇佑，必應踐行。

那時得以從農村返回帝都已經是幸運兒，返城後多數亦緣於無學歷而成爲不同行業的雜工（即如某單位的雜務工人，職員，等等），近幾年間亦已經陸續退休。大陸城市退休人員大都有一份養老保險金，相比於政府編制內之官員退休，亦不減原薪酬之數，自然不能稱爲豐厚，卻可保平日衣食無虞，除非遇有大病大災。無論少年青年中年曾經歷過多少艱辛、挫折與惶恐，能熬到退休、兒女成人，那即便不可自詡「功成」，也可算平安身退了吧。若仍要一心尋覓當年志向失落於何處，若對於紅色政權他日之惡或他日之不公耿耿於懷，執著批判，則只是徒添煩惱，又何必爲難自己？我們一代中退休之人目前大都及時行樂，健身、旅遊、蒔花弄草、照料孫輩，甚至加入老年人歌舞團，等等。既然往事不堪回首，那麼又何必回首，自尋煩惱？看到多數已經退休的當年知青，在各種微信群中的留言，無論眞心假意，居多的是稱讚歲月靜好、國家強盛，贊同當政之黨與元首英明偉大，等等。對此種種我並非不可以理解，我們一代自少年以來人生起伏跌宕，老年可獲平安度日已是難得。

不過也有我覺得難以理解的行爲，例如某日微信消息中看到某A站立區政府門柱之前，當街抗議。自己有幸兒時與A同過校，記憶中的A兒時說話語調沉悶，且有老北京音韻習慣，詞句含糊。幾十年後一次聚會中獲知A是滿人，且是貴冑之家的後裔，雖非皇族直系，卻是宗室血脈，且A已經改回滿人皇族姓氏。那之後A似乎活躍了許多，可能是自覺皇族血統自有先天尊貴，可以一洗往日的不自信吧。那日A要求政府嚴懲易中天先生，且要求賠償他本人名譽損失，緣由是易中天書中對於滿清皇室的評價有辱其皇室祖宗。其實易中天亦不過是說滿清帝國顢頇封閉，滿人皇帝坐井觀天，結果是華夏遠遠落後於同期歐洲各國。如此這般，乾隆皇帝該罵，等等。這些難道不是歷史的眞實，又何來侮辱皇室？在微信群中看到A理直氣壯宣讀其「討伐」易中天的照片，隱隱覺得那理直氣壯是基於他的觀念——帝王尊嚴高於一切，小民的任何評議均是妄議，是十惡不赦之罪，無論那帝王是昔日皇帝乾隆，還是紅色中國的開山祖師毛氏。雖然滿人式樣的辮子頭早已經消失，但某些子民心中永遠留有一根長辮。雖然毛氏語錄早已經不再遍佈大街小巷，但經過日日夜夜重複念誦那些字句，永遠鐫刻在眾多子民心中。「皇權至上」、「帝王神聖」的觀念，已經融入皇權治下小民的骨肉血脈，成爲小民行爲模式的組成部分，自然而然，無需思索，無需權衡。難道某A心目中帝王眞的是這人世的終極權威？群裡其他同學都保持沉默。這沉默是默許，亦或是保持距離？若是後者，是否表明天朝子民雖然沉默，卻心中依然留有幾分清明？不過那沉默抑可能是只贊當今帝王、不贊往昔帝王？因爲往昔帝王畢竟已經被今日帝王「打翻在地，踏上一隻腳」，已經永世不得翻身了。

女兒，自己不免會暗暗問自己，難道那些在各種微信群中，稱讚中共如何英明、開山祖師毛氏與繼任帝王如何偉大的人——我的同代人，眞的已經忘記少年失學、而立之年無處立足、不惑之年卻因失業而滿心惶恐的經歷？他們有沒有想過那份艱難辛酸，全是拜毛氏與他建立的紅色國家機器所賜？有沒有想過他們如今的「歲月靜好」，不過是如沙上之器？因爲這個體制下小民的生活模式，全賴政黨元首決定。無論那決定是出於浪漫，出於一時心血來潮，出於個人野心或是個人喜好、趣味、個性……，總之那決定的制訂既與小民無關，小民只是偉人棋盤上的卒子。卒子可用時則用，理所應當，不合心意時則棄之如敝履。一個甲子之後回望當年，領悟到那些紅色教育何嘗不是偉人在冶煉我們這些棋子，而我們這些棋子終於如他所願地，成爲他六〇年代中期發動的那場「十年劫難」的馬前卒。

我們一代遇到的歲月，中共與其元首是隨心所欲、無法無天，而小民則是「人爲刀俎，我爲魚肉」，連辯白訴說的機會也不曾有，更遑論出言反駁？這些難道不是我們一代人的經歷？親歷的往昔記憶，又爲何要親手遮掩？又怎會依然對於無論是今日還是往昔的皇權心有崇拜或敬意？起碼，即便是只爲避免兒女一代再次受騙，對於這政權政黨與元首的一切話語，也總會心存疑慮，思之再三吧？爲何我的同代人中，許多依然會助力傳播那些表面上大義炎炎、內裡不過是謊言連篇的說教或宣傳之詞呢？難道他們一生的遭際，不是已經證明那些說辭，只是將我們一代人鍛造成毛氏棋局的一環，或曰不過是愚民運動（雖然被愚的兒童少年那時是無比眞誠），而那些說辭幻化出的五彩願景不過是鏡花水月？現實中，我的同代人中的大多數，難道不是大半生食不果腹，衣衫百納，說話行事要小心翼翼，如履薄冰？難道眞的可以忘記？「前事不忘，後事之師」，數千年之前的古人即可以領悟的智慧，難道數千年後的後裔卻未能傳承？或許這便是我們兒時那統一教育模式的效果吧？我們那時讀同一內容的書本，耳濡目染地學習那些由紅色語境統一製作的社會規範，努力領會那紅色體制對於我們的期待，等等。如此的教育模式，便生出今日我們一代中的多數已過花甲之年，卻依然是如「套中人」一般生活下去。

陳寅恪先生將持守「學統」表達爲「獨立精神、自由思想」。言簡意賅八個字，道盡學統之風骨魂魄，亦可視作是爲學人尋到了立足之根。中共的理論一貫揚言讀書人本身無根，只能依附於某政權之上。所謂「皮之不存，毛何附焉」？即若將政權喻作皮，學人則只能是毛。其實這說法又有何道理？學人自有根基在，本無需依附任何政權。學人根基即是「學問」本身，因而稱爲「學統」。女兒，孩子們，我不敢自詡龍種，卻亦不願成爲跳蚤。爲稍稍彌補內心的不安，我嘗試「以有涯之生」，作一樁「無涯之事」，即留下對於往昔的真實記憶，希望那些真實的過往可以藉文字而流入你們心中，遂得以留存世間。

回望帝都校園之二　進入Y中校園，何謂「優質鋼」？

我此處簡稱我的中學爲Y中學，Y恰巧是校名的首字母，亦是校園座落之地的那片廢棄帝王園林的首字母。曾經無論是設計、建築、景觀都是首屈一指的皇家園林，未毀於戰火之前，在歐洲亦享有盛名。在我入學時，那座帝王園林卻早已經敗落，不單單是鳳閣龍樓奈何不見，甚至斷壁殘垣亦罕尋蹤影。

女兒，Y中學在帝都北京雖然聲名顯赫，那時外貌卻未見有絲毫張揚。當年學校周邊頗有些郊野景象。記得校門面對一灣河道，河水極淺，對面是家醬油作坊。當年無環保設施的概念，作坊的廢水或許是直接排入那條小河。河水常年呈醬紫色，黃豆發酵的刺鼻味道，終年盤繞於校門上空。那時未有如今的大興土木之風，似乎修建Y中學校園的一代人，依然相信學校有大師才是正道，有無大樓則無關宏旨吧？所以如今，孩子們，若你們挑選學校，也要記得先賢梅貽琦先生之語，「所謂大學者，非謂有大樓之謂也，有大師之謂也」。學校並無大門，只有一端立柱，上書Y中學大名，字跡飄逸中見端莊，據說是名家手筆。從校門望去，只見一道壓實的碎石路直入校園，但有間小屋將道路與正式校園間隔開來，曰「傳達室」，供進入者登錄姓名，這也是任何單位必有的管理環節。傳達室對面是學生存自行車的車棚，樹枝茅草蓋頂。雖然學生中據說有許多高官（當年多稱為「高幹」，即指高級幹部）兒女，無論是那車棚還是棚下自行車，卻皆是那年代帝都尋常百姓用品，毫不張揚。道路旁植有兩排白楊，亦是帝都當年最常見的林蔭道樹種。白楊又名鑽天楊，歷來是挺拔直上九霄，卻少有茂密的枝椏灑落蔭涼惠及地面。一直不明白為何北京習慣上選擇白楊作林蔭道樹種？既無遮蔭的功能，亦不能婆娑曼妙地養眼。越過傳達室一路延伸的土路一旁有一排平房，即是教室，教室前有稻田成片。學校另有一處兩層教學樓，卻不直接與土路相連。那土路另一側可見連綿的葦塘，葦葉密密層層，未想到那葦塘日後成爲我的避塵天堂，不過那是後話。

Y中學並非那廢棄的帝王園林中唯一的所在。那片園林先經過歐洲聯軍的焚燒，再由八國聯軍士兵劫掠宮殿珍寶，繼之經居住當地的小民劫掠或偷竊，皇家氣象早已經散失一空。皇家園林之地位亦隨清王朝的退位而終結，之後成爲無主之地。所謂無主即等於當地農民可以自由進入，且是捷足者先登。我進入中學時，校園之外已經皆是農地，有果園、水田、麥地，亦有野草漫坡，無主水塘，是蒲棒蘆葦的樂園，等等。於大城市的孩子們無異於野遊的樂土。Y中學在帝都的名氣，自然並非由於其座落於廢棄的帝王園林一角，更是由於其來源於紅色革命發源之地，在建立紅色政權之後遷入帝都。最初的學生之中不乏來自最高層的「紅二代」子弟，例如毛氏之侄、劉氏之子，等等。之後的Y中學亦秉承紅色傳統，弦歌不輟，初衷不改。Y中校園中頗多樹木，開學首日，紅色橫幅掛滿綠樹枝杈間，煞是醒目，自己記住的卻只有其中一幅——墨色淋漓的大字是「做Y中優質鋼！」，緣於當時心中莫名「優質鋼」是何解？

我幼時隨姥姥居於W城，當年小城中的歲月雲淡風輕，人情守舊，似乎帝都的政治風浪傳導至W城，便每每從九級浪減至三級風，雨絲風片，全遮擋在老家祖屋之外。賴有姥姥呵護，自己如同魚缸中養大的小魚，對於外面世界的冷暖與色彩感覺極爲模糊。如今才領悟到人成長過程的不易，尤其是若在孩童期便要面對生活環境的巨變。我便如同從魚缸游入溪流的小魚。那魚缸無法守護小魚一生，小魚終須長大，從此要自己負起生之爲人的責任——自己去面對疾風大浪，自己分辨善惡是非，自己選擇人生之路。姥姥在我甫一落地、生死未卜時曾說，「每條生命都是神的恩賜，不可輕易放棄」。既然生命是神的恩賜，那麼鄭重待之，顯示神恩賜生命的意義，亦是理所應當吧。生之爲人，究竟意義何在？想必不是爲了被鍛造成某些偉人與政黨的工具，而是要有心、有腦、有人性，有「清潔的心」與「正直的靈」。如神叮囑，「只要你一息尚存，就不要讓任何人牽著你的鼻子走。凡事要自己作主」，因爲神在造人時刻印了祂的樣貌，並非是想造出些奴隸或造出些行屍走肉的螺絲釘。不過進入Y中校園時的自己，並非有如此清晰的領悟，僅僅是天然地有些任性，對於自己天然缺乏興趣之事，便是如風聒耳，轉瞬間又被風帶走，蹤影全無。當年教育強調「沒有興趣也可以爲革命需要培養興趣」，不過是意圖剿滅天性罷了。

女兒，我在爲紀念家族長輩的文字中，曾寫過我們的家族往事。自己不知家族前輩是哪一代又是何年，脫離農耕傳統農村遷入城市，自清末成爲W城漸漸興起的城市自由職業者家族。家族先人自光緒帝詔允基督傳教士進入S省以來，便成爲基督教信徒。家族N代人均是遵奉基督教義，清白爲人，認眞做事。子弟均入教會學校讀書受教。多數是選擇西醫學，畢業後以行醫爲業，兼治工商產業，捐助義學。雖非名聲顯赫的驕人世家，在民末清初市民社會勃興中，也可謂立於大潮前列之中。我想這本應是任何執政者心目中的良民，只有在共產黨的階級理論下，卻成爲潛在的敵對力量。自己生不逢時。父親當年劃爲右派，遣去內蒙。母親爲子女未來的教育計，依然留在帝都教書，爲你舅舅與我支撐起門戶，但抑鬱多病，自顧不暇。自己自繈褓時，即由姥姥抱去W城家族老屋照料，才得平安長大。幼時所見的只有祖屋院中的幾株老樹，槐花石榴，似乎那院子就是我全部的世界。姥姥是基督徒，陪伴姥姥幾乎一生的住家保姆則是佛教徒，二人言語中從不涉及家園之外的世界。在他們面前，這世間的是非善惡如此分明易辨，那分辨的準則便是遵從他們各自的神。

至今記得開學後第一篇命題作文，題目是《我踏進了Y園》（「Y園」即那舊日皇家園林的名稱）。我交出篇散文，極力想表達的是自己直覺到的感受，因爲那校園氣氛與之前自己生活於家人間的氣氛，如同身處兩個世界。那時的自己無法清晰地理解究竟是如何不同，亦無法清晰地理解自己心中的感受，如今回想那感受，似乎是新奇與探究中夾雜了惴惴不安。那篇散文中自己努力想捕捉新校園的氣氛，一番努力卻依然是莫名所以，作文中記敘的僅是些零星印象，例如行走在校園中的學生，大都白衣藍褲或褪色舊軍裝，或許是父母兄長的舊衣物，總之極爲簡樸且外觀頗爲一律，且人人是步履匆匆，因而校園氣氛如同軍營，入校園如入士兵實習場。學生作息時間人人一致，早餐前必先有晨練，午餐必須各班級列隊且唱歌走向飯堂。各班級學生此起彼伏的高歌，都是鏗鏘剛硬的軍旅歌曲，例如新四軍軍歌，八路軍軍歌，志願軍軍歌，總之與自幼起在家中聽過的歌曲有天淵之別。是否這新感受便是「優質鋼面貌」？那散文亦表達願努力融入校園氣氛的心情。其實連自己也不清楚如何定義當時心中的感受，自然無法在一篇作文中清晰表達。還記得老師對那篇作文的評語，「文字清新，但是不知所云」。當年得此評語頗覺沮喪，不過今日已經釋然。寫者不知所云，老師又怎能明白那種心情？今日的我悟到那心情，是自己朦朧地感覺進入了某個「集體鍛造場」，從此要主動（或因耳濡目染而被動地）被那「集體」形成的氛圍所改變，那改變將覆蓋自己的整個身心——無論是生活方式、審美觀念、直到心靈，都要努力再努力地融入那條紅色軍旅的滾滾洪流之中，成爲其中一滴水。從此再無「自我」，再無「個人」，也再無個人選擇。那便是Y中學推崇的「集體主義」。Y中亦推崇無論是學業還是生活方式，都須不離「艱苦奮鬥」四字。那時的自己如何能領會那數層深意？只能模糊地感受到不同以往學校的氛圍。

女兒，如今的你母親自然領悟到「優質鋼」的意涵，是將我們一眾新生視爲生鐵胚，進入Y中學便如同入爐鍛造一番，煉鐵成鋼。這過程亦可謂紅色修煉，脫胎換骨步驟之一。那麼成爲「優質鋼」有何標準？若勉強詮釋「優質鋼」的含義，不妨首先以標準紅色辭彙詮釋爲「德智體」均佳的學生。「智」與「體」較易評判，因爲都有技術性標準，而「德」則是務虛，標準則是隨大陸執政黨（中共）不時調整的政策而變化。那些調整雖然亦有張有弛，但是總趨勢則是中共對於一切其定義為「異己分子」的殺氣煞氣愈益增長，或許執掌權力日漸長久的毛氏，已經逐漸確立了帝王信心與心態，於是下視萬民，便覺其中異己分子愈益增多，便愈益對於「異己分子」殘忍而手段凜冽。如此變化反射在校園，便成為對於「德」這一標準的變化。「德」在古人文字中似乎亦有多解，例如孔夫子推崇的有德之人是「己所不欲，勿施於人」，對於為官之人則云「君子之德風，小人之德草。草上之風，必偃」；老子對「德」的見解則更為玄虛，「上德不德，是以有德；下德不失德，是以無德」。古時先賢的教導，紅色革命黨人自是不屑採納。那時毛氏既然已經成為大陸中國唯一的「偉大正確」之天下領袖，毛之大旗下的中共自然是惟一正確的政黨。對於「德」的詮釋自然以中共之說為準。對於學生而言，當局所詮釋的「德」，在當年可歸納為「世界觀、人生觀、政治觀」正確，而所謂「正確」則僅有一解，便是「聽黨（中共）的話，跟黨（中共）走」，且無需追問緣由，流血流汗必得在所不辭。

女兒，我們學生既然被視為待煉的生鐵胚，自然要受到不斷錘煉，因為「優質鋼」的練成非一朝一夕之功。一切日常教學課目與生活態度的訓練，都必須圍繞此目標展開。例如政治課教育我們對黨的態度是絕對服從，時刻準備，若黨一聲令下，執行要刻不容緩且要做到令行禁止。相應地，生活方式訓練的是「軍事化」，即學生作息如入睡、進食，均如軍營士兵般整齊劃一。時刻準備與「階級敵人」戰鬥，自然亦要求強壯體魄，因而我們接受的體育訓練要超越體力極限，且日日不休。女生要摒棄「小資階級」的女兒嬌態，「不愛紅裝愛武裝」。各種課外小組選擇教材培養喜好，亦須注意內容與氛圍的「革命氣勢」。若喜歡閱讀，課外讀物必是紅色讀物。總之事事不忘培育「革命後來人」的「需要」。不過重中之重則是培育學生要主動努力靠攏「組織」的意識，這才是成爲「優質鋼」那萬里征程正確的第一步。何謂「組織」？自然是指紅色大陸惟一執掌權力的組織——中共。對於逐漸步入少年門檻的學生，與中共相接的組織便是共青團（全稱「共產主義青年團」）。按官方定義，可加入之人便是「中共領導下的先進青年」。

如何邁開那「靠攏組織」的第一步？按毛氏階級理論的邏輯，階級已經「天然地存在」，血脈自然是代際間傳承的首要管道。如此說法，自然難免「血統天然」之嫌，不過也可找到所謂理據，即紅色家庭背景的學生是「近水樓臺先得月」，自幼有父母血脈傳承且言傳身教，可以天然地進入紅色軌道。依同樣邏輯，若學生出身於有產者家庭或其他入另冊的家庭，則家人不免有腐朽沒落陰暗的想法，與家人一同生活，耳濡目染，難免受到影響走入歧途。如此邏輯之下，順理成章的結論便是——非紅色家庭出身的學生，成爲合格「革命後來人」則是難上加難，需要格外努力地自我改造，脫胎換骨方可成人。

「脫胎換骨」一詞源於道家，原是指凡人修煉成仙的過程，需要忍世人不能忍受的苦難艱辛，或許便如人類飼蠶的一生。蠶自蠶卵中脫出時小如螞蟻，經人飼以桑葉，經歷四次蛻皮之苦，之後將桑葉之精華化爲滿腹細絲，待腹中精華吐盡，便化蠶爲蛹，所謂「春蠶到死絲方盡」。其第二代再重複如此艱辛的生命過程……。這便是中共有意無意地期冀的治下萬民世代輪迴的模式吧，永遠以中共造出的「桑葉」，餵養出忠訓地服務的代代「後來人」，世代以生命之絲織爲錦緞愉悅貴人，不過人非蠶，難以如此簡單地如願，所以要施加教誨與施行「封閉」，缺一不可。在中共語境下，如何可以改造自己，直到脫胎換骨，即脫離那些血脈家人傳承的腐朽沒落陰暗的影響？按以上邏輯推演，自然是一要「與家庭劃清界限」，二要格外注重「靠攏組織」，因爲只有「組織」才可引領迷途之人步入正軌。

女兒，你可以想像你在十二、三歲的年齡時的心理，對於老師與學校的「優質鋼」要求會怎樣想？我知道你自幼生活在完全不同的教育環境中，或許無法理解我們「紅布蒙眼」中長大的孩子是何心理。那麼你可以想像，中學時你若是孤家寡人，同學嫌棄你在校就讀過程中事事落後於他人，你是否也會心有恐慌？那時我們猶是少年，有幾人願意做孤家寡人，所以沒有人不是按學校標準追求好學上進，又有幾人不是爭先恐後地「靠攏組織」？

女兒，回憶當年，在懵懂地走進那「煉鋼爐」之後，你的母親卻似乎未感受到太沉重的鍛造壓力。緣由或可歸因於二，一是當年的教師在行爲邏輯中，依然隱隱有傳統的身影，那便是信奉「有教無類」。相信每個進入校園的孩子都可煉成「優質鋼」，而並未事先區分學生出身如何。老師們也從未言必提「階級出身論」。記憶中，自己雖距「優質鋼」標準甚遠，是塊註定不成器的胚子。因入校時生活習慣與Y中要求的生活作風實在是天差地別，也曾被其它學生當眾批評，但老師從未以「出身」二字作爲批評我的理由，亦從未以「出身」爲由，將我與班上「紅二代」同學的生活習慣作爲比較的理由。在Y中學「德智體」教育中，除「智」一項，我一直都是極度疏離，老師卻從未將此自覺或不自覺地歸因於我的「出身」。近來讀到網上文章，比較帝都各名校在「破四舊」中的行爲模式，評說Y中學生屆時是「一盤散沙」。無著名「紅衛兵」領袖與統一「紅衛兵」組織，而是多數人無論屬於「黑」或「紅」二代，皆各自爲政。我將這一評價看作是稱讚，是「有教無類」的準則使得學生（尤其是「黑」類的後代）有心靈空間，得以保持各自的人格自信與尊嚴。讀過北島等人回憶四中文革，包括對風暴驟起之前校園氣氛的敘述，相比之下，Y中學校園卻似乎平和許多，起碼在日常教學中，未將「出身論」作爲評判學生的惟一標準。

自己當年未感覺身處Y中學，因「家庭出身」被刻意區別對待的切或許首先是緣於前文提及的Y中學校長與多數教師待學生的態度——「有教無類」，更多地或是緣於自己對於政治概念的晚熟，對於任何政治觀念既是缺乏敏感，更是缺乏亦步亦趨的逢迎，無期待亦無參與，因之反而未有失望的體驗。不過据高年級許多同學對於Y中學的治校方式的憑評，Y中學對學生所實施的「階級出身論」僅是方式較爲隱蔽且表面溫和，并非眞是如我那般天眞的體驗。例如學校中「優質鋼」中之最優者的「培養」與「選拔」，亦是以出身衡量。在「智」育一項，則教學中確實是只論分數，有教無類，未因出身而論學生分數。Y中學是帝都有名的「紅二代貴族」中學，始建於中共的紅色基地，而後隨紅色政權的建立而遷入帝都。似乎按一般邏輯如此背景的學校「家庭出身論」會更爲盛行，但是實際情形卻是與前述邏輯相反。據說文革之前的兩年期間，Y中學數個班級曾掀起一場有關「階級鬥爭」與「家庭出身」的論辯，結果卻是由Y中學官方組織否決了「出身論」引入教學的合理性。Y中學官方組織認定「家庭出身」並不能決定一切，亦並非是衡量學生的惟一標準。校長的立場是學校乃是提供教育的場所，如馬克思說，「教育絕非單純的文化傳遞，教育之爲教育，正是在於它是一種人格心靈的喚醒」。若認爲一切都由「家庭出身」決定，那何必有教育？「人格心靈的喚醒」，這「人格心靈」，自然包括各類家庭出身少年的「人格心靈」。據說也有支持否決「出身決定一切」論調的老師引用了孔夫子言，辯說「連孔夫子都懂得有教無類的道理，怎麼我們反而退步了呢」？猜想這位老師幸運地是在文革發起之前，引用了孔夫子之言，所以無人反駁他。若是那老師在文革之中說出這番話，紅衛兵連孔夫子墓碑都可以被砸成碎片，那位老師引用孔夫子之言自然成爲罪過，會不會也被紅衛兵「砸爛狗頭」？

那場論辯的結果，似乎是使得「家庭出身論」或「血統論」主導的教育模式，在Y中學雖未遭徹底摒棄，卻未能得以全面實行。相比我讀過的許多其他中學的學生回憶，寫出當年學校施行唯「出身論」教育模式爲他們少年時的心靈帶來的壓抑與彷徨，我自覺Y中的老師大多是公允的，除了對於學生加入團組織等等的政治議題另有標準。我並非上述那論辯的參與者，對論辯細節也知之不詳，不過還是從心底敬佩那論辯的參與者、主持者與首肯這一結論的長者。自己猜想那辯論的最終裁決者，可能是Y中學的校長王一知先生，校長是位女性，卻值得尊稱爲先生。她是從辛亥革命起便經歷了紅色革命全過程的長者。若非王一知先生裁定，又有多少人敢於在當時公然違逆那「階級鬥爭論」爲主的潮流？自己在Y中學的幾年間，確實並未格外感受到因家庭出身而受到歧視。看到有Y中學的校友說，在那裡上學，有「陪太子讀書」的尷尬，自己卻沒有類似感受。在課堂上學生之間依然是成績面前人人平等，老師並未格外優待「紅二代」子弟。老師們待自己並無歧視，自己學業成績一直屬班級領先者之一，皆歸功於老師盡心盡意地教授，從未聽到任何課業的老師以「家庭出身」爲緣由訓導過自己。不過據說有學生因家庭出身而受到歧視與壓抑，在Y中學不同班級亦曾發生過不只一起。恕自己不知細節，無法在此描述。

帝都校園之三　「畫眉深淺入時無？」——「優質鋼」冶煉中的廢品

女兒，你若讀到此處，必定又會說，「你永遠是抽象地描述，可以講個具體故事嗎？」

我承認你抗議的有理。我只是覺得自己有滿腹話語，不願那些話語隨自己某日的離去而永遠埋入海水。

不過我也認同具體事例或許更有說服力，所以，女兒，我將那在Y中讀書與生活期間，存留於我心中的幾頁舊事再次翻開。那多是Y中學生中的小人物、非主流，與那主流的鍛煉「優質鋼」的氣氛缺乏融合，不過這或許恰恰顯示人性人格的獨立，亦是天地間不滅的泉水。所謂「柔亦可克剛」並非是說兩者直面相鬥，而是說泉水雖然看似柔弱，卻是生生不息，永存於天地之間，山崖絕壁亦不能阻其去路。

往事之一　「有則改之，無則加勉」——難道不可以質疑嗎？

女兒，我在前面已經描述了那「優質鋼」煉鋼爐的特質，即是那煉鋼爐意圖包羅萬象，不但要修煉政治信仰，亦要苦練肉身，達到革命標準。

我與這「優質鋼」標準的首次衝突，居然是源自吃飯的能力距標準相差甚遠。我入學不久，一碗飯居然成爲衝突的導火索。學校的日常三餐，遵循磨練革命後來人的原則，以粗糲難吃爲宗旨，似乎與儒家古訓「吃得苦中苦，方爲人上人」亦有相通之處。例如，學校食堂的蔬菜，永遠是採用過季菜，新鮮綠色菜葉永遠無緣在食堂見到。食堂一旦出現菠菜，必然是菠菜已經過季，根老葉黃。老根黃葉燉在一起，便成爲我們碗中的菜肴，午餐晚餐均是如此，若有幾片肥肉便成爲一天的牙祭。過夜的剩飯哪怕已經變餿，仍然會成爲我們隔天早餐的粥湯。回想，虧得那時都是少年人，食欲健旺，腸胃硬朗，可能連吃下石頭都可以煉化吧，又何懼飯菜粗陋？每桌每人分到的飯菜數量絕對相同，一律要求每人進餐絕對在半個小時內結束，包括分餐與洗碗時間。

我絕非挑剔那菜飯的味道，更無有意違背時限，卻是心有餘而力不足。自己是早產兒，落地時消化功能發育不良。這天生的身體弱點伴隨自己一生，我的食量不及同齡人通常食量的一半。爲彌補消化功能羸弱對於身體的傷害，自幼姥姥教我進食要細嚼慢嚥，亦成爲我的日常習慣。進入校園，自己的食量與進食習慣，卻始料不及地被貼上一張標籤——資產階級生活方式的烙印。這標籤得來的邏輯亦是基於階級理論，即無產者缺衣少食，饑腸轆轆，自然是見到食物便會狼吞虎嚥，絕不會慢慢進食，更不會只吃一半。再者，革命後來人需要自覺地強壯其體魄，食量如我，自然是缺乏自我磨練的願望。

Y中學秉承軍營式生活，以磨練「革命後來人」，一日三餐亦模仿軍營方式進行。食堂按班級排列爲數桌，下課鈴聲後，學生均須按班列隊走向食堂——值日生除外。學生須輪流值日，爲本班同學領取飯菜。下課鈴聲一起，當天值日生必須如同短跑競賽般狂奔向食堂，去食堂窗戶領取本班的飯箱與菜箱。因爲午餐時間只有半小時，包括領取飯菜、均分到每只飯碗、吃飯與向廚房交洗刷乾淨的飯菜箱子的時間，所以實際留給學生吃飯的時間不會超過十分鐘。值日生必得爭分奪秒，而每個吃飯的學生，亦必須拿出風捲殘雲的本領將飯菜扒入嘴中，方可以準時結束一餐。如此速度，或許只來得及把食物吞入腹中，根本是食不知味吧，不過那樣粗陋的飯菜，或許不知味道反而是幸運。結束每餐後的食堂人去桌空，有高年級學生輪值檢查餐桌是否乾淨。由於無論如何努力，也無法在十分鐘之內吃得盤空碗淨，自己永遠是成爲最後一個留在食堂的學生，與輪值生瞠目相對。通常是與輪值學生相對良久之後，自己終被允許將剩餘飯菜扣入碗中帶出食堂。那時我們的身體正從童年轉入少年，如青筍拔節，那時又總是食物供應匱乏，因而饑腸轆轆是常態，不過自己多是食欲不振。或許根由也並非只是飯菜粗陋，更是覺得那樣進食實在是無趣。孔夫子有云「食色性也」，便是承認愉悅每日飲食是人性之一吧，而我們那時的吃飯卻成爲磨煉「革命事業接班人」的步驟之一。那教育中是否還爲人性留有些許空間？

那時飯菜粗糲，缺少抵擋身體消耗的油水，那一份飯菜雖然於我是過量，於許多學生卻是只勉強抵得個半飽。某日我終於建議，可願分飯時將我的半份飯菜分給他人？以我之有餘補他人之不足，那豈不是「雙贏」？當日值日生是個「紅二代」女孩，聰敏自信，語速極快，與我卻一向關係融洽，原因或許在於二人對於學習的共同興趣。我們二人喜歡一起解析數學難題，以解題取樂。本以爲自己的提議無疑地會被接受，因爲那豈不是相得益彰？她聽後卻立即拒絕了，理由是吃飯亦是鍛煉自己成爲紅色接班人的重要一環——飯量多少有關身體健康，而身體並非絕對屬於個人，而是屬於我國我黨，因爲我們是接班的力量。再是何謂鍛煉？鍛煉既要是身體頭腦又要是鍛煉意志，吃完自己的一份飯菜，也要看作是身體與意志的鍛煉。若有同學相幫分食，則是對革命不負責任。她說得認眞嚴肅，義正辭嚴，絕非戲言，也看得出是誠信誠意地相信自己的一番道理，絕非有刁難我的意思。或許正相反，她滿心眞誠，相信這是幫助我在政治上進步吧？一番言語，義正詞嚴，滿桌沉默，相信本來有意接受的男生，也只有支持她的決定了。至今記得這件小事，或許是由於那一番道理給我的震撼，當年的震撼至今未忘，由於這是第一次如此具體地聯想到，難道自己從身體到意識，直到每一具體行爲，都並非屬於自己嗎？如果身體都不屬於自己，那麼個人生命之中，還剩有什麼？那女孩如今定居大洋彼岸，或許那段少年時的豪言早已經忘卻，有意無意之中被沖入了那大西洋無盡的水流之中。也或許這便是「洗腦」的過程吧，少年時似乎被紅色教育洗盡自我，她的自我意識卻依然頑強地存於生命深處，最終卻還是選擇從紅色世界，移居到那「腐朽沒落」的西方世界去安居樂業？

某日飯罷，我帶回教室自己每日必有的剩飯，卻見課桌上已經放有一份飯菜。自己並未在意，我午休習慣去蘆葦塘後的山坡閑坐，返回教室後見到那份飯菜依然擺在我桌上。我問遍周圍同學，無人肯自認是飯菜主人。我只得將它移去教室中放置雜物的枱上，繼續上課，遂將這一插曲丟在腦後。每個週末前的最後一節課是班會，是每週例行的批評與自我批評節目，由老師主持，學生之間就一周行爲相互批評或表揚。當年頗有幾位班會上活躍的同學，而自己歷來對此置身事外，一言不發。或許那時的自己，對一切功課之外的活動都有些置身事外的態度，不過並非有意，只是缺乏參與那些活動的欲望，亦無意去探究其意義。不過那次班會終究使自己欲置身事外而不可得。自己居然成爲那天班會的主角——批判的對象，起因便是那碗無人認領的午飯。同學似乎一致認定那是我的午飯，於是順理成章地批評我浪費糧食，糧食與蔬菜是工農辛勤勞動的結晶，飯菜又是食堂師傅的工作成果；所以我不只是浪費糧食，是不尊重勞動人民的心血。那些批評最後推導出我的行爲，是源于缺乏對於勞動人民的尊重與愛，是資產階級思想的烙印，包括家人影響，云云。如今回想，這批評遵循的，便是中共一向整肅運動採納的邏輯：「以階級理論爲綱」，「上綱上線」，從一碗無人認領的剩飯，直上升到資產階級烙印。如此推論若進一步上綱，則可說此行爲是如我黑色或灰色家庭背景的影響。那時其時流行的邏輯，孩子的任何行爲都可以追溯到家庭影響，「原罪」難逃。

女兒，你也知道我雖然一向安靜少言，卻內心頗爲倔強，絕對不是百依百順的個性。當時的我無從領悟那批評中的邏輯，只是直截了當地循了常人見識——凡事不能無中生有。這一場批評自然全是源於無中生有，因爲那無人認領的午飯不是我的。本與我無關之事，如今卻硬要我承認浪費，且一直牽連到無端誹謗我的家人。華夏傳統的有產家庭，其實歷來十分珍惜任何物品，節儉持家並非是只爲狹隘地斤斤計較錢財，而是生活態度，更是對孩子人品的要求。例如奶奶每餐必念「一缽一飯，當思來處不易」，姥姥則會說「上帝造物，賜予人類。對待神的恩賜，人要謙卑慎重，不可辜負神的好意」。幼承家訓，自己懂得不浪費食物的道理，每日剩下的午餐都是小心包起，帶回家中。我自然不肯接受那些無端的指責，終於忍不住推桌立起，一句不讓，一一反駁。我堅持的理由依然是事實，便是我並非那碗飯的主人，所以眾人的批評都是無中生有。一堂班會成爲我與數個批評者的對峙，難以繼續。

有幸的是我的班主任老師L，未等到班會批評上升到「出身論」的高度便叫停了班會，也避免了我成爲攪散班會的罪魁禍首。班會之後，L老師按慣例留下我單獨談話。我依然堅持那批評是無中生有，因爲那剩飯不是我的，我明顯地不可能一人有倆份剩飯。那不敢認領的人才應遭批評，因爲那是不誠實，是謊言欺人。謊言與說謊，是怯懦，更是卑鄙的行徑。

L老師領教了我的倔強，探究地看我良久。片刻沉默後，她說：「同學批評你，也是關心你的思想進步，有則改之，無則加勉吧。」我當時依然不肯接受那邏輯，反駁說：「錯了就是錯了，沒錯就是沒錯，那批評是基於謊言，對我是不公平，而說謊人是不誠實。」如今回想，這番話或許是幼時姥姥那些《聖經》故事，在我心底留下的印記，在懵懂幼年便薰染到基督徒做人行事的道理，這便是耳濡目染，或者說是與基督的緣分吧。L老師再默了一默，問，「你知道『有則改之，無則加勉』是誰的話嗎」？我搖頭，老師只得接續，道，「這本是曾子的話，引用過的有大儒朱熹，不過更重要的是我們敬愛的毛主席，用過『言者無罪，聞者足戒，有則改之，無則加勉』。這才是對待批評的正確態度」。記得自己心中依然不服，直覺地反駁說，「無論是誰的話，我都認爲不應該是這樣。依照這樣邏輯，天下不就沒理可講了嗎？依據謊言的批評也要接受，那天下還有沒有謊言與眞話、是與非的區別呢？」L老師有些瞠目結舌，片刻後建議我好好思考，便匆匆結束談話。

當年的自己或許也算是「初生牛犢不怕虎」，居然出口頂撞，質疑毛氏的邏輯。其實那時自己的反應絕算不得有勇氣，更多地是出於倔強與無知吧，我行我素，對於周圍環境缺乏認知，更缺乏探究的心思。幼時自己有家人遮風擋雨，小心在意地守住我的一點童心，因而我那時並不知道那政權對於敢頂撞權威之人，會加以多麼嚴酷的懲罰，不懂各種紅色政權下的政治概念，亦對於不同家庭背景可能如何影響兒女的現實懵懂不知。我甚至不知道父親有頂「右派」帽子。L老師是我的班主任，她必定是知道的，卻從未說與他人。她也從未向我提及此事，從未就我的家庭背景提醒我要注意影響，等等。

自己對於社會的「政治氣氛」似乎格外不敏感，或許是由於幼年被家人守護得過於溫暖，因而不諳世事，過於晚熟。那次自己與眾同學曉曉置辯的班會之後，自己依然頗有些我行我素，於是逐漸成爲班中「資產階級生活方式的典型」，歸納則有如下表現：「嬌氣」——食量小，進食慢，體弱力小，不喜運動；「小資情調」——語音細軟，腳步輕柔，喜讀《紅樓夢》，喜歡山水花草。那時中共官方宣傳中紅色英雄則必是語調響亮，步伐鏗鏘，「不愛紅裝愛武裝」，且手不釋卷地捧讀偉人毛氏的文章，等等。自然，對我最負面的評價是「不求上進」——這裡的「上進」專指所謂「政治上進」，即是否追求達到中共的「革命後來人」標準。不過L老師也僅是在我的期末政治評語輕描淡寫地說「追求政治進步不足」而已，卻從未遭到過老師對我當面的任何指責謾罵，亦未有被老師提及「出身」的記憶。

往事之二　老師的羽翼——「採得百花成蜜後，為誰辛苦為誰忙？」

Y中教員多是中年以上，四十至五十歲之間，學識淵博，閱人閱世已有半生經驗。他們受教育的年代，也是在紅色中國建立之前，因而行爲模式仍是以教授學識爲重，亦懂得愛惜學生，因材施教，對於學生並非事事以「優質鋼」苛求。也或者以他們的學養人品，他們確信自己所教授的道理與學識，才是學生成爲「優質鋼」的內涵。

Y中確實不乏學養深厚的老師，如我們的地理課老師，矮而禿頭，衣衫不整。不過人不可貌相，他腹中積存確實深不可測。他歷來上課時手中無書，只在黑板上流利地畫出大陸中國圖形，再添上蜿蜒曲折地貫穿華夏大地的黃河長江，便對於華夏大地的河流山川城市的位置、物產以及人文特色隨手指點，隨口拈來。如今我依然可以隨口說出大陸某城市的地理位置甚至土特產品，全是緣於他的功業。他授課時用詞講究，點評學生時詞語也別出一格。記得他常用的兩個詞我終生未忘當年，一是「行屍走肉」，二是「酒囊飯袋」。他幾乎每節課進得教室門必會重複此二辭，我將那認作是他對我們的警示，亦啓示何為做人之道——人若無腦，便是行屍走肉。

女兒，如今回想，我覺得自己如此內心桀驁不馴，性格倔強，且是出身「黑色家庭」的學生，在Y中本是極易成為紅色教育的標靶，眾矢之的。事實上我卻多數時間活得安然自在，未受重大政治挫折，其實是L老師羽翼的遮護，且遮護得無聲無息，毫不張揚，甚至讓我這心裡晚熟的孩子也未察覺。自己實在應感謝L老師的翼護，卻從未當面道過一聲「感謝」，確是做學生的虧欠。如今L老師已經作古，只得以此片斷回憶作為道歉，願她的靈魂可以感受到學生的心意吧？

L老師那時年近五十，有濃重的東北口音，或許是「九一八」後到北京駐足的流亡學生吧？自己不知道她的身世。她從來是衣著得體，衣料也頗有些講究，舉止嫻雅，那必定是自幼的教養，才會養成的生活習慣。L老師從未對於我表現出特別的關注。實際上她對於所有學生的態度都是持之以平，若即若離，極少對任何學生假以辭色，也甚少以紅色詞彙教導學生。不過她必定是對這些年齡在孩子與少年之間的學生心底有關心，有細細觀察，亦必定是心意良善之人。

那次班會之後，她對於我大逆不道的言辭並未追究亦未聲張，在其後的班會上，也再未重提那碗飯的話題。她可能判斷出我對於說謊是深惡痛絕，所以那碗飯的來歷必有蹊蹺。不過她可能也看出我「不識時務」的特點，眞心擔憂我童言無忌加上執拗的性格，終會有惹禍的一天。L老師之後特意請我父親談話。父親一貫寡言，敘述L老師與他的談話也是惜字如金，語氣平平，道，「L老師說你念書很好，不過要我告訴你，說話做事都要三思而後行」，又加重語氣，道「L老師的話是爲你好，你一定要聽，要少說話！」如今回想，自己當年未能領會L老師話中的眞意，或者說是會意錯了，南轅北轍。L老師確實是寬厚長者，當年是話中有話，勸我愼言。若是換成當年的政治課老師，我的那番話或許會被「上綱上線」，將我拖入地獄，成爲同學眼中的另類。

記得那次談話，L老師還特意勸告父親，不要讓我再穿皮大衣到學校，因爲毛皮大衣在紅色語境中歸類爲「奢侈」。那時的紅色故事中，綢緞毛皮必然是有產者的配置。我確實有件羔羊皮大衣，極柔軟輕薄的羔羊毛，厚實的毛呢面。Y校園空曠，北風肆虐，毛皮可遮擋風雪、禦寒極佳。不過說是奢侈未免冤枉，那是母親早逝後遺下的衣物，奶奶讓我穿來禦寒。物盡其用，本是節儉之意，怎能只因材質是羊皮便定義爲奢侈？不過如此淺白道理，在當年卻無處可辯。當年的學生對於老師訓話還是恭敬的，自己並非將那告誡當作耳旁風。我曾認眞回想了班會與L老師關於那碗飯的一番對話，確認自己開口之前並非未經大腦，也連帶確認自己並未做錯。不過L老師關於羊皮大衣的勸告我確實遵行了。那時尚無羽絨衣這一物種，Y中校園地處郊野，空曠之處寒風肆虐，只好再多加一件棉衣禦寒，每日在學校穿得如同滾雪球一般。

記憶中還有一次自己口無遮攔，出言不遜，若非L老師低調處置，消弭於無形之中，也難免會釀成風波，使自己成爲政治批判的標靶。當年語文教材中，不少篇幅是各種緬懷紅色先烈、激發後生立志苦讀的故事。語文課程之一是教學生作文章，那時的作文都是命題作文。女兒，你從未有過「命題作文」的體驗，因爲你自入學讀書以來，都是自命文章題目，甚至不稱爲「作文」，而是說寫篇故事，完全可自由發揮。你母親讀書時則是老師命題（其實那題目也往往並非老師可以自選，而是依照政府部門統一教學大綱的要求），學生圍繞題目演繹成篇。在那些逐漸推行「政治掛帥」的年代，學生作文常常以「毛偉人文章讀後感」爲題，或緬懷紅色先烈往事亦是常見命題。自己當時或許是覺得此類作文寫來枯燥無趣，重複編造，某日居然忍不住出口抱怨，說，「實在看不出緬懷先烈與我們要努力學習之間的邏輯聯繫。身爲學生，難道好好讀書不是本分嗎？一定要和某先烈扯上關係嗎？李白杜甫寫出千古不朽詩篇，又是哪位先烈的激勵」？忘記當時是對誰說出如此「大逆不道」之言，不過必定只是脫口而出，未能守住L老師教誨的「三思而後言」。如今回想自己的牢騷並無錯處，古人有言：「讀聖賢書所為何事？為天地立心，為生民立命，為往聖繼絕學，為萬世開太平。」可為其中任何一事讀書，其實讀書亦可只為豐富內心。只不過我的牢騷在紅色語境中是「離經叛道」，不合時宜。

那脫口而出的話語，卻終於流傳到L老師耳中。或許是念及我心無城府又口無遮攔的個性，又憐憫我尚未踏入少年的門檻，也或許是顧及可能不祥的後果，這次她依然未做出任何反應，未聲張，未將此作為任何班會的主題，只是悄悄地息事寧人。不過L老師顯然未曾忘記此事，她藉某次批改我的作文時寫下她的告誡，大意是雖然坦誠是好品質，但「必得以聽黨的話」為前提，否則可以很坦誠地犯下政治錯誤。如今讀到許多當年成為右派之人的回憶，悟到右派當年也是對黨坦誠，「知無不言，言無不盡」，好意期盼「我黨」能做得更好。自己後知後覺，多年之後才領悟L老師當年的苦心，而當時我只是讀出了L老師對於我的不贊同，實在是辜負了老師的苦心。

L老師並非只是對於我展開羽翼。她的羽翼永遠是默默展開，而我們這些依然是孩子的學生，無論是多麼冥頑不靈，她也從未宣揚過自己的努力。如今年過花甲的我，才能體會先生當年對於學生心中的關愛，體會她如何在政治的夾縫中，愛護我們這些不懂回報的孩子們。古人所謂「桃李不言」，便是如此吧？是否能夠日後「下自成蹊」？全未在老師考慮之中。

女兒，前面講過，那時或黑或灰色家庭出身的孩子們要「劃清家庭界限」，那亦是追求成爲「優質鋼」的標準之一。我那處於紅色環境中的同代人，確實努力嘗試去改造自己，嘗試以種種方式與家庭「劃清界限」，例如思想上劃清界限——在家中與父母怒目相對，對父母之語句句都是有意地批判；生活方式上劃清界限——要求父母去吃「憶苦飯」，例如鹽水煮野菜，以體驗「舊社會勞動人民之苦」，或者有意地在家中改變衛生習慣，例如拒絕洗澡換洗衣服，拒絕吃飯之前洗手，等等，因爲基於紅色教育讀本，生活粗糲似乎是工農階層的標籤，而生活細膩則是有產階層的特權。若兩者皆做不到或仍嫌未能獲得「紅色階級」的認可，或還可以嘗試臆想式地劃清界限。「臆想式」似乎是屬於童話範疇，但卻是我班中的實例。那是個生得姣好的女孩，膚色白皙，眉眼潤澤，走路時輕悄悄地帶些搖擺，說話時微微含羞，比起那時青澀的一眾女生，多了幾分女孩氣韻，或許「豆蔻梢頭二月初」便恰好可以形容Y吧？她做人做事讀書都十分要強，成績卻差強人意，或許是囿於天資。她的家庭既非中共革命成員，亦非有產階層，而是自食其力的城市平民。據說她父親早亡，母親獨自支撐門戶，是小學教學，獨立將女兒養得娉婷美好。不知何時起班中流傳起她身世故事，故事是某神秘女人留在她媽媽門前一個襁褓，或許那神秘女人是一位正被白色政權追捕的紅色革命黨人？她正是那襁褓中嗷嗷待哺的嬰兒，由獨身媽媽撫養長大，那神秘女人卻再未出現——

是否已經以身殉國？這集合紅色、浪漫、神秘元素的故事，恰和全班一眾少年人的興趣，口耳相傳，終於傳到L老師耳中。

L老師畢竟行事謹慎周全，特約她媽媽談話。談話之後，L老師叫停了那故事的傳播，並嚴禁任何學生再談此事。L老師並未解釋她嚴格叫停的原因，不過大家漸漸都知道，那神秘女人只是杜撰，子虛烏有的故事，她媽媽本是她生身母親。那時的大陸中國沒有「個人隱私」的概念，更莫提要保護個人隱私之事。同學之間作爲八卦流傳，對於她必然是十分難堪吧？若同學當面提問，又要她如何面對自己編造的臆想童話？回想，L老師的處置是當時唯一恰當的方式，也是她一貫行事的風格。確實，面對一群半大的孩子，無論怎樣解釋，都是對於那女孩更多的傷害，所以此時老師的禁言勝過千言萬語，是唯一的解決之道。有時也慶倖那女孩的臆想童話，未發生在文革期間。若是在那期間，會不會被紅衛兵加上「假冒紅二代」的罪名？「假冒紅二代」，豈非是「居心叵測」，有心破環「紅二代」血脈的純淨？那豈不是「罪惡至極」？

女兒，當年的我只覺得她的行爲既難以理解又頗可笑，有些閱歷之後，才可以體會到那女孩的當年心結。當年班中多是軍政官員子弟，即所謂紅二代，父母或早或遲加入紅色革命隊伍。其次是中科院或大學供職的讀書人子弟，雖然讀書人那時在紅色政權語境中已經不再清貴，但在民間依然頗爲尊重。相比起來，她的家境顯得平凡且清貧。城市平民在階級理論下處於灰色地帶，既非革命的中堅力量，亦非革命打擊目標，但是如此家庭背景，對於一門心思要強上進的她卻未免尷尬。似乎是一類在社會縫隙中生存的動物，一向無人關注，但她似乎也想獲得眾人關注甚至豔羨。那時獲得眾人另眼相看的首先是紅二代出身。紅色出身無法憑空而來，只好杜撰一個撲朔迷離的故事。故事雖無法當真，卻畢竟有幾分滿足女孩心中的好夢，亦可成爲同學眼中的落難公主。

如今回想，只覺得她其實是個可憐的女孩。處於兒童與少女之間的年紀本就是多夢時光，她也想努力上進卻效果平平，豔羨紅色家庭出身卻不可得……。若非學校教育愈益顯示出青睞紅色家庭背景學生的趨勢，她又怎會啓心思編造子虛烏有的身世？其實當年流傳的各種革命先烈的經典教材，又何嘗不是僞造呢？例如後來紅遍大陸大江南北的《紅燈記》中的祖孫三代獻身革命的故事、小學課本中的《半夜雞叫》，甚至當年的少年人奉如圭臬的經典《鋼鐵是怎樣煉成的》，亦都證實是作僞，子虛烏有之事。那麼她亦非亦可有樣學樣，說她不過是仰慕紅色先烈，希望可以子虛烏有地認個親而已？自然，無論如何爲她當年的行爲開脫，媽媽獨自辛苦撫養女兒，她卻忍心傷害母親感情，總是有錯。自己只是試圖以今天的感悟，去索解當年的荒誕吧？荒誕的不只是她，更是那時的社會環境。

之後文革潮起，L老師亦未逃脫被批鬥、被羞辱的遭遇。自己雖未目睹，但知道她被學生從頭到腳塗滿墨水漿糊，胸前掛上臉盆，一路敲打遊遍校園。是何種罪名？據說罪名不詳，學生羞辱她的理由首先是「一看就是地主婆」。L老師那時大約將近五十歲，通身是中年婦人的圓潤，日常衣著略偏向考究——或許正符合教科書裡地主婆的一貫形象？難道那便可以成爲隨意羞辱老師的理由？不過當年許多老師甚至校長，均是一夕之內便成爲罪人，入駐「牛棚」，受盡羞辱，確實只憑一句話——「他/她出身是地主！」或「他/她父母是小業主！」那時L老師遭受毆打羞辱並非是惟一一例。例如還有Y中當年主理教務的校長，延安時代投筆從戎，爲抗日加入中共，是學生一貫敬重的革命前輩。批鬥會選在暑氣薰蒸的夏日正午，主題是批判他忽視校工待遇。會間忽然有一高聲吶喊，「他出身是地主。他父親是地主！」反復的喊聲，高八度的音訊，圍繞場地迴旋，雜了夏蟬的括噪，悠長而粗糲。喊話的是曾經的校長助理，繼後成爲政治課教師。這一聲吶喊如同乾柴烈火，「轟」地點燃學生們積蓄的憤怒；亦如同落井下石，將校長從「犯錯誤的校領導」直接推進「階級敵人」的火坑。按六〇年代推行到極致的「階級理論」，父親是地主，兒子就等同於地主，是階級敵人。是地主，不是自己人，所以才會欺壓勞工！感覺長期受到欺騙的羞辱與憤怒，學生們最後一道心理底線終於被那聲聲吶喊衝垮，接下來的場面是少年們一湧而起直入場中，直接推倒校長，拳腳相加，擠在週邊的學生便撿起手邊的泥土樹枝扔將過去，場中一片混亂。他認命地閉起雙目，任憑自己的學生毆打屈辱。如今回想，不知道W校長倒地的一刻心中是何感觸，又是何種滋味？不知道這些老師們在那時是否會有一絲懊悔？感覺那是他們對學生進行

「階級教育」說教的惡果？可謂「始作俑者，其無後乎」？

再次見到L老師已經是九〇年代，她住進老年院，幾個同學相約去探望。她那時已經有阿茲海默病的症狀，卻依然可以叫出許多班上學生的名字，包括我。L老師一生教學，教過的學生必有成千上萬之多，是什麼使她四十年之後，對我們班級學生依然不能忘卻？我想我們即是她的心血，也是她的心結吧？

往事之三　「豆蔻梢頭二月初」——為何含苞未放便零落成泥？

女兒，記得我前面提到「靠攏組織」是成爲「合格革命後來人」的必要路徑，因爲只有主動「靠攏組織」，才有未來加入組織的可能性。甫入中學，雖然仍是達不到入團（即指加入共青團）的年齡，但學生踴躍表達入團願望的或許也不在少數。那些表達的途徑，多是積極靠攏向當年負責團組織的老師，例如主動與老師「談心」，口頭或書面的自我批評，諸如此類，且要堅持不懈。回想，相較於通過讀書的潛移默化，這便是中共明示地改造少年人的過程吧？孩子們在進入少年期之前尚是懵懂，對於何爲自我或何爲獨立，尚無敏感的自我自考。此時開始的「靠攏組織」過程的結果，便是少年們不自覺地主動放棄自尊心，放棄自信心，一味追求「改造自我」以適應黨要求的標準，即如同進入煉鋼爐的鐵胚，自覺地尋求更快地被鍛煉，心甘情願地被千錘百煉，以求適應「組織」的要求。

當年的自己並非有批判精神，亦無抵制洗腦機器的自覺，只是對於那些政治性說教天然地缺少興趣。對於說教聽過便如風過耳，並未入心，或者是敬則敬矣，但是敬而遠之，從未有身入其中的願望，更無以身嘗試的體驗。如今回想，自己那天然的疏離感，或許是源自幼時對於基督教堂的感受吧。姥姥家族是是家鄉W城基督教堂築的主要捐贈人。自己自襁褓之時便由姥姥養育，模糊的幼時記憶中，也留有些教堂禮拜的影像與音樂。某神經病學醫生有一段文字，分析幼童如何感知世界，認爲幼童是先有故事形象感知的能力，而對邏輯說理的理解則會較遲：「It is this narrative or symbolic power which gives a sense of the world…… A child follows the Bible before he follows Euclid. Not because the Bible is simpler（the reverse might be said）, but because it is in a symbolic and narrative mode.」（姑且譯爲「是故事或者是象徵的力量，向兒童傳達對世界的感知。……兒童先認識《聖經》，之後才會認識歐幾里德。這不是由於《聖經》比較簡單易懂（也可說是正相反），而是《聖經》是通過故事與象徵的方式」）。《聖經》在冥冥中奠基了自己對於世界的認知，雖然當年的自己對於那認知並未有意保留亦無自覺，卻依然使自己天然地疏遠了那紅色說教，疏遠了那些意圖將少年天性中的叛逆與獨立不羈，一步步摧毀、一步步納入中共彀中的教育。這便是神的力量於不知不覺中模塑幼童的靈魂與人格，使我不自覺地抵禦了之後的紅色說教。

不記得從何時起，負責學生團組織的Z老師，便反復向學生強調「靠攏組織」不是口頭表達，不僅僅是呈遞入團申請，而是需要以行動表達，即必須「向組織交心」——具體方式則是向組織彙報思想，特別是最深層思想——Z老師稱之爲「第三層思想」。於是「思想彙報」、「深挖第三層思想」便成爲我們每週政治課的作業。那時的一眾同學包括自己，似乎並非領會到何爲「第三層思想」。我們的作業也並非是敷衍塞責，心理懵懂，無比真誠地深挖到底也只有些瑣事，例如不喜歡晨練、勞動課的拔草過於枯燥，吃苦耐勞雖掛在嘴上，卻還是更喜歡好的吃食，等等。想必這也是多數同學的心理，而Z老師似乎對此十分失望，一直批評我們深挖得不夠深入，尤其是未能挖出我們最深層的齷齪思想。

如此深挖延續不斷，終於有了「成果」。某女生在某次政治課作業中，寫出她嚮往男女之愛，對同班某男生了渴慕之心。那同班的男生，高大健朗，是田徑場上的佼佼者。如今回想，那女孩或許年齡稍大些，眉目姣好，笑容可人，恰是初入豆蔻年華。「娉娉嫋嫋十三餘，豆蔻梢頭二月初」，那是女孩一生中如同琉璃般清澈純真的年華，難免有枝頭蓓蕾的春夢，那夢又何其無辜？我的女兒，記得你在那年齡豈不也是少年期的開啓？記得你從那時開始，對於化妝品和衣裙生出了興趣，那也是「豆蔻梢頭」之初，忽然萌生了愛美的心思吧？那女孩如此無辜的夢——確實是僅僅止於夢境。現實中的她循規蹈矩，對那男孩只是遠觀而已——那夢卻已經被紅色政治生生擊碎。其實哪個少年沒有夢？我那時也常常有同一個夢境，甚至夜夜重複，至今未忘。我總是夢到自己會生出翅膀。夢中的自己總是站在某扇窗外，那窗扇緊閉，不知道我如何會逃脫那鎖閉的窗扇？不記得自己那雙夢中翅膀的顏色與形狀，只記得翅膀會帶自己飛起，身下常是灰色的屋頂，無邊無際的灰色，但是抬頭卻見到天空的湛藍，湛藍的天空卻綴滿星星，那星星是金藍色，透明的邊緣，於是天空如畫。我始終不知道那是哪座城市，夢中的我最終是飛去哪裡？不過若有解夢人，或許會說「日有所思，夜有所夢」，那時的我必然是潛意識地，希望逃脫那禁錮的軍營式「優質鋼」磨煉吧？

那女孩的夢顯然不符合紅色政治的體統（甚或華夏傳統女德）。紅色政治不能寬容兒女柔情（雖然這原則絕不適用於毛氏）。如今網上的言情小說，常見寫男女戀情是「愛不知從何而起，一往情深」，這顯然有悖於革命理論。革命者應謹遵毛氏教誨，「這世上沒有無緣無故的愛」。革命者若要愛，只能是熱愛革命事業，為革命事業以各種形式獻身。或許也明白自己的愛不合時宜，或也是豆蔻年華的羞澀與少女的自律，她一直小心翼翼地珍藏內心的春夢，默不做聲地以夢滋養她匱乏的少年歲月。若無Z老師的重複暗示，相信她不會寫出心中深藏的秘密吧？我只能猜測她當時的心理——是緣於對「靠攏組織」的嚮往？是對於老師說教的信任？或是認為自己若不坦誠內心秘密，便是對於黨團組織的欺瞞？欺瞞則是對於「組織」不忠誠，因而心生愧疚？不管是何因素作祟，她終於放下心中城防，寫出了那Z老師一直引導且持續深挖的「第三層的思想」——那深藏內心許久的豆蔻之夢。她的坦誠是對於Z老師號召對「組織」交心的眞誠回應，本應獲得老師稱讚，亦應受到一眾老師同學的尊重。她的夢本是她內心隱私。她對老師坦誠且尊重，將內心隱私交出，老師本應同樣以尊重相待，絕不應宣揚她的隱私，即不應入任何第三人之耳。事實卻完全相反，實際上此事很快便傳得人人皆知，連我這類素來疏離與班級同學交往的學生也終於耳聞。

她的坦誠帶給她的並非「靠攏組織」的稱讚，只是無窮無盡的羞辱。Z老師不僅自己多次批評她思想齷齪，且組織了學生中所謂「根正苗紅的共青團候選學生」，一起與她交流思想——據說交流主題是再度深挖，即她為何內心如此齷齪？是否是家庭或周圍他人的不良影響？其實那朦朧春夢不過是情竇初開，甚至只是藏於她內心，又何來齷齪？不過當年我們自幼所受教育，亦是「男女授受不親」的大陸千年傳統，似乎凡是男女間皆不可觸碰，凡涉及男女交往之事必屬曖昧。因而她從此成為一眾學生心中的另類——如同垃圾，氣味不佳，遠離為好。

「齷齪」一詞何解？其實語義駁雜，古人文中即可指氣量局促，亦可指骯髒卑鄙；大陸紅色語境中則頗多引申，可指一切與紅色精神相對的舉止行為、氛圍格調，個人做派，等等。如今回想，其實當年所謂「紅色精神」的範疇實在是無理之至。例如無論男女粗頭亂服、吃相粗魯、語調高亢響亮等等均可歸為「紅色精神」，而舉止文雅、衣著悅目則可歸類於「小資產階級作風」，即是「不乾淨」。不知道這歸類法是否來源於毛氏的教誨，「拿未曾改造的知識份子和工人農民比較，就覺得知識份子不乾淨了，最乾淨的還是工人農民，儘管他們手是黑的，腳上有牛屎，還是比資產階級和小資產階級知識份子都乾淨」（《在延安文藝座談會上的講話》）？齷齪似乎指更甚於「不乾淨」的行爲，其中之一便是男女之間。「男女大防」是華夏自古有之的傳統，古人諱談性事，莫說婚姻之外性事，甚至婚姻之內的性事，亦不得宣之於口。性事屬於可做不可說之事。若落於筆墨即成淫辭穢曲，且必得隱晦，例如稱爲「雲雨之歡」、「顛鸞倒鳳」等等。男女肌膚之親自然屬齷齪之列，尤其是少男少女之間。那女孩雖然未有實際行爲，但生出夢想，便已經落入齷齪泥淖。其實不妨問問，性事究竟與「資產階級思想」有何聯繫？將其歸類於齷齪之事，究竟是源自哪裡？腐儒傳統，還是數千年來女性所遭受到的不平等？那麼難道不應屬被革命之列麼？

中共高層對於性事，其實一直是「只許州官放火，不許百姓點燈」，毛氏生前縱欲無度，早已經不成秘密，毛氏之下亦有無數高官只爲容顏，而在「翻身進城」後拋棄結髮之妻，甚至淫人妻女，卻視爲理所應當。另一面，每年因所謂男女關係問題，而被戴上一頂流氓帽子的小民不計其數，之後或入獄或流放邊塞苦寒之地，從此落入九地之下。「男女關係問題」亦成爲整治仍有稜角的讀書人的利器，一旦戴上這頂齷齪帽子，無論曾經如何有學識建樹都難免身敗名裂、餘生盡毀。這一次事件因是管理學校團組織的教師直接處理，不屬於L老師客觀的範圍，所以L老師的羽翼亦無法覆蓋到她了。不過還記得L老師過後還是叮囑我們，不要從此對她不理不睬，要有平常心待之。

L老師當時的話自己似懂非懂。若記憶依然準確，似乎她是問，「你們讀過《詩經》嗎？」我們皆是搖頭；老師又問，「知道什麼是『思無邪』嗎？」我們依然皆是搖頭。L老師便說，「孔子說，《詩》三百，一言以蔽之，曰『思無邪』。你們去讀讀《詩經》吧。讀詩，要反復讀之，反復誦之，自然而然就懂了」。如今想起L老師當年如同人在夾縫中，卻依然委婉說出對我們這群懵懂少年的一番苦口良言，自己當年卻未領悟，實在是愧疚在心。那女孩經此一事，意氣消沉，終日低眉順眼，每日課堂雖不缺席，成績卻始終只在下游。她成爲班級中沉默的一員，或許這沉默是她終於學會保護自己的方法，是保存心中之夢的牆吧？記憶裡自己對她雖未冷言相向，卻亦是遠離則佳，從未表現出有與她閒話的願望。慚愧自己也是做了壓抑環境中的幫兇。我是後知後覺的一類，當年雖疏離於紅色教育的主流，卻亦未有過主動的反抗與批判，只是多年後才意識到那政治教育對於人性的桎梏、窒息、摧殘。

此事不久之後，便是毛發動的文化革命。中學生雖然「有幸」成爲毛氏發起運動的主力，當年劉鄧下臺如同落花流水，中學生感到與有榮焉，卻於一九六八年終於成爲毛氏棋盤上的棄子，從「毛氏的紅衛兵」到「革命小將」轉換到「接受再教育的知識青年」。女兒，前文中已經講述過「知青上山下鄉」的來龍去脈。Y中學生自然不能例外，幾乎全體必須下鄉。不過班級中亦有寥寥數個例外，多因家庭格外困難而得以留在北京，其中即有那女孩。她因此留在北京，成爲某街道鋼筆修理店的學徒工。同學們從此各奔東西，各自謀生，苦尋這世間立足之地，多數是相互再無聯繫。

據說她離開Y中後的情感之路亦是走得艱難，先是相信了已婚的店鋪黨支部書記對她需要「依靠組織」的引導，再是相信了那書記將娶其爲妻的承諾，成爲其婚外情人，一心期盼那承諾兌現。結果是兩年左右之後，那書記或是厭倦了她的身體，更厭倦了她盼望兌現的提示，也或許是有了新歡，將她一棄了之。她並非不管不顧的潑辣女性，只能忍氣吞聲，逆來順受，一日日仍在店中書記的厭棄下討生活。大陸文化一向視婚外情人爲女人自甘墮落、淫蕩、道德敗壞的代名詞，尤其是稍有姿色且無權無勢的年輕女人，更會因此成爲眾矢之的。她便遭到周圍人一概唾棄，唾棄理由不一而足，例如不守婦道、破壞他人夫妻關係，等等。婚外關係本是男女雙方之事，但是少有人會譴責其中的男性。她落入此種境地之中，自然有其自身的弱點，例如自幼缺乏父親之愛、幻化了男性的力量、懦弱且心理缺乏女性的獨立勇氣，等等。但是回想以往，我們身處其中的制度，包括在Y中的經歷，又何嘗不是爲她的陷落種下了禍根。她依然相信「組織」，連帶相信了「組織」的代表——黨支部書記。她當年被文革中斷學業、被分配到修理店工作時依然是青澀年少。尚在懵懂年紀的她，對於底層社會人性的複雜與腐敗，又能有幾分瞭解？家庭人丁單薄，無權力或關係可以仗恃，她在那兵荒馬亂一般的文革歲月中，難免希望尋得可以依靠的臂膀，卻不想從此落入世人眼中集罪惡污穢大成的淵藪——被戴上一頂蕩婦（破鞋）的帽子。

我不知道她是如何度過了那些晦暗失落的日子，或許依然是如同她當年在同學之間，繼續那逆來順受的方式吧，低眉順眼、唾面自乾、默然不語，從無反抗？再見到她已經是數十年之後，大約是九〇年代中期的一次班級聚會中。那時她所在的街道修理店，早已經在改革中被淘汰、歇業、關閉。店中雇員即稱爲「下崗人員」，如同「樹倒猢猻散」，遣散而已。「下崗人員」可領得一份所謂「工齡買斷」的微薄酬金，之後便須自尋飯碗。她亦成爲下崗大軍中的一員。她既無特別技藝，更無尋找新工作的關係門路。其實「下崗」不過是失業的別稱，甚至還不如失業，因爲下崗者無失業保險金可以領取。她所在的修理店本就屬於低收入行業，日常養家糊口之外並無積蓄。下崗後她每月只得依靠領取街道組織發放的最低生活保障金度日，收入微薄到每月不足人民幣百元。九〇年代北京的物價相比今日，雖可算是依然低廉，但她還要撫養未成年的兒子，艱難可想而知。

同學聚會再見的她鬢髮蒼蒼面目憔悴，宛如老婦，半舊布衫下是塌下的肩膀，低眉順眼，唇角帶了尷尬的笑，默然地站在人群裡。時隔二十年有餘，當年那朵娉娉嫋嫋的梢頭豆蔻，早已經萎謝於塵世中，再也尋不到半分蹤影。其實那時的我們只是中年，何至於衰老如斯！同學相聚慣例是以聚餐結束，那日眾人湊了一疊現金送給她補貼家用，她可能確實囊中羞澀，因而並未推拒，只是紅了眼眶。不知道她看到自己如此落魄是何種心情？不知道一眾同學看到她如此落魄，又是何種心情？回想剛剛入學時，她如梢頭豆蔻般僅僅是半綻半含，言笑盈盈，必定也是期盼春風雨露潤澤她未來的人生吧？又怎知那些所謂「組織的代表」給她的允諾，不過是騙人把戲，她只是做了他們在權力等級圈中，再上一層階梯的墊腳石——於Z老師，她是他政治課業績的證明；而對於那家店鋪的黨支部書記，她不過是他發洩權力與雄性動物欲望的器具。那些「組織」的代表何來半分對於她的憐憫，又何來一絲一毫的人性？

當年「向組織交心」的學生難以數計，她必定只是其中之一。她當年無驕人的紅色家庭背景可以仗恃，且坦承之事偏偏對於華夏傳統文化與紅色觀念，均是「可做不可說」的禁地，因而她那坦誠交心的結果，與她的期望便是南轅北轍。本想更靠攏組織，或許也本想藉坦承內心初次對於愛的夢想，從而尋到些理解與傾訴的機會吧？想必她也意識到她內心的念頭，不可隨意宣之於口，甚至連對於她的母親也羞於出口，因而她選擇紅色理念下最值得信賴之人——代表共青團組織的Z老師——坦白內心隱秘。她的信任卻只換來辜負。經歷一次再一次的辜負，她是否有懊悔？當年她不過是半大女孩，青蔥懵懂的年紀，滿懷希望地初探人生。那些所謂「組織的代表」，辜負了她的信任，是否曾有過一分一毫懺悔，或最起碼的愧疚？

毛氏早有論斷，曰「凡有人群的地方都有左中右」，學生中亦不例外。那麼「左中右」依據何種標準劃分？首先是家庭背景，「紅二代」或是「黑色或灰色二代」，但她卻在兩類之外，只出於最普通的市民之家，或許這兩類「二代」學生中，若「深挖」出任何類似的「第三層思想」，政治輔導Z老師都會更有「功績」，因爲其中的政治寓意會更爲顯著。在Z老師眼中不存在「人性」或對於「人性」的考量，每一個孩子或許都不過是他進行政治教育，並可能藉此提升自己的名聲的工具而已。她的家庭背景平平無奇，她的「坦白」並非是Z老師眞正期待的成果，若是有「黑」或「紅」二代被深挖而出，那Z必可成爲一場政治教育大戲的主角。既然她出人意料地成爲一場深挖中惟一的成果，Z老師卻又不可輕輕放過，於是便處理得極爲草率。

我憑當年邏輯猜想，「組織」對於她從未有過一絲興趣，她明顯地不屬於「組織」寄予厚望的、根正苗紅的一類後人。她或許是過於急切地想得到認同，或許是過於孤單，嚮往可以傾訴之人，也或許是沉溺夢境多於面向現實，結果就如同慌不擇路地撞上獵人槍口的鳥兒或是鑽進蜘蛛網的盲目小蟲，莽撞地撲向那沉沉張開的網。那網對於獵物又何曾會有半分憐憫？即便是對於如她一般柔弱、天眞、單純且輕信的孩子，亦不肯鬆開那網羅，讓她逃生。其實，即使允許她逃生，她又是否有可逃避之地？

大陸中國始終是大一統的機制。那裡只有王土王臣，沒有世外之地，香格里拉只是童話。

往事之四　「野蠻其體魄」，是否也會物極必反？

女兒，我知你從未讀過毛氏著作或毛氏事蹟故事。那是我們當年必讀之書。我讀到過毛偉人年少之時曾發宏願，願華夏少年人皆「文明其精神，野蠻其體魄」。若以文革亂世中少年學生的行徑來判斷，「文明其精神」未能如斯所願，或可謂實現的是「野蠻其精神」。

如今反思Y中的體育教育，才領悟到「野蠻其體魄」並非僅是指人的身體強健而已，更多是與人的尚武精神相聯繫，如古人形容「孔武有力」，或曰「將士驍勇善戰」，等等。所以「德智體」三者中，「體」之育實質亦是兼有育人素質目的，旨在磨練少年人的毅力，並非僅是體健少病便可。Y中的「體之育」除競技技能外，更看重的是磨練學生素質，例如練就吃苦耐勞、堅持不懈的精神；進行超體能訓練，等等。其實超體能訓練未見得有益於健康，只說明磨練心理素質比身體健康更爲重要吧，爲的是將學生打磨成爲「革命後來人」，或曰「優質鋼」所需的性格素質。Y中學生活日常是模仿軍隊作息模式。「黎明即起灑掃庭除」自不可少，卻顯然不夠。學生黎明時分隨軍號聲起床，被子要疊得如同軍營士兵床上的四方塊一般，之後是晨練，即是清晨體育鍛煉。晨練並不是每日強制鍛煉的惟一，每日課程完結後還有一次晚練，即常規課程結束後的健體運動。

晨練形式繁多，難以一一描述，且舉一例。受惠於皇家園林遺留的格局，Y校園占地闊大，且校園與用之不竭的閒置山坡水塘接壤，確非那些局促於建築物之間的普通中學可比。那些空地均成爲學校用以「野蠻」我們這些「革命後來人」體魄的場地。校園後有片閒置葦塘，原是昔日皇家園林遺留的一處水面，從春到夏葦葉層層，青蔥可人，秋天蘆花綿綿密密地塡滿水塘，冬季漸漸轉爲一片雪白，蕩起在風中，自由自在，如鳥兒的絨絨羽毛。冬季塘面結了冰，雖不能平滑如鏡，卻也是我們溜冰追逐的好去處。如此可愛的葦塘，當年卻頗得我厭憎，原因是那相當於我們的操練場所。晨練常常是圍繞葦塘跑滿一周。一圈大約有兩千五百米，且地面高低起伏，雜草灌木蔓生，須留心繞開，圍繞其跑圈的強度，超過在標準操場跑步。自己先天不足，少時多病，體力弱於同齡人，又缺乏運動基因，不喜運動。跑得艱難還在其次，更煩惱的是晨練後過度疲勞，既影響精神又影響食欲，早餐食不下嚥，課時因顯出疲勞本相，無法抑制地連續幾個哈欠，便被老師批評說「暮氣沉沉，哪裡有革命接班人的模樣」！

我們還有一項以軍營訓練爲藍本的健身訓練，稱爲「拉練」。一般行程是凌晨即起，從Y中校門疾步「行軍」到香山公園，攀上香山最高點香爐峰，「馬不停蹄」地下山返程，逕直回到校門，全程約在二十公里左右。我雖先天體弱，卻也先天倔強，並不是輕易認輸示弱的性格，每次雖走得筋疲力竭卻也不輸他人。某次恰逢我重感冒，每晚都咳到難以入睡，提出請假一次，卻遭到班上體育課代表的拒絕。那拒絕直截了當，且義正詞嚴，道，「感冒拉練難道不正是鍛煉革命意志力的好時機？如果你真的是士兵，難道可以因為感冒而拒絕戰役衝鋒嗎」？我無言以對，只能一路咳嗽不絕。終於咬牙完成拉練，卻繼之是感冒轉成肺炎。不過從此領悟——遇事要咬緊牙關，惟有梗起脖頸強硬挺過，千萬不可示弱，因為那「紅色道理」如岩壁直立面前，不為人性留一絲縫隙。這一領悟不知該定義為「煉鋼」過程、「改造」過程，還是磨練了為人之道？無論如何定義，這一領悟確實逐漸不自覺地融入我個性之中，回想平生行事為人，那影子確實始終都在，始終是凡遇難事便咬緊牙關，逼迫自己獨自強硬挺過，因而一生鮮有「桃李春風兩相宜」的愉悅，惟有江湖夜雨孤燈，一般滋味全藏在自己的心緒中。

晚練更使自己心中忐忑，緣於某體育教員居然對我有伯樂對千里駒的期冀。我雖因先天不足而體弱，卻生得四肢纖長，或因極瘦而顯得動作輕靈，彈跳如同飄起般輕易。其實在幼稚園歲月即將結束時，帝都芭蕾舞學校來挑選新生，作為未來舞者的幼苗，我也是惟一入選的幼童，之後因父親堅拒作罷，所以我或許真有些潛藏的運動天賦，那教員也「慧眼無虛」吧？該教員相中了我這匹隱形千里駒，便要求我參加學校運動隊的訓練，要求日日訓練不輟。訓練內容因人而異，我的首次訓練是背舉杠鈴，以增加腿部力量。一下午的超強度訓練完結後，自己是勉強支撐才回到宿舍床上，之後是全身肌肉整夜痛到不敢翻身，不過更苦惱的是想到自此課後自己再無個人時間。如今回想，只得承認自己欠缺成爲「優質鋼」的自覺，更無「吃得苦中苦」，方爲革命接班人的毅力。那次之後再未去加入訓練，見到那老師便遠遠逃開。

Y中的體之育還有項目標，便是培養學生的競技精神，激發學生的口號是要「人人爭先，取得好成績，爲國爭光」。學校若能培養出加入國家隊的運動員，可以在國際賽事中獲得獎項，學校亦感覺與有榮焉，由於那足以證明學校教育成績，即紅色新中國的新一代不再是「東亞病夫」，而是鋼鐵般的革命接班人。此等教育理念下，學校運動隊中的幾位佼佼者，都是學生中的明星人物，是全校學生共同的驕傲。如同今日「追星族」一般，受到每個學生的追捧，因而學生大都以有資格加入校運動隊爲榮，而如我避之唯恐不及的學生，必是罕見的另類。老師最終放棄了我，卻並未罔顧我忤逆的行爲。記得我那年的體育課成績是「不及格」，原因是「怕苦怕累，不求進步，缺乏爲國爭光的覺悟」。其實我每項體育標準考試皆達到中等，不過還是要感恩那老師不過是給我個「不及格」，在評語中畢竟還未上綱上線到「反對革命體育教育原則」吧？那是我自幼童入學以來，首個且是惟一一個不及格的科目。如今我想這「不及格」也不算冤枉，可算是我始終不能成爲「優質鋼」的預言吧？當年的自己似乎是既無願望亦無毅力，爲那大輝煌的目標而打磨自己。

細思舊事，Y中對於體之育的教導宗旨，與中共對於治下萬民的改造宗旨並無不同，即是從人生活與肉身的方方面面，均按毛氏教誨去塑造少年，最終將萬民塑造爲行屍走肉，即無個人自尊、無個人性格，無個人追求，甚至連體能亦務求達到紅色教育要求的統一標準。英文中稱「方孔圓鑿」，指不因材質宜的教育。不過中共的紅色教育更甚之，是意圖以同樣的模式與標準，鑄造每一個少年。人與人之間的興趣差異與體質差異本是自然現象，要求標準統一本身便違背科學常識。如今自己領悟到中共的教育模式，便是使得人人無論是肉體還是思維，都自覺或不自覺地放棄自我意識，以黨的意識作爲自我意識的標準。

中共動員小民的宗旨一貫是「人定勝天」，「精神的力量是無窮的」，諸如此類。其實依然脫不出「苦其心志，勞其筋骨」的先人範本。既然是要通過「苦其心志」的磨練，才可成爲合格的「後來人」，那麼便不存在學生由於體力不佳而「做不到」的寬容。例如長征紅軍的爬冰臥雪，例如大饑荒年代農民的嚼草根吞樹皮果腹⋯⋯，皆是超越人的自然體能的極限。學生若「做不到」，則必是由於精神不夠健康，心志不夠堅定，因而「做不到」的學生如我則必須深刻檢討，主動地改造自己，直到脫胎換骨。總之，小卒爲「革命大業」，必須有決心超越自然賦予人類的極限，哪怕是爲此要做到粉身碎骨，且是要心甘情願地粉身碎骨，而我們作爲後來人便要磨練到如此境界，自己當年確實是在那磨煉中「敗下陣來」。

女兒，我前面寫道「優質鋼」，或可解釋爲「德智體」均達上乘的學生，其實那解釋仍未達眞意。更接近實質的解釋，應爲三者之中「德」是標準之實質要素，「優質鋼」是以「德」爲主、爲根基，而「體」則不是狹義地解釋爲跑、跳等體育科目，而是體魄強壯與精神野蠻合爲一體，目標是「爲國爭光」、「爲革命接班（或者爲國打仗）」。作爲學校，「智」不可缺，卻並非成爲「優質鋼」的首要標準，而是首先要明確「智」之目的，即「智」要在紅色政權指教之下，以「紅色正義」爲標準，其次是「智」的發展則不得超越既定之框架。「智」不得導致「自由精神，獨立人格」，否則有「智」之人即成爲紅色政權的「異己分子」。

毛氏對他成爲帝王之前的友人曾贈詩，其中一句道是「牢騷太盛防腸斷，風物長宜放眼量」。這句詩乍看是寫得頗有哲理，但是細想則只是帝王對於臣下的訓誡而已。若那友人牢騷太盛，則只能自我收斂，以防某日腸斷命殞。有權有勢可以做到放眼丈量風物者，只能是帝王罷了，並非臣子。哪怕是未發跡前的友人，如今亦必須自知自省其身份，不得再如從前般放肆談心了。

其實當年小小少年如我是沒有牢騷的。女兒，我們一代那時不懂得有牢騷，只懂得凡遇達不到「優質鋼」標準之事，必應當是自我檢討有何錯誤。女兒，我之前出版的回憶家族長輩的書中，敘述了我家人長輩在一九四九年之前與之後的人生軌跡——那軌跡是自一九四九年起，家人長輩便始終不脫「改造自己」的宿命。我的長輩們必定也始料不及他們靠行醫而薄積家產，會使他們與他們的後代被劃爲「資產階級」，必須「主動改造，脫胎換骨」。這些話語如同唐僧對孫悟空的緊箍咒，自從大陸中國建立以來，就一直在他們耳邊重複，聽得頭疼耳鳴，痛不欲生，只得討饒。這緊箍咒在紅色王土上變爲魔咒，孫悟空成佛之後，會同樣地落到下一輩人的頭上，於是下一輩落生便帶了原罪。「原罪」本是基督教教義的概念。眾生亦因人類始祖之原罪而獲得人格平等，因爲那原罪無差別地屬於全體眾生。中共對「原罪」的定義，則是以華夏大陸萬民的家庭背景爲區分標準，結果是國人因此而被分爲三六九等。那家庭背景的標準，便是在一九四九年紅色中國建立之前的一切有產家庭都帶有原罪，而產業的多寡則成爲定罪的標準，產業愈多則罪責愈大。即使經過中共數輪改造後，原本的有產者已經淪爲赤貧，全部產業早已經交出，成爲自食其力之人，中共政權卻依然視其自身爲原罪纏身的人群，低無產者一等，且這「原罪」同樣傳於其子女，哪怕那子女早已經獨立謀生，自食其力。這個人群的一言一行，無不被按階級理論（或曰中共的原罪理論）解讀，因而動則得咎。

如今回想，其實我的人生軌跡的開端，不過是在重複家族長輩的腳步吧？例如某有產者家庭的孩子若天性書癡，則可能即被視爲白專典型；若那孩子（如我）天性不喜運動，則更是四體不勤的典型表現，而「四體不勤」在階級理論的語彙中，本就是形容非無產階級人群經典語錄，出於中共的偉人毛氏。事實上，對於當年因恐懼那要天天下課後，「捆綁」在杠鈴下反反復復上下蹲起的日程而逃脫運動隊，我曾一直眞心慚愧，在政治課作業「深挖第三層思想」時也曾眞誠地檢討自己。檢討自己那是「小資產階級」的生活習慣，阻礙了自己向革命標準邁近一步，等等。少年的自己對於那些說教，並無獨立思考與理性的反感，每逢達不到紅色說教中要求的境界，總是不斷承認是錯在自己，且要思索錯在哪裡。

不過我天性生出的本能抵觸卻十分誠實。我至今遠避體育。離開Y中學之後，體育成爲我再也未曾觸碰的活動，甚至對於有關體育賽事的新聞與電視轉播也從不觀看，至今已經超過四十年。澳洲人將體育視爲人權要素之一，對於殘疾人的愛護中，體育亦是絕不能缺位的人類活動要素，我卻是聽到「體育」二字便從心裡厭煩。澳洲人對各種健身中心，公立或私立，都極重視。以健身教練作爲職業者人數眾多，庚子大疫期間，市政關閉一切公共健身場所，但仍允許私人健身教練一對一地教授健身，結果是教練供不應求。自己居家附近便有數處健身中心，會員費極低廉，亦有多種健身科目可選，自己卻從未動心去加入其中任何一家，亦未去嘗試過各式運動器械，緣於只要想起「體育運動」四字，便是心中避之唯恐不及，絕無去嘗試的願望。

澳洲人十之八九喜愛運動，可健體亦可消閒爲樂，可活躍社交圈子，例如相約登山，相約騎車出行，等等。爲何我會如此決絕地厭惡這有百利而無一害的活動呢？或許只能歸咎於少年時被逼迫過甚，當年雖是只知檢討，自認不熱衷於學校體育鍛煉是一項大缺陷，病根是緣於怕苦怕累的「小資產階級」生活習慣。檢討不斷，內心卻有潛意識地反抗，抗拒那強迫自己去做與天性相悖之事的外力。我當年確實不懂那是內心不自覺的抗拒，只道是天性不喜運動。

當年厭惡被強迫運動的感覺如同一根荊棘，那荊棘不自覺地橫梗在心中，只怕是終生未能消融，因而內心至今未能與運動和解。

往事之五　「寂寞舟中誰借問，月明只自聽漁歌」——當年的朋友還好嗎？

《江城子．西城楊柳弄春柔》——秦觀（北宋）

「西城楊柳弄春柔，動離憂，淚難收。猶記多情，曾爲繫歸舟。碧野朱橋當日事，人不見，水空流。

韶華不爲少年留，恨悠悠，幾時休？飛絮落花時候，一登樓。便作春江都是淚，流不盡，許多愁。」

女兒，幼年時你是個怯怯的小姑娘，每逢家中有客來訪，你便早早躲到離客廳最遠的角落房間裡，千呼萬哄才肯露面。進入少年期的你，卻好像是一枚石籽一夕之間開出了花兒，且那花兒璀璨耀目。你忽然有了數不清的朋友，多是從地北天南的不同國家來M市讀中學的孩子，你甚至整夜地沉溺於朋友的集會，喝酒，跳舞，聊天再加白日逛街。那時做母親的我自然是懸起一顆心，而理智又告誡自己，那是每個孩子成長的過程，不可出言阻攔，只能溫言提醒，不要做那些可能一步踏入便可能萬劫不復的行爲，例如毒品。所幸你的生命並未駐足不前，而是順利地越過了那叛逆期。如今你的朋友們與你雖然也是四散天涯，但你那些少年時的朋友，大多至今依然是你的朋友，女兒，你是否會好奇，你的母親——一名不自覺卻似乎是出於天性與Y中「鍛造優質鋼」的大環境疏離的小小學生，少年時在校園裡是否全然是孤家寡人，還是也有朋友？有那種可以興趣相投、隨意地冒出共同話題的朋友？

女兒，自己將一首詞錄在文首，緣於我很愛這首《江城子》表達的情緒。懷念少時友人，柔情繾綣，一如當年折柳繫舟時候。雖然暗恨韶華不爲少年留，卻是連那恨也是溫和的，如春江流水，源源不斷，柔和宛轉。自己的童年少年時光予人難以描摹的感受，家人父母的遭遇雖是從不對孩子言說，卻不等於孩子毫無感知。我感知到家人似乎心中深藏某些往事，那些往事或許像是懸在天邊的烏雲，隨時窺刺時機釀成暴雨，所以內心常是暗藏莫名的膽怯，卻無人可以交談。自幼喜歡讀書，那或許半是緣於書是躲避現實世界的惟一去處吧？讀書使自己身處虛無縹緲之處，雖依然在人間，卻勝卻現實的人間。不過自己那些青春年少的歲月，似乎還未開始便結束了，結束於一場兵荒馬亂之中。在那文革亂世之前，當年的我是否亦曾有折柳繫舟、碧野朱橋的片刻？少年時的自己是否亦有朋友？

記憶裡，自己課外時間多是在校園某處獨坐。Y中學校園極大。校園建於舊時皇家園林的廢墟之上，因此可算是有山有水，不過山是殘山，水是剩水，都是當年皇家園林的遺跡，經當地農戶砍伐開墾，所有皇家建築物已經拆除殆盡，磚瓦石料已經成爲農戶房屋的組成部分，可以耕種的水面陸地業已經成爲農田。只有那些邊邊角角的山坡水塘被棄之不用，自生自滅。到我入校時，那廢園已經全無皇家園林的氣象可尋，殘山剩水亦缺乏疏梅料理，自然早已經不成風月，卻依然留有難以言說的韻味，清冷自持，淡掃蛾眉，似乎與紅色江山那種敲鑼打鼓、紅旗招搖的熱鬧，有意無意地留有距離。那時初中部的教室排列於水田旁，從後窗可見農民的水田，隨季節從青綠漸漸轉爲淡黃。教室相接的碎石路右側則引向皇家山水的遺跡——被農民視爲廢料的山坡與水塘。水塘經百年天然雨水料理，長滿野生蘆葦，層層葦葉青碧天然，風吹蘆花，露出低處生長的蒲棒，帶出淡淡的青澀香氣。水塘之上是山坡，其上雜樹蔓生，野草鋪地。樹大多是山桃，生得枝幹單薄，卻也有四時節序的熱鬧。春天裡粉白色的花開得輕盈細碎，雖非繁盛得漫山遍野，卻也飄起淡淡的花香。斜倚小樹席地坐於草上，便是我一貫獨坐的校園「某處」。我喜歡那裡的野趣、清靜，可以藏起來自己與自己相處。記憶中自己中學的課外閒暇多是於獨處中度過。一位學易經的朋友曾說我的命數帶有孤獨的密碼。我敬重易經，卻是易經的門外漢，因而有時會想不知道那孤獨是命數，還是外部環境壓抑的結果？

女兒，我前面曾多次感嘆Y中學與我自幼受教的家庭環境確實有天壤之別。我的中學自帶紅色歷史，學生中多有從龍功臣的子女。雖然在文革中，這些子弟大多於一夕之間，從雲端驕子落入九重地獄，但之前確實是光環粲然。Y中因紅色革命史的淵源，而使得學生中紅二代子弟眾多，但是由於地處幾所大學邊緣，Y中招收的學生中亦不乏讀書人子弟。此外尚有周邊市民子弟，雖然人數寥寥。如此三類學生同處一班一級，帶入學校的人間煙火是否別具一番況味？相互之間感受如何？是否如同油與水互不交融？或者是否甚少交流？古人曾有一問：「子非魚，安知魚之樂？」引發莊子與惠子一番爭辯，表達的其實是人與人之間悲歡並不相通。班中的市民子弟大多甫一下課便各回各家。市民子弟中亦有藏龍臥鳳，只是那時少有交往，而如今也已經不通音問。「紅二代」學生則多爲住宿生，那時與自己雖無芥蒂，但也僅是同窗之間的交往，交談鮮少涉及到個人興趣。「男女大防」的說法，那些年雖已經不再盛行，但學校中異性之間依然少有交集，更罕見成爲朋友（女兒，關於當年我們一代的「食色性也」，我會在下面另有述及）。

女兒，雖然我與周圍同學始終缺乏融入，當年居然難得地有了朋友。自己與W，同級不同班的女生，如今忘記是如何相識，只記得是因書結緣。難得我們喜歡的書居然相同，對於書中人物的喜歡與厭惡也頗相同。那時我們都迷上《紅樓夢》，似乎在當年確實是可遇不可求的緣分。W與我約定每日讀相同章節，以便二人相談其中的故事、人物，有時癡迷到午休時間亦湊到一起。其實湊到一起亦只是談書。不過談《紅樓夢》，心悅那座依紅偎翠的花園，與我們中學提倡的剛勁硬朗軍旅之風顯然相悖。我們似乎也敏感到我們的興趣不入學校的主流，便尋些校園中的偏僻所在，席地而坐——感謝Y校園極大，總可尋到些僻靜的角落，聊那雖不入主流卻別有洞天的書中大觀園。我們自認這聊天只是自娛，與他人無涉亦無害。豈知這對他人無害的興趣，卻似乎與旨在「優質鋼」的主流意識相悖，因而不見容於身在主流的一眾老師同學。本以為是些「出我之口，入君之耳」的聊天而已，最終不知因何路徑傳到老師耳中。W與我分別被政治課老師訓話。還記得政治老師訓話的大意是《紅樓夢》中描寫的生活情趣病態、沒落、腐朽，不值得欣賞，而我們這些校園中的孩子成長的目標，是成為國家建設的棟樑，需要培養的人生情趣必須如同陽光一般，要崇拜紅色英雄，要欣賞剛硬健朗的紅色軍人。語文課時老師亦告誡，學生喜歡讀書並非壞事，但若喜歡讀書，應首選閱讀紅色英雄人物的故事或革命前輩的事蹟，等等。如今回想，老師的訓話顯然僅僅表明那是個審美觀念扭曲的年代，是扼殺少年人性成長的年代。當年惟有紅色政權的需要，方可成為少年心中的追求。

那談話意圖是將我們人性成長的幼嫩筍尖扼殺於破土之時，不過也理解那並非皆是老師之過。老師只是紅色機器的齒輪之一環，必然要按紅色機器的力量旋轉，因而必然要奉旨宣科，力圖將我們拉回那「煉鋼爐」正軌中。自己雖是一向任性，老師訓話在當年於我卻並非是如風過耳般輕鬆飄過。受儒家與洗腦觀念成長的自己，受到師教之後必然是首先要檢討自己。自認對紅色讀物忽略不讀確實是自己的過錯，便轉去讀老師建議的紅色小說，只是無奈始終興趣闕如。女兒，當時自己並非拒絕去讀紅色讀物，如今卻完全想不起當年在老師訓導下，讀過的是哪些紅色小說，有何深入心中的故事人物。對比之下，《紅樓夢》中的場景人物，甚至某些段落文字，卻記憶至今。人的記憶或許確實是有選擇性吧，只選擇記住於每人至關重要的人生片斷，無論是人、事還是書。人類記憶的不完整性屢遭詬病，不能否認這一人性缺陷，可能會致使歷史眞相或埋沒或扭曲，但是記憶的不足可由良心與文字彌補。我們後人亦可如司馬遷與其祖輩的經歷爲行爲規範，那就是寧遭刑罰貶黜而不改所知的事實，秉筆直書，留下文字記錄。華夏古帝王時代，以記錄歷史爲職責的史官應恪守本分，修史中不可因任何人爲理由改動歷史事實，無論是隱瞞、修改、掩蓋眞相、爲帝王諱或因政治觀念而預設立場均不可接受，更不可有意歪曲，否則即爲犯罪。不過我想對於私人眼中與心中的記憶，則不可苛求完整，因爲世界的現實映在每個人眼中、心中或許都有不同。猶如天邊出現彩虹，是由於每滴雨水折射出陽光不同的色彩融合而成，那麼眞實人間的映射五光十色，又何嘗不是凡人們心中、眼中所見不同，融合在一起形成的景象？每個人在作爲個體記憶的記敘中，只要尊重自己的眼睛與心，不爲名利而左右，即是恪守天職。其實人類記憶的天然缺憾——不完整與選擇性，又何嘗不是造物主對於人類的恩賜呢？因為個人片段的記憶，恰恰保護了每個人的獨特性與人生中的趣味，試想若人類每個人的記憶庫都是相同，且都是塞滿日常生活的流水帳，例如白菜蘿蔔，那何來大千世界人間萬象之說？那人類的歷史記錄豈不是無趣之極？

W必定也在老師訓導下也努力改過，去讀紅色小說，效果似乎亦令她沮喪。記得某日聊天，她情緒低落，輕輕說，「實在是看不下去那裡面的人物，反面人物都是獐頭鼠目，滿心壞水，英雄人物都是鋼筋鐵骨。這樣本本類同，也太沒意思了」。如今回想，W與我對那些紅色小說的失望不過是人情之常，即如食髓知味，「曾經滄海難為水，除卻巫山不是雲」。《紅樓夢》的文字雋永脫俗，如山澗泉水沁入人心，一旦讀到，那些紅色讀物文字的傖俗與鼓噪，又怎會吸引到我們？雖經政治老師告誡，我們依然會見面，見面亦必談心儀的書。只是我們不得不避開校園，將見面約在放學回家的路上。W與我都只癡迷現代紅色題材之外的小說，《紅樓夢》之外，記得當年一起讀過的還有《鏡花緣》和《兒女英雄傳》。當年為什麼讀這幾本書？已經不記得具體原因，或許是囿於家中與市面可尋得的此類書籍那時已是寥寥可數吧。那時此類書籍已經被歸類於「封資修遺產」，僅供批判目的，卻被我們待之若珍寶。我們相處，常常是各自沉入書中，讀到有趣處會忍不住笑出聲來，伸手拍拍對方肩頭。

那是我少年時期難得的友情，只是時日不久，即被一場政治整肅打散。我不知詳情，只知W的父親延安時期加入紅色隊伍，卻也是讀書人出身，因言獲罪，被降級使用，遣去閉塞的內陸H省供職。W亦隨全家遷離北京，從此她與我天各一方，再未見面。W遷入H省，似乎心理變化極大。我們分手前也曾約好通信，但W的來信內容卻讓我有些不知所措。在H省入學後，W似乎成爲當地同學心目中紅色都城的代表，認爲她必是完美的紅色接班人的化身。記得W在信中描述她的心情，似乎是一夕間「幡然悔悟」——若不能在行爲上做到完美的紅色接班人，豈不是汙了北京的名聲？因而要竭力做到毛氏教誨的「天天向上」。這封信是表示W是「覺今是而昨非」麼？我那時難以理解W的心裡改變。直到數年後經歷過「上山下鄉」的我才悟到，當年若說帝都兒童少年的生活環境如同「坐井觀天」，那麼外省兒童少年身處的圍欄更是層層疊疊，眼中的世界更爲狹窄閉塞。在將紅色偉人不斷神化若干年後，帝都在外省兒童少年心中，似乎也成爲紅色聖地，而來自帝都的學生必然是聖地的代言人。那妄加的光環在文革中，一度使得帝都紅衛兵可在「大串聯」中爲所欲爲。那光環似乎至今在我們一代心中猶存，例如外地遊客（尤其是其中年過花甲或將近古稀的人群）如今進京一遊，必去的景點之一是天安門，天安門前的升國旗儀式亦是不得錯過。這旅遊人群大多是生於五〇年代、長於六〇年代。自己當年卻難以體會她的心情，難以想像W爲何換了城市竟然如同換了個人，變得如此陌生？自己記得回信表達不同想法，大意是賈寶玉不肯讀八股文章，志不在功名，也不算汙了賈府名聲吧？當年的自己身不在其境，因而難以理解處境不同的W。她與我之間是「漸行漸遠漸無書」，終成陌路。若今日再見，不知是否還能認出彼此？回想當年，心中不免五味雜陳，眞的可以「遙知湖上一樽酒，能憶天涯萬里人」麼？或那樽酒之憶，還可進入那相隔天涯萬里之遙的少年朋友的心麼？

千禧年之後，電子通訊方式日漸增多，亦愈來愈便宜，幾乎無費用。國內最常用者自然是微信。因而舊時同學又開始通過微信聯繫。舊時同學多是組成各種微信群，或因興趣相同，亦或因觀念相近，也或者不過是舊識的三兩聲問候，繼後卻成爲討論各式問題的平臺。我們一代的微信群中，多見對政治議題的爭辯，時常爭辯成爲爭吵，爭吵成爲各式罵人粗話橫飛。即使不以國罵結尾，微信通話導致的結果，也是舊友之間極少見面，亦極少有傾心交談。無論多少有趣議題都是草草幾張帖，淺淺一轉而過。不知道如此交流，究竟是多了朋友還是丟了朋友？我從未嘗試過去尋找W，或許是恐懼尋到反而是失去，甚至連同那記憶中的美好也一并失去？

那些與少時朋友席地坐於葦塘旁，一同讀書談天的日子，終是消失在各種意識形態的歧路交錯之中，永不再見。

帝都校園之四　Y中學教育的是是非非，「是非成敗轉頭空」

女兒，我前面所描述記憶中小事，確實都可說是學校教育的非主流事件，而我自認是「Y中煉鋼爐」的廢品。不過在文革之後的人生中，自己成爲專業人士，並非是社會人中的廢品。這是否也算是悖論？那麼你可能會再問，「Y中煉鋼爐」究竟對錯何在呢？我只能以小小綜述作答吧。

女兒，對於Y中學一夜篝火、開啓兵荒馬亂歲月之前的平常讀書歲月，我記憶中值得一敘的往事不過寥寥。那些事件瑣屑，在旋轉的風裡被擊碎、老去，亦未有激烈抗拒。不過若換個角度體會，那些往事雖細微，置於當年按紅色標準，一力將少年打造成中共或其黨魁需要的「優質鋼」的大環境下，還是顯示了人性天然蘊育之性情與被強行改造之間的衝突。那「紅色正義」與「優質鋼」教育的成果，於每個少年的成長影響幾何？「文革」歲月中紅衛兵們的表現，是否便是當年施教者所期待的？當年尚未邁入少年門檻的自己，出於天性，在那強行被鍛造的過程中曾發生種種小衝突。那時並無自覺，如今才略有領悟。細想，這大千世界中紛紜萬事，事後往往都是說不清、道不明，是非成敗，曲直黑白，成王成寇，又有多少可以辨得分明？自己對Y中學教育成果自是非主流的看法，又有多少可以得到同學與後人的認同？

標題中引用明代楊愼先生詞《臨江仙・滾滾長江東逝水》中的半句，表達的其實是自己談及Y中主流教育綜述時的心境。那寥寥半句，可以讀出其中的慷慨與蒼涼混同一處的詞者心境，又怎能讀盡詞中意味的千折百迴？全文引下，方是尊重詞作者：「滾滾長江東逝水，浪花淘盡英雄。是非成敗轉頭空。青山依舊在，幾度夕陽紅。白髮漁樵江渚上，慣看秋月春風。一壺濁酒喜相逢。古今多少事，都付笑談中」。女兒，你或許會問，「這首詞與你對Y中的記憶又有什麼關係呢」？若論楊愼先生詞與Y中學，確實是風馬牛不相及。引用只是感覺那詞中欲說還休，寧靜淡泊之中又藏了多少難以訴說的感慨與蒼涼意味。先生或者本欲將是非黑白陳述一番，又感到難以辨清，最後只好放棄，歎息一聲，道是秋月春風，古今萬事，不如渾成濁酒一杯，付之談笑。詞人是濁酒一杯便傾落心中萬事，但是你母親不善飲酒，又天性執拗，所以雖然心中情緒是寫不清、道不明，但還是想嘗試將那難以說清的Y中教育分辨一二，哪怕只是其中的幾分是非黑白。

到底何謂人生的「成」與「敗」？我無能亦無資格代表Y中難以計數的畢業生，所以只是自我感受的綜述。我的女兒，孩子們，我希望你們永遠不會踏入我們一代曾涉水尋路的那條河流。

綜述之一　「血統論」與「有教無類」夾縫中的航船

試想，女兒，你若自幼被一塊紅布蒙起眼睛，每日被告知「毛爺爺」即是你的衣食父母，亦是溫暖地上萬物的太陽，已經是晚年老人的「毛爺爺」受到敵人攻擊，需要你的衛護，那麼你會怎樣做？若你是紅二代，自幼便受「單向度思維」教育，必定是要義無反顧，衛護紅太陽，恨不得手刃「敵人」。若你是「黑二代」，即所謂「敵人」的後代，你在紅二代眼中是「狗崽子」，非人類，那時的你又會怎樣做？是否會眞心想「代替祖輩悔罪」，也加入拼力保衛「毛爺爺」的隊伍？如今習氏治下，我看到大陸國內「階級教育」的回歸，看到兒童節的「鬥地主」劇碼重現，其中紅色袖章與玩具紅纓槍，重新握在身穿紅軍服飾的兒童手中，對準扮作「地主」的兒童，兇狠地將他們推倒、捆綁成粽子般。我心中對此只有憂慮與憤怒。難道「階級鬥爭理論」要再次覆蓋華夏大地麼？難道新的一代兒童又要被種下蠱毒麼？我無能阻擋那紅布在大陸中國正緩緩再度鋪開，只能自私地慶倖，女兒，你如今身在王土之外，不會如我們一代般生活在「紅二代」與「黑二代」仇恨再起的夾縫中。

女兒，你若問到我本人當年是否在Y中學，感受到「黑二代」出身的壓力？我當年雖未感受到過切膚之痛，卻也記得曾經歷的一件小事。當年並未察覺有何潛在壓力，也或許緣於此類小事在那種紅色環境中，實在是不值一哂。記得是剛入學不久，音樂課老師讓學生「試音」，即每人當堂唱歌一首。課後老師將我留住，解釋說我居然有純淨童音，十分難得，是全體入學新生中的唯一。學校正排練一堂歌舞節目，某首歌正需要童音的領唱，惟有我是最合適人選。我生性安靜，絕無意成爲眾目睽睽之下的領唱人，卻推辭不得，只好接受，心中一直忐忑。大約兩周後，老師卻與我又有次單獨談話。他看起來頗有些尷尬，囁嚅許久，終於說組織決定換一個學生作領唱，因爲認爲你是走讀學生，「傍晚要留校練習後回家路上已經是天黑時分，擔心你的安全……。都是好意愛護，你一定不要介意……」，云云。其實對於我這是如釋重負，老師完全是錯度我意。老師接著解釋，「你若願意參加，也可以留在合唱隊裡……」，我搖頭表示拒絕。如今回想，老師這句話實在是畫蛇添足了，難道合唱不是也要在下課後練習嗎？世上果然是沒有不透風的牆，之後有同學傳出些閒言碎語，類似「出身不好不可以做領唱」，等等，果然是「黑二代」無資格領唱革命歌曲。不過這件小事多年前就被自己遺落在記憶底層，因爲自己從未在意過那作爲領唱可能體驗的風光一刻。如今回想那一小小經歷，也可以理解到那老師心中的煩擾。那老師始終未將更換領唱的眞實原因直言相告，想來是不願傷害我的童心，也是誠心愛護之意吧？

與學生中普遍是積極上進的氛圍相比較，自己在Y中的日子，或許眞有些「化外之人」的意味。我雖是黑或灰的家庭出身，卻對身邊政治環境極爲不敏感，不知應稱晚熟還是稱冥頑不靈。我對於入團之類的話題全不感興趣，甚至連「共青團」與「入團」的意義，都缺乏主動瞭解的意願。對於學校的集體活動亦缺乏參與的興趣，例如對於挑選去參加「五一」、「十一」遊行之類，似乎是充耳不聞。自己也無法解釋為何生成如此冥頑不靈的性子，只是這性子似乎自然而然地，保護了自己心中的一點自尊與靈性。自己與學校教育模式之間的隔閡，似乎主要是來自一種潛在的距離感，使自己始終無法感受到那「革命教育」的感召。

當年的合格「後來人」首選是「根紅」——中共黨人的後代或起碼是無產者（指一九四九年之前）的後代，因為「根紅必然苗正」。這辭無疑只是血統論的另一表達方式，起於何處似乎無可考據，但確實是毛時代廣為接受的觀念。家庭出身是五〇年代出生於紅色大陸的孩子，是否獲得紅色政權信賴的首要標準。自己屬於根不紅的一類。按階級理論，如我一類家庭的孩子，擁有與生俱來的家庭烙印，天然地對於中共的革命事業缺乏認同，而缺乏認同或表現為抵觸、反對，或是淡漠或「不親近黨組織」，云云。如我一類的孩子若有心改造自己，則首先要擺脫家庭影響、清洗家庭烙印，要親近（靠攏）組織。家庭背景或黑或灰的同學亦渴望爭取加入共青團，但他們無論怎樣努力，無論是如何品學兼優的學生，無論如何傾其所有心思，真誠萬分地向「組織」交心，也只能眼睜睜地看著只有「紅二代」出身的同學，才會首先被接納入團。我這個在Y中學與「組織」和「革命」極度疏離的孩子，甚至對於是否有同學入團亦毫無關注，所以今日也毫無印象，只是恍然記起那時似乎有政治教員特別召集的「紅二代」會議，著重談入團問題。自己當然無緣會議，如今也忘記是誰告訴自己這件事。不過這件事也證明「階級鬥爭論」、「血統論」在Y中的教學中也是存在的，只不過並非是大張旗鼓地當面宣示於學生。

女兒，你的母親當年懵懂稚嫩無知，其實從未有意識地思索過「革命」與「非革命」等等教育概念，亦未有意識地抵制過「革命教育」。自己對於「革命」的概念，當年絕對沒有任何異議。出生便是在紅色中國，課堂上老師不斷重複毛氏與中共的恩情，例如「如果沒有共產黨打敗日本侵略，消滅國民黨，你們如何會有今天和平的課堂」、「沒有共產黨的關懷，你們的學校從哪裡來」，如此等等。自己自幼入學充耳的便是類似教誨，在如此封閉的語境中自幼受教，又怎會自覺地質疑那些話是否是謊言，怎會自覺質疑「紅色革命」的正當性與合理性？自己只是始終有一種置身事外的天然情緒。或許可形容爲自己雖然絕不質疑「紅色革命」，卻亦無心繫「革命」的概念。其實何謂「革命」？例如，陳勝吳廣大呼「王侯將相寧有種乎」是否是革命？黃巢「我花開時百花殺」是否是革命？闖王「迎闖王不納糧」是否是革命？還有我的姥爺，民國初年跟隨孫中山與黃興先生反抗袁世凱而選擇捨生取義，二十三歲時被袁世凱旗下軍隊槍決於J城，是否亦是革命？在我的概念中，這些似乎都是「革命」的一部分，因而「革命」似乎是一部宏大、但是不易確定邊界的歷史敘事，而課本中的紅色革命故事，卻似乎只是內容乾癟的範本畫。

若再反思之，女兒，我始終對於「革命教育」的游離心態，是否與我自襁褓時便受到姥姥的基督教薰陶有關呢？我的姥姥受教育於北美長老會當年設在W城的基督教女中，於姥爺就義後選擇學醫救人，成為林巧稚先生的學生，畢業後以行醫為業，獨立行走於世間。由於家庭背景，只能歸類於黑或灰，我的父母也只能做棵「行道樹」，凡事不對兒女言，能瞞則瞞，頂多是告誡兒女在家門之外要謹言慎行，言行之前要思之再三（直到如今自己都是寡言之人，或許便是如此養成的）。雖然襁褓中的嬰兒不會言語，但是姥姥每日與神的對話是否會隨姥姥的祈禱，逐漸潛入我的意識？神雖然隱身，不見於人世間；我的靈魂雖然隱藏，亦不見於我的身體之外，但是這些靈性或許無聲無息、無影無形地成為我心靈之盾，可以抵禦一切世間謊言與惡言？

女兒，寫到此處，自覺已經遠離本節主題。其實這裡的本意還是想解釋我本人在校幾年，未曾感受到「出身論」壓制的緣由。那根本緣由是在於我與「革命」概念的心理疏離，我從未生出過跟從「組織」的意願，因而也無壓力。不過我本人未感受到壓制，其實不等於壓制不存在。在許多「或黑或灰的二代」心中，恰是每日感受到那壓制的存在。現實中，可能愈是一心追求被承認為「合格革命接班人」的「或黑或灰二代」的學生，愈是會強烈地感受到因家庭背景引發的壓制無時無處不在的痛苦。這似乎聽來是一項悖論，其實正是當年「階級論」的結果。例如我從未爭取入團，從未爭取被評為「XX好學生」或「模範學生」之類，亦從未主動申請加入任何校外學習組或運動隊，等等，因而也從未被拒絕過。其實政治教員可能早已經將我看作是Y中學煉鋼爐裡的廢品，無可藥救，何必勞而無功？這無人理睬的狀態，反而爲我留下自我成長的空間。記得我每年的政治評語都是「不求上進」——這裡的「上進」專指所謂「政治上進」，而「不上進」自然是指未能自覺追求「革命後來人」標準行事。事實上這評語頗爲公平，我確實是從未顯示追求「上進」的意願，因而也從無人來找我進行「追求政治上進」的談話。或許他們認爲對我的政治表現不理不睬，是對我最大的懲罰。不過我那時也欠缺這份自覺，反而感覺自在——可以獲得自由的空間，自我放縱地「胡思亂想」，難道不是年青的生命獲得的恩賜？由於天然地心理疏離，我便未給自己心理上受到「家庭出身」心理壓力的機會，不過我相信許多同學確實是感受到那種嚴酷的壓力與挫折的體驗。

例如，在自己成爲人數將近兩千萬的「知識青年」之一後的一九六八年（即遠遣北大荒期間）結識的好友之一ZZ，便是極力追求成爲「優質鋼」的範例之一。同是Y中學生，ZZ的感受便是倍感壓抑。她是「黑二代」，又是外柔內剛的性格，表面極隨和低調，內裡卻是不服輸的個性，力求事事做到最好。她自初中就讀Y中，無論「德智體」的成績都年年名列前茅，起碼按「德」之表面標準，她已經做到無瑕疵可挑得出，但她卻有先天的瑕疵，永遠不可能靠自身努力改變，那便是——她不是「根紅」，而是「根黑」。五〇年代初期與「大饑荒」之後數年期間，紅色政權對待學生的政治標準，還不似之後那般壁壘分明，她曾經數年蟬聯帝都的金質獎章學生，那是當年學生界的最高榮譽，她卻從未因此顯露任何驕人之氣，謹遵毛氏教誨「戒驕戒躁，永遠保持謙虛進取的精神」，始終是努力不輟，永遠求得做到最好。之後卻因而招致「紅二代」學生的公開不滿，那大約是在文革的兩三年之前。由於獲得金獎首先要通過學校黨委推薦，而*ZZ*是無可爭辯的「黑二代」，似乎家中既有右派又有所謂「反革命」等等，數名「紅二代」學生聯名批評校黨委施行「錯誤階級路線」，理由便是校黨委連年推薦「黑二代」作爲金獎學生，使得一個「黑二代」數年蟬聯帝都學生「狀元花」，相當於「黑二代」向「紅二代」示威，這是黨委「敵我不分」的顯明實例。那批判在「紅二代」爲多數的Y中獲得無數支持，聲浪漸漲勢如潮，*ZZ*一時處於暴風眼的中心。

事實上她僅是心無旁騖、堅持不懈地在按「優質鋼」的標準打磨自己，相信鐵杵也可以打磨成針的人生道理。或許她心中也相信毛氏所謂「出身不可改變，但自身可以改造」的冠冕言辭，於是決意遵循不要自暴自棄，不要妄自菲薄的作人之道。相信*ZZ*絕無藉此向「黑二代」示威之意，甚至從未以獲得金獎爲努力的目標，自然更不會爲此格外去迎合討好諸位老師。她只是不懈地努力，拼命壓榨自己的體力、腦力與意志，若他人的努力可以達到百分之百，那麼她的努力便無時無刻地做到百分之二百。*ZZ*的金獎得之無愧，她本應是眾學生的榜樣，是眾學生的驕傲，但她驕人的成績卻成爲「紅二代」眼中的罪責，從而遭到「紅二代」學生的無端攻擊，那攻擊背後未宣之於口的眞正緣由，便是「血統論」與由「血統論」

再上升一級的「階級鬥爭論」。她是他們眼中有「原罪」之人，無論如何努力都不配獲得認可，更不配獲得榮譽。這是怎樣黑白顛倒的人世？處於暴風眼中的ZZ心中必定壓力如山，但她卻以毅力與勇氣承擔起那無端的指責。她依然每日凌晨即起，晨練、課業，依然是做到一絲不苟，對於那暴風視若無物。她只是變得沉默，不再與任何人交流。我想這便是ZZ保持她人格尊嚴與恪守她做人之道的應對方式吧，是她向眾人證明「紅二代」學生那一切指責，都是無憑無據的方式吧？或許她同時也在屏息等待學校黨委對那批評的回應？

公平地說，當年並非全部「紅二代」都贊同那無端的指責。ZZ班級中的「紅二代」由此開始分爲兩派，其中一派認ZZ爲同類，公開反駁那些「紅二代」同學的批評之詞，評其爲極端幼稚、嫉妒與霸道。女兒，這便是引發我在前面一節（「回望帝都校園之二進入Y中校園，何謂「優質鋼」？」）中提及的那場數個班級大辯論的來由。辯論的結果，便是前面提及的由王一知校長的一錘定音，以及由校黨委的最終決定，那便是「有教無類」是教育的第一準則。我不知道ZZ身處那場莫名的風暴中心時確切的心理，數年後與她在北大荒相識，成爲親近朋友後，也從未聽她提起過當年舊事。她以沉默將一切焦慮、無奈、擔憂和勇氣埋藏在心底，卻始終是凡事都要做到百分之二百。我相信她內心承受的重負，必定是她日後鬱積成疾、中年即逝的根由。

該次辯論起於班級，最終卻直達Y中官方組織。前面所述的Y中官方組織最終結論以

「有教無類」為主要模式，便是該班級辯論引出的結果。Y中學雖是帝都最具有紅色血脈的中學，卻因此在日常教育中，未有顯明的「血統論」行為。無論是教員還是行政教員，大多不以「出身問題」作為訓誡學生的理由。那場辯論發生在我進入Y中之前，原諒我不知細節，不過俗語說「前人栽樹，後人乘涼」。我入校園後雖有種種不適應，但從未遭到教員因而聯繫到我的家庭背景，並以「家庭影響」作為明示地訓誡的理應。雖然種種引導與暗示，經常出現在日常政治課教育中，例如學生要檢討「小資產階級不良影響」等等，但並未明確地特指任何人。或許這亦是Y中學的教育大環境下，我未明確地感受「血統論」針對我個人壓力之一的另一大原因吧？

不過Y中學的情形，在帝都中學裡似乎只是例外，多數中學對於所謂「黑五類」的態度恰是相反。已經有許多文章（例如遇羅文）提及，自一九六四年起，「出身論」在許多中學肆虐，教師與「紅二代」學生一同大講「階級鬥爭」，而學生中出身或黑或灰的學生，便自然而然地成為那無端生有的「階級鬥爭」的標靶，甚至連八、九歲的「黑二代」孩子，也懂得縮起頭做人，千萬不要惹到別人。看到那些文章，自己不免感覺自己的幸運，如同是在「出身論」風暴興盛時，無意間落入一座港灣，那港灣並非為我搭建，而是有智者如前輩王一知先生為維護眞理而搭建，卻不期然地庇護了我。比較許多當年的學生，例如遇羅克、遇羅文，我的少年時期雖然也有困惑，卻幸有港灣遮蔽，因而有了些許平和與安然的時光。

我感覺「出身論」洶洶而來的時期，則是文革中那副對聯張貼於Y中校園的當日，那對聯中的蠻橫霸道一時間氣勢逼人。那段時間我甚至也自認應該檢討自己的一些生活習慣，去除自身的「非革命」烙印，記得曾認眞地寫了封信給父親，寫了應該自我檢討云云。不過那對聯在Y中學生間，卻並未獲得百分之百的支持，甚至有數人當面駁斥那副對聯，指稱甚至皇帝老子都未能千秋萬代流傳下去，爲何也是從龍成蛇，如何解釋？無論是功臣後代還是罪人後代，都是要靠自己行走天下，難道沒有學過「天行健，君子自強不息」才是正道麼？若是沒有Y中學平時尙顯寬鬆的氣氛，只怕亦無學生敢於當面反擊吧？

近年有許多回憶，寫文革時帝都中學都有班級同窗自發地互查同學出身，再以「出身論」爲依據羞辱同學，甚至當眾當街遭「紅衛兵」鞭打辱罵。也有紅衛兵連耄耋之年的所謂「黑五類」老人也不肯放過，只因老人是地主出身，便被當街毆打致死。那時在學校，羞辱「黑色或灰色家庭出身」的學生也是常態。那些當年不過是十幾歲「黑二代」孩子，可能終生都難以忘記那種羞辱。前面我寫過文革時期「血統論」盛行時，Y中紅二代曾在出入校園的通路上搭起「狗門」，宣稱「黑二代」只配鑽「狗洞」出入，且其上代人、此代人、後代人，將代代下賤。女兒，你前面已經問過，數年教授少年們各類學識與道德品行的教師，數載同窗的同學，「紅衛兵」學生爲何一夕之間，即將那些人視爲世代仇儔？恨不得將那些人置於死地而後快？何來如此仇恨？是什麼使得他們如同中了蠱毒，失了人性，變得殘暴惡毒，甚至要比賽誰有勇氣最為殘暴，例如誰能做到一皮帶就將「黑五類」之人抽得頭破血流？這其實便是十數年毛氏「階級理論」的效應，是中共政權對少年人「紅布蒙眼」的教育結出的惡果。文革時的種種惡行，是十數年間種在少年們體內的蠱毒，在毛偉人揮手之下被一併啓動的場景。或許中學的老師們按那「組織」要求的統一紅色教育大綱日日誨人不倦時，也未預見到他們會經受自己的學生暴戾羞辱相待吧？？

在以紅色建校史出名兼之以紅色教育聞名的Y中學，我自己的班級中未掀起「出身論」的輿論潮流，不過這並不能證明其他班級的行為範式亦是理性的。Y中學「紅二代」學生從圍鬥直到群毆「黑二代」同窗，且群毆中人人爭先出手的場景也確實存在。理性並非人人皆有，也並非時時存在。至今一個甲子後，「血統論」的幽靈尚在大陸中國或明或暗地徘徊。若將我在Y中學的際遇，完全歸結於個人幸運，那便是對於那些在「階級鬥爭論」為主流的紅色政黨政策下，依然肯展開羽翼衛護如我一般的學生的老師們忘恩負義，是辜負了他們當年的仁心仁義與勇氣。若論文革之前自己未遭荼毒的緣由，絕不應忘記感謝Y中學校長與其他我至今亦不知其名的智者，在那「出身論」風浪盛行之時，Y中那師長的的努力所搭建無名港灣，使得出身如我的學生，依然可以安然地坐於課堂，心底坦然地與老師同學相處，並未在還未踏入少年門檻的年齡，便過早地承受了那時社會上已經開始興起的「出身論」的壓力。天下本沒有全船翻沉，卻僅有一人依然在船上存身的道理。若無那座當年港灣，我又怎能躲開風浪，未遭受如遇羅克兄弟姐妹因「黑色出身」，從教師那裡遭到的惡毒咒罵？這完全應歸功於Y中學那持守立場、堅守教育本質理念的校長與教師們，是他們在暗夜中選擇了艱難地撐起夜航的燈盞，展開頂風而行的帆，使得如我一般幸運乘坐夜航船的學生，依然可以享受到學習知識的趣味，享受到老師們小心翼翼、甚至是婉轉隱晦地傳達的關愛。

女兒，你也可能會想再次確認，問，「當年眞會有人相信這套『血統論』的胡說嗎？」當年Y中學的篝火之夜與接踵而來的「紅八月」等等，說明許多少年學生當年都是相信的，且身體力行之。自然，不信之人、且有勇氣直面反駁那胡說之人也存在的，他們是燃燈者，在當年寥若晨星。你的母親始終慚愧自己當年只是眾多旁觀者之一。自己的人生過於循規蹈矩，如同自己的長輩們一般終生守住一門技術，靠技術成家立業、養育女兒。或者另一種說法更爲透徹——自己不過是選擇了一條世俗之路，雖也會羨慕南山景色，卻始終未邁出藩籬。未能選擇聖人之路，是由於勇氣不足，或是由於堪不透人生？說到底是兼而有之。如今也只能安慰自己說「亡羊補牢，猶未晚矣」，依然可以在花甲之後爲那已經點燃的燈盞添上一滴油吧。那滴油即是以自己記憶的往事觀察思索所提煉。雖是微不足道，也是生命的足跡。

女兒，你若問如今相信「血統論」的人還會有多少？自七〇年代末起，繼毛氏的逝去，大陸中國開啓三十年改革，於千禧年前後初見社會多元化的氣象成形，甚至漸漸深入草根民間，例如自媒體的出現，大大小小的私營企業——包括私營媒體——的存在，個人自由擇業——甚至是異地擇業——的可能性存在，都使得封閉在一個體制中的人們有了更多思索的空間，亦有了更多說出眞相的管道與勇氣。例如二〇〇〇年出版了遇羅文[32]的往事回憶《我家》，此書的出版，便是在文革期間與文革之前都是絕對不可能發生之事。自己因此也有更多機會讀到更多私人回憶，自媒體中也有許多回憶文字，講述當年中學生在學校因家庭出身而在學校受到老師同學的惡言惡語，例如被教訓說「你必須和家庭劃清界限」，「你天生就是耗子出身，臭不可聞」，等等。那時「黑二代」也不過是十幾歲的少年，那些口出惡言惡語之人，到底心中有多少仇恨？要如此羞辱那些孩子？遇羅克的老師便罵遇羅克（一個學業優秀的孩子）道，「出身不好的學生就像有了裂紋的鑼，敲不成音了」。遇羅克卻倔強如斯，回答，「我就是面破鑼，也要敲一敲震震他們！」

女兒，你們一代或許連這名字都是陌生的遇羅克，可謂是我們一代人中的智者、勇者，文革中逆流而上，選擇公然反對「血統論」，將自身生命置之不顧。他如天邊的啓明星，始終會在每日黎明之前升起，提醒世間眾人黎明終將到來。於七〇年代末開啓的經濟體制改革亦惠及文化，寬鬆顯現，例如《我家》[2]得以出版，讓人欣慰，因爲那出版象徵了三十年的改革開放，匯幾代人的努力，中國終於有了正常國家的雛形，多元化開始在一個集權傳統下萌芽，如同一片沙漠荒灘上終於有新綠萌生，雖然綠意淺淺，但草根已經紮入泥土，生機盎然。例如「血統論」成爲許多憶舊文章中的笑料，而重提當年以一介書生的人格、傲骨與「學統」，抗拒毛氏招攬的陳寅恪，亦成爲學界對於重興讀書人「學統」的宣示，例如稱陳寅恪爲「後世的中國學人，提供了一種在文化苦戀及濃重的憂患一時煎熬下生命常青的典範」，是「中國學人中的學人」。如今是二〇二〇年，不幸隨習氏坐上帝王之位，如今那文革幽靈又在回歸。類如《我家》一類書籍在習氏治下再度被禁止出版。

改革三十年，一樽好酒、一夕好夢，如今酒醒夢殘，風雨如晦，華夏土地上夜幕重新降下。那層淺淺的新綠，在習氏治下幾乎一朝盡毀，但是那習氏執政之前，短暫卻疾速崛起的民間言論，卻顯示了華夏族人天性中依然有獨立思考的草根未曾泯滅。女兒，孩子們，我相信那草根永不會毀滅淨盡，因爲會由你們延續，就如同歲歲可見嚴冬，卻依然可見嚴冬過盡，綠意再次萌生。

綜述之二　「組織」與個人之間——「對奴隸，我們只當同情，對有反抗的奴隸，尤當尊敬」（歌德）

女兒，我雖是喜愛讀書，可惜我出生得太晚，未趕上民國初年華夏學界的繁榮。那時顧頡剛先生睜大少年的雙眼，震撼亦雀躍於天下書籍之多竟然浩瀚如海，少年時便發願讀盡天下書。那浩瀚書海我少年時從未見識過。我母親——你的姥姥，當年曾嘲笑我父親年輕時讀書是「稗官野史」，讀書駁雜無序，不過記得當年我父親對母親的嘲弄從不惱，只是解嘲道，「開卷有益，開卷有益」。「開卷有益」加「稗官野史」，就算我對於「家學」的繼承吧，當然這也是自我解嘲。所以我雖亦讀書，除專業書籍不得不讀，其它則是全憑興趣，從天文地理、民間話本到名人典籍，無所不讀，或許讀後心中留存的，也只有些隨意閱讀時融合而成的感想，絕無宏篇大論。

女兒，即便是「稗官野史」，讀過也並非全然是虛耗光陰。我的這段綜述，便可借鑒我讀書所獲的「雞零狗碎」。我們一代人自幼入學受教，首要學習便是行爲模式要「遵守紀律」，要學習「集體主義」——全體兒童循規蹈矩，行爲一致，例如坐姿一致，寫字姿勢一致，列隊時站姿一致，步伐更要一致，等等，甚至連每日攜帶的隨身器具（例如水杯手帕）的形式均要一致，否則便是「不守紀律」，甚至是「個人主義」，等等。小學蒙童其實不懂何謂「個人主義」，只懂得若與他人不一致就要遭到批評，所以必然是「犯錯」了。尚在蒙童年歲的我們遂逐漸領會到，除了滿足老師對學業成績的要求，行爲和其他人保持一致亦不可忽略，同時還要參加老師要求的「集體活動」，例如課後學習小組，等等。記得升入二年級我便很自覺地在穿衣風格上和同學盡可能一致。六月的北京漸入暑熱，我堅持拒絕家人按慣例備下的夏裝——各式長裙短裙，寧願是長褲下汗水淋漓。家人納悶，其實原因不過是班級，裡未有其他女生身著裙裝。直到某日，有女同學問我，敢不敢明天一同穿裙子上學？激將之下我答應了，並說好式樣大致相同，等等。試想從蒙童年紀便開始自覺地按「集體主義」要求壓抑個人願望喜好，那麼到文革時成爲「藍色蟻群之國」豈非順理成章之事？不過那時只是畏懼遭老師批評，並非眞正懂得「個人主義」、「集體主義」與「紀律」的內涵，更不懂爲何需要人人遵守這些規範？如今回想，或許在紅色政權治下，做人毋須懂得道理，只要自幼養成習慣，認同人人一致是天經地義，便可。

進入Y中學後，對於學生的「集體主義」訓練自是更上一層樓，例如我在前面（往事之一「有則改之，無則加勉」——難道不可以質疑嗎？）敘述的集體進餐、要求所有人同時進食完畢，等等，便是藉此培育學生理所當然地，在日常生活中行爲舉止均奉行「集體主義」、「遵守紀律」的一例。那時若有班級活動，例如去參加全校集會乃至是前往H區（即是Y中所在的帝都行政區名）的中學運動會，依然是必須列隊行走，行走過程中不時齊聲高呼口號或高唱革命歌曲，要求嗓音嘹亮，節奏一致。如今回想，那些口號其實言簡意賅地闡明了爲何要教育我們「嚴守紀律」？爲何要「集體主義」？那些口號本身便是答案，例如口號之一，「加強紀律性，革命無不勝」；口號之二，「團結一心，齊頭並進」，諸如此類。口號意義明了，多加解釋反而是畫蛇添足了。我們一代在此種環境中生活，那些要求背後隱藏的觀念，便潛移默化地成爲我們的思維方式，成爲我們看待世界、人生的觀念。若追究本質，要求我們自幼便遵循「集體主義」，宗旨便是逐漸滅除每個孩子出生，便由上天賦予的獨立人格、個性、興趣與人生追求。對於毛氏，這些獨立人格興趣等等綜合在一起便是「個人主義」，是獨立人格意識。大一統的毛氏江山雖宣稱是紅色革命的成果，更曾宣稱要實行人民監督，實質上卻是心中認定小民無需有「個人主義」，只需遵行毛氏心目中的「集體主義」才是正道。

何謂「集體主義」？據說本是史達林的創意，卻符合毛氏的治國宗旨。「集體主義」經毛氏引申演繹之後，在大陸中國其實即為毛氏控制下的「中共黨組織」的代名詞，「集體」即是指中共組織。中共組織體制之外，若有數人自行設立小組（無論是因何原因），例如郭沫若之子與少年朋友因詩結社，那便是「反黨行為」，結社成員便成為「反革命分子」，從此落入地獄。大陸中國据壟斷地位的互聯網搜索引擎《百度》中解為，「集體主義，是主張個人從屬於社會，個人利益應當服從集團、民族和國家利益的一種思想理論。是一種精神，最高標準是一切言論和行動符合人民群眾的集體利益」。毛氏尚未成為帝王之時，話語表達自然更為委婉，但宗旨相同，例如其教誨下屬「要無論何時何地，都不應以個人利益放在第一位，而應以個人利益服從於民族的和人民群眾的利益。因此，自私自利，消極怠工，貪污腐化，風頭主義等等，是最可鄙的；而大公無私，積極努力，克己奉公，埋頭苦幹的精神，才是可尊敬的」；又例如「關心黨和群眾比關心個人為重，關心他人比關心自己為重[3]」。

其實亦有一句直白（雖然不免聽來粗魯）的話說明「集體主義」與「個人」的關係，其曰「一個人像一塊磚砌在大禮堂的牆裡，是誰也動不得的；但是丟在路上，擋人走路是要被人一腳踢開的」。這句名言出自當年中共黨校被譽為「人民的哲學家」的艾思奇先生。它明白曉暢地告訴你——你別無選擇，或是成為「集體的一員」（即砌牆的一塊磚），或是拒絕成為其中一員，那即被一腳踢開，成齏粉或成垃圾。

若對以上說辭稍加引申，一是鐮刀斧頭旗一統天下後，「集體」的實指即為「黨與國家」。二是對於讀書人，毛氏與其黨以「集體主義」為名，要求滅絕「個人主義」。毛氏定義的「個人主義」，其實亦涵蓋了讀書人獨立精神、人格與思想，更要禁止這所謂「個人主義」的公開表達。例如前面提及的沈從文給友人的信便是一例：「……，聽李維漢講話說，國家有了面子，在世界上有了面子，就好了，個人算什麼？說的很好，我就那麼在學習為人民服務的教育下，學習為國家有面子體會下，一天又一天沉默地活下來了。個人渺小得很，算不了什麼的」。女兒，你會不會也覺得沈先生實在是可歎可憫。他未試圖抗拒那蠻橫的「集體主義」，且予以認同，自認與之相比個人可以渺小到不計，但是他的天性在默然中抗拒那蠻橫霸道的定位。或許便是緣於天性的抗拒，沈先生從此與鮮活的創造性文字決然告別，成為寂寂無名的博物館員。雖依然未能逃脫被批判的命運，卻未出賣他的文字天賦來為那「集體主義」錦上添花。

在青天白日旗治下，大陸對於學人的「個人主義」表達尚寬容，文人可以選擇走「學統」之路，拒絕「道統」。大陸中國城頭變換成鐮刀斧頭旗後，文人面前僅剩「華山一條路」，那便是遵從上方「恩賜」，加入「道統」一途。中共建國之後，亦有眾多文人紛紛跟隨，進入「道統」之路，原因難以一一悉數，或為生存，或為名利，不可否認其中有眞誠地認同「道統」是踐行儒學傳統或認同「組織」（或讀作「黨國」／「集體主義」等等）之人。例如吳晗先生，雖然心思始終在「做學問」與從政與做官中搖擺不定，他還是堅持「組織要我做什麼，我就要做什麼」。不過毛氏的威壓並非是止步於從政，那並非組織對讀書人的唯一要求。既然已經從政，文人首要作用是將其學識，自覺地用於為黨國與領袖利益而辯解或頌揚，甚或是阿諛奉承。讀書人是否做到了如此地步，便可以被組織認定是徹底放棄了個人主義，成為了「集體」的一份子？似乎依然不能。吳晗先生奉旨從政，被組織任命為帝都副市長之一，且努力將平生學識用於為毛氏正名頌德。例如吳先生在大陸於蔣家王朝治下時曾作《朱元璋傳》，吳作為左翼學人，文中不免有指桑罵槐，影射當年所謂「獨夫民賊」。六〇年代，吳在毛氏若明若暗的引導下數度改寫《朱元璋傳》。重新出版時，文字已經面目全非。據說學界人私語，評價道，「第一版朱元璋寫得像蔣介石，第四版朱元璋寫得像毛澤東了[4]」。即使吳先生如此努力地服從「組織」，個人觀念學識均遵從「上意」之調遣，是否他便被認定為「集體」一份子？文革中，吳先生的結局便是明白無誤的回答。吳先生追隨「組織」二十餘年，文革中卻首批被「組織」點名批判，甚至早於紅衛兵造反之時。吳從此成爲踏於足下永不得翻身的「異己分子」，罪名爲「沒改造好的知識份子」，死於冤獄。毛氏眼中，似乎凡是一九四九年之前的讀書人皆屬「異己分子」，無論他們如何被九蒸九曬，或無論其中有多少人努力表示遵奉組織旨意，都不會消除他們隱藏在腦後的「反骨」。這些讀書人的遺產——無論是人格、風骨還是文字研究，都如同埋藏在地下的薪火，會使得毛氏意圖建立的王圖霸業根基不穩，使那遮天的紅布隱存裂隙。或者於毛而言，一九四九年之前的讀書人可暫時用之，但終將被替代，被滅絕。取代他們的便是毛氏政權建立起便意圖重新培養起的新人，即我們生於五〇年代之人。爲此，我們一代便成爲全然是「紅布蒙眼」成長起的第一代，如填鴨般被紅色食料飼養的一代。

在華夏歷代傳統文字中，「黨」一字向來爲貶義詞，例如「黨同伐異」，「結黨營私」以及「君子不黨」，等等。究竟從何時起，毛氏之「黨」成爲大陸中國最高的褒義詞之一，成爲不可辯駁的「眞理化身」，成爲「集體」首領，成爲萬人嚮往加入的目標？在古老的華夏大地上，這些傳承千年不息的文人品格，天然地成爲帝王至尊的抗衡力量，因而成爲權力或帝王施行迫害，乃至意圖滅絕的目標。原諒我所知有限，但可以想到因屠戮學人而最爲知名的帝王有二，一是秦始皇，焚書坑儒。第二位便是毛氏，其手段似乎更高一籌，除焚書坑儒外，是自「娃娃」開始即將新中國出生的我們一代教育爲「填鴨」，可永絕讀書人「自由思想，獨立人格」之患。待「紅布蒙眼」的塡鴨一旦長大成人，從此可以徹底將那些舊人扔進歷史垃圾堆。當年的Y中，如何培養「塡鴨」？即是統一餵食，食料統一，是「組織」編製的紅色教材。教材內容不離「階級論」、「集體主義」與「遵守紀律」，同等重要的還有要求學生「靠攏組織」。

女兒，孩子們，你們可能還是會問，當年爲何強調學生要「靠攏組織」？我們不妨「學而時習之」，稍稍復述前面描述過的毛氏發動文革時，大陸中國獨特的體制基礎。毛氏於建國盛典之時，口頭上宣稱「中國人民站起來了」，似乎人人從此平等。眞實的大陸中國卻是個紅布遮掩下的等級社會，如同一座金字塔矗立。金字塔頂端的王座僅容得一人端坐，那便是毛氏——黨組織之首。其下群臣則按歷史功績或對於毛氏的忠心而獲得不同級別。那體制中，各類單位共同構成這座塔的中段乃至低段，最下一層自然是農民構成的單位——那時稱爲人民公社。大氣的名稱下實質是刀俎之下的數億農民，終年是「汗滴禾下土」，收穫的五穀卻不可入自家倉廩，而是先「交公糧」（即農業稅[5]），稅後所餘再按「國家」（或應讀作「政府」）定價統一賣入國庫。城市中的單位亦劃分爲不同等級，而每一單位中之屬員，亦劃分爲不同級別，每一下級單位須服從其上級單位，而每一單位人在本單位中，亦須服從其上級之人，因而級別愈高者則權力愈大，且可享有的薪酬與福利愈多。當年普通雇員若想更換單位幾乎難於上青天，因而在本單位獲得升級，自然成爲多數人的期盼與努力目標。每一小單位之中，最上級者則是該單位的中共黨組織書記，因爲毛偉人早有此論斷：「黨政軍民學，東西南北中，黨是領導一切的」。當年事實上是屬員依附於單位而生存，單位包攬屬員一切大小事宜之控制。其實名爲「組織」決斷，多數事宜不過是由該單位的黨書記最終決斷。如此，若作爲屬員而不靠攏「組織」——黨書記，或對黨書記有任何不服從或不恭敬態度，豈非自尋切斷升遷路途，甚至是自尋死路。惟有「靠攏組織」（且是組織中掌權之人），才有希望從魚肉翻身，成爲刀俎。

我們一代一旦進入中學，便同時是開啓學習如何「靠攏組織」的路徑。進入Y中並無例外。學生若希望獲得組織接納，便要主動「靠攏組織」，這是紅色政黨「德育」之首要標準。若想被「組織」承認爲「優質鋼」，「靠攏組織」自是不可或缺之一環，因爲先最終進入「組織」方可成爲毛氏所稱「集體」的成員。無論是否自願也無論是否有自覺，每個孩子終會年齡漸長，邁過兒童的門檻，再從少年長成青年，從中學或大學畢業進入某單位工作，即大陸俗稱的「進入社會」或成爲「社會人」。學生在校時雖亦有按「德智體」標準區分爲優等、中等，云云，其實仍不過屬於未入「社會組織」之冊的未成年人。學生只有成爲「社會人」，即在大陸中國畫地爲牢的體制中的某一「單位」中獲得官方登記，成爲屬員（雇員）之一，方算是可以獨立謀生、可以立足之始。如何可以做到「靠攏組織」？如今回想，這其中頗有些隱晦的意味，難免「下級人」需要迎合（或改造或隱藏）「上級人」各自不同的理念乃至趣味愛好的差異。

女兒，我在前面也寫道歷代華夏學人，其實不乏特立獨行的傳統。即使讀書入仕、「學成文武藝，貨與帝王家」是儒生的主流，但華夏始終存在終生不入「道統」的學人。即使入「道統」爲官者之中，亦不乏持不同政見之人。華夏讀書人，要「博學之，審問之，愼思之，明辨之，篤行之」，這是春秋戰國期間即開始對於讀書人的要求。而風骨不滅、遵循正道與持守獨立人格，則一向是讀書人所推崇的品質。例如華夏學界與民間一致稱道的「歲寒三友」——松竹梅，所稱道者無非是因它們的風骨，歲寒不凋，直節不屈，老而益剛，或抗北風而不落——「寧可枝頭抱香死，不曾吹落北風中」。蓮花受到推崇，並非因其粉白嫣紅，而是因其遺世獨立的品格：「予獨愛蓮之出淤泥而不染，濯清漣而不妖，中通外直，不蔓不枝，香遠益清，亭亭靜直，可遠觀而不可褻玩焉」。在如此現實體制下，那些傳統的作人行事的道德標準漸被棄之一旁，因爲若要做到「靠攏組織」，就必然要放棄自我人格。堅持自我人格的人群被「組織」排斥，成爲紅色社會的邊緣之人。堅持清高自賞，不攀附、不屈從的人雖依然不絕於縷，卻被多數人視爲「迂腐」。如此之人在歷次中共的整肅中，大多難免成爲「異己分子」的結局，最終落入九地之下。不過，在已然被「階級論」將人群分類的社會中，少年學生是否只需努力表現，展開眞誠之心便可以成功地「靠攏組織」、終被「組織」接納？答案自然是「非也」，緣由是「根正才會苗紅」是判斷少年是否可被組織接納的基礎條件。通常，中學生時代能被接納爲首批「組織」（即指共青團）成員的僅有「紅二代」子弟。前面講的那豆蔻枝頭的女孩，難道不是也眞誠地「靠攏組織」？若將視野擴展到學校之外，一九五七年開啓的「反右運動」中成爲右派的五十萬讀書人，難道不僅僅是對於「組織」提出了些許批評或建議？他們或許天眞地認爲那也是「靠攏組織」的方式吧？他們提出意見，豈非是寄望「組織」管理方式更爲合理？豈非是出於他們對於「組織」的關心愛護？

記得我的父親——你的姥爺，終日木訥沉默，一日興起，問，「你們有沒有進去過玉泉山？」玉泉山位於頤和園之西，從頤和園可見那山上一座九層塔，默然端嚴，夕陽夕照時似有紫氣盤繞。自我記事起便知那是禁地，據說那山以一道清泉得名，泉水明澈甘冽，是清朝皇帝獨享的貢品。每日有毛驢水車專門將泉水送往紫禁城。中共建政之後那裡依然是禁區，據說僅由最高層幾人獨佔，而甚於清朝皇帝的是不只是獨享那道山泉，且建有別墅獨享四面風景。父親卻笑說他進去過，是中共剛剛進入京城之時。得知國民黨的京城守將傅作義，最終爲保住城市與居民決定繳械投誠。於是避過一場戰火，京城古蹟建築得以保存，小民逃過血肉之劫，父親與清華大學幾個青年助教決定郊遊以示慶賀。幾個青年步行，過頤和園，直上玉泉山，卻有共軍（解放軍）小兵把守（由於毛氏初到北京時在此暫住），持槍攔阻。父親幾個說明來意，那小兵略帶幾分羞澀，問，「你們老家哪裡」？父親答說：「是山東人」。那小兵居然爽然一笑，說，「是老鄉啊！還都是老解放區來的呢！「（由於山東較早有共軍佔領，所以稱爲老解放區）。居然欣然放行，父親幾人大樂，足不稍停，直上山頂。據說眼前豁然開朗，頗有「一覽眾山小」的觀感。那時的中共人員似乎確實友善許多，亦天眞許多，心中與平民並無多少隔閡。那隔閡卻跟隨紅色中國逐漸穩固、小民多數馴順地接受了那管制而逐漸加深，這便是毛氏的帝王謀吧，是「階級鬥爭」與「階級分析」理論逐漸顯現的結果，同時毛氏的心理狀態從「進京趕考的秀才」而成爲王土之帝王，亦力助那隔閡加深。爲穩固其天下，必要製造出「敵人」。那些理論下，一切人群、行爲、事物都被賦予「階級性」。華夏萬民之間的鴻溝天譴已經劃成，「階級敵人」永遠是在王土上的「另冊人群」，甚至連嘗試「靠攏組織」的可能也已經被斷絕。

華夏數千年來以帝王爲眞命天子，帝王者無論賢明還是昏聵或是殘暴無德，均是上承天命，是萬民惟一的天命主宰。中共秉承的邏輯亦不過是一朝帝王的邏輯，自稱是使命所歸，惟一爲使命賦予代表萬民的資格，等等。何謂「使命所歸」？其實如同「上承天命」一般，皆是虛無縹緲的大話，可以博得幾千年生活於皇權下的華夏小民相信即可，何須在意是否可以證實？或許這說法也曾經有幾分仰仗了老祖宗馬克思所搭建的共產主義亭臺樓閣，不過那至今依然是空中樓閣，難證眞僞。事實上，中共建國與治國的路徑，與數千年華夏史中的一次次農民起義又有何不同？例如「打土豪」、「均田地」、「均貧富」的祖師爺並非中共，實際上太平天國與李闖王都走在毛氏之前。中共亦通過「打土豪」、「均田地」獲得底層貧民支援，一旦獲得政權，中共亦與歷代農民起義一般，打天下者便要坐擁天下。執掌統治大權，當仁不讓，治下讀書人乃至社會底層小民則皆是順者昌、逆者亡。只有早年加入起義隊伍之人，方可因功績而獲得特權。從此一角度，「組織」亦可解為「朝廷」吧？紅色中國的開山祖師毛偉人確實是有手段、有心計，幾番各種名目的整肅運動後，無論是官場還是學校或是民間，大都收拾得全無獨立思想之念、全無自尊之心、全無道德底線。《九謁先哲書[6]》中對於紅色政權整治臣子的議論或可借鑒，即「先生（書中指吳宓）一直敏感到內心尚有第三只眼睛在時時窺探自己，這眼睛不是代表良知，而是代表權力意志在嚴密地監控自己的一切言行及意念。只許老老實實，不許亂說亂動。其實早在亂說亂動即訴諸行為之前，其非分之意念早被檢點而防患於未然了。其實，這就是『文革』時的全面專政，或將專政落實到每個人心靈深處，即借自身來整肅自我，又可稱之為性靈的自我閹割」。

這一段議論亦可用於中共教育系統的宗旨，即自束髮入學的幼童直至踏入中學的少年，均是從小被如是教導。中共的紅色共和國亟需各類建築材料搭建，不得不藉華夏老祖宗的故智，即是對小民誘以願景，對異見者以權力壓制，同時對青蔥少年施以「教化」，使其馴服。對於我們一代的青蔥少年，中共的培養目標不再是成為「革命者」，而是成為中共政權的追隨者，所謂「螺絲釘」或曰「馴服工具」。我們一代對於任何不符合偉人與中共教誨的言行，必須不斷地自我檢討，自我閹割性靈，自覺地消滅自我。一切的知識學習、體質磨煉、頭腦清洗，都是作爲準備，直至我們每人都心甘情願地，成爲那架巨大紅色機器上的一顆合格螺絲釘，可以被置放於機器的任何部位，並爲終於成爲一顆螺絲釘而心滿意足。且唯有「靠攏組織」，才有可能成爲紅色機器的元件，才是確保可以獲得信任的唯一路徑。學校的教員無論如何展開羽翼，亦不過是杯水車薪，惟能嘗試使學生不致落入萬劫不復而稍有衛護，卻也只得按中共教育管理部門頒下的教學大綱來教授學生。說到底，他們亦只是那架機器中，某個齒輪上的一枚螺絲釘而已，又能如何？

記得年幼時，我們一代大都學過一首歌，歌詞的首句是「準備好了麼？時刻準備著……」，之後戴上紅領巾，誓言亦是「時刻準備著」。這就是我們一代自幼領受的心理教育——一生爲作那顆「螺絲釘」而時刻準備。女兒，如今細想，「靠攏組織」其實是中共改造少年人性情的過程，經「組織」逐日訓導而逐步被消除天性所帶的逆鱗，被教訓得事事聽從「上級」決定，無需獨立思索，甚至是自覺遠離獨立思索。這亦是「洗腦」的組成部分之一吧？不過中學時代若被共青團接納爲成員，只是百尺竿頭第一步。若想攀上竿頭，則成爲團之一員者必須始終不懈地靠攏組織，即以黨之（毛氏之）教誨爲鏡鑒而一日三省吾身，時時事事向組織彙報，等等。

毛氏貌似是大業未成便匆匆辭世。文革初始，在毛氏謀劃下是勢不可擋，但由於種種原因，在毛氏的辭世時已經成爲一座「爛尾樓」。女兒，你是否會問，「爛尾樓」下，那些當年的孩子是否依然秉承「集體主義」，「靠攏組織」？其實難有統一答案。不過簡而言之，那些「集體主義」的說辭，終未能徹底滅絕個人天性的力量。我在前面寫過（答疑之六　我們一代的自我啓蒙——「身是蠹魚酬夙債，黃河浪裡讀書燈」），文革間歇中，我們一代心中初啓了自我甦醒。那時我們許多人雖依然相信「革命」，依然仰視毛氏，卻已經開始脫離「集體大潮」的裹挾，嘗試按各自的天性去搜尋人生道路，嘗試從那體制的裂隙中，去探索更廣大的世界，或者脫離集體的腳步，而去向山水之間尋找性情的解脫。我們一代在文革結束後業已各自東西，分散居於世界東西南北，眾多人已經與「集體」無緣。「集體主義」教育雖然在我們一代人的性格中仍不免留有印記，但於我「化外人」而言，那統一步伐、統一思想的範式，確實已經與遙遠的過往歲月一併消失。個人天性終於成爲勝者，相信上天賦予每個人自出生便攜帶不同的人格、智慧與性情，意在使得人世如彩虹般永遠是七彩俱在，使得人世的創造力生生不息，並非是如毛氏所願的萬民中服從他一人心願。毛氏終其一生自視爲天下第一人，卻依然終是敗給了上天的意願。

如今的習氏重回毛氏教育範式，從娃娃開始強調「集體主義」教育。前面引了歌德之言作爲題頭——「對奴隸，我們只當同情，對有反抗的奴隸，尤當尊敬」。我們一代已經老去，可能見不到華夏大地那七彩虹霓再度升起的未來了，只能願你們一代與你們的後代，不會重蹈那毛氏教育範式的覆轍。

綜述之三　紅色教育的本質——「驚回千里夢，已三更。起來獨自繞階行」

女兒，你的母親且嘗試通過綜合當年教育範式的不同側面，以顯示那紅色教育的本質，以此作結。

由於文革，我們一代中的多數未能完成基礎教育，即中學教育，甚至許多人未能完成小學教育。若論基礎知識與技能的積累與訓練，例如識字作文的能力，這確然是我們一代人的軟肋。按自己的體驗，基礎教育無法惡補，只能是薰陶，潛移默化，入骨入心，例如舊式私塾教授古文古詩便是如此，又例如童子功練就的英文（如我母親）與半路出家自己摸索出的英文（如我），兩者對於語感理解的深淺與詞彙運用的自如程度，永遠無法相比。不過若論大一統的教育對於心靈的禁錮，或許我們這些少年時遭遇文革，因而未能完成基礎教育的所謂「知識青年」，或許亦由於那紅色教育尚未來得及在我們心中紥下牢固而「因禍得福」吧，我們的心靈反而因此保留了更多自由的空間。我們亦成爲更早地看透紅色教育畫下的程式化的恢弘畫面背後的人間眞相、疾苦與不公的一代人，由於我們的學生生涯已被上山下鄉而強行結束。那之後我們中的多數，曾爲重新得到城市戶口、獲得一只城市飯碗而苦尋謀生路徑。我們之中亦有許多人在四顧茫茫的心境中，埋首於一切可以搜尋到的禁書、灰皮書或撕去了封面的各類雜書中尋找慰藉或爲自己解惑；自然亦有人爲五斗米而出賣自己的肉體乃至靈魂。這種種際遇，造就了如我一般在封閉之中成長的一代人之中，亦會出現自由的靈魂與獨立的思想。朦朧詩人、星星畫家、「傷痕」作家，還有如同楊小凱一般持獨立與批判精神的學人，皆是出自我們一代。於上一代自由讀書人，他們是承繼者，使顧准、陳寅恪一輩人的人格與思索得以薪火相傳；於同代人，他們在黎明前便點燃自己的燈盞，在七〇年代末的大陸天朝——在那若明若暗的凌晨時分高舉起燃起的燈盞，讓眾人看到暗夜裡依然有人仰望星空。

我入Y中時有幸（或曰不幸），正是首次讀到《紅樓夢》之時，癡迷到常是夜夢大觀園。Y校園的格調與《紅樓夢》確實有天淵之別。不過如今回想，學校磨礪學生的宗旨，是否與賈政對賈寶玉的期望眞有天淵之別麼？細想，那宗旨與賈政期待怡紅公子賈寶玉的心願，其實並無實質不同吧？賈政當年無非是期待賈寶玉「學成文武藝，貨於帝王家」，因而要在朝廷中考取功名。無論是Y中還是其他大陸中國的學校，無論口號如何，其宗旨難道不是「萬變不離其宗」？即學成文武藝，獻身於中共革命偉業，或曰成爲革命接班人。那麼教育目標將如何達成？《紅樓夢》中賈政的「道統」說教與「板子伺候」最終失敗，怡紅公子離家出走成爲和尙，落得「一片白茫茫，大地眞乾淨」。Y中學本身的教育方式比只會責罵與鞭笞的賈政則要明智許多。那教育方式本身或許也可比作一座小小大千世界。例如除去「智」與「體」之教育，也極重視學生的其他天賦，例如有繪畫組、軍樂隊、體操隊、舞蹈隊等等，且同樣秉承「精益求精」原則，教者與學者均一絲不苟。Y中學生也頗有多才多藝之人，在帝都的各中學文體較量中皆是一時翹楚。Y中學的軍樂隊是其他中學無可匹敵，模仿蘇式校服的特製樂隊制服、專業樂器琳琅奪目，實是堪比專業樂隊，無怪有其他中學學生多年後嘲笑說那是貴族學校的特權，有什麼可以誇耀？若從另一方面來看，那些課程之外組織的活動，亦將少年們不多的自由活動時間塡滿，少年們在課外活動小組學習的不僅僅是技藝，亦是耳濡目染地接受所謂「紅色藝術的意識」的過程（例如樂隊絕對不會修習大師——例如巴哈、貝多芬——的樂曲而是蘇式軍樂），同時亦可磨練活動小組成員的組織性與紀律性，因爲他們必須遵守活動紀律，放棄本可由自己支配的課餘時間，再是必須磨練性情——凡事要做到持之以恆，令行禁止。自己一直避開加入各類課餘活動小組，並非是當年有任何先知先覺地抵制洗腦教育的自覺，更無主動反對紅色思想灌輸的意識，只是對於任何有組織的活動缺少興趣。我喜歡那本就少得可憐的課餘時間可以屬於自己，屬於自己時也不過是只爲可以隨意翻本書，或者抱膝席地坐於那葦塘僻靜處，腦中如野馬般放韁馳騁，胡思亂想。如此，便有片刻的身心俱是放空，怡然自在，只感受到天地間的風聲、樹葉聲與鳥兒飛起時翅膀波動的聲音。雖無「溪亭日暮」的景致，但有「沉醉不知歸路」的片刻脫離現世，或許便是只有獨處時，才可以體驗到的人生意境吧。不過我如今倒有些羨慕那加入樂隊、從而學會某種樂器的學生，畢竟音樂可以為人間帶來無盡的夢幻。

Y中磨練出的學生，表面上都是聽話好學、精神正常，生活起居自律，尊重一切校規且尊師敬長。為何文革一夕間成為「紅衛兵」，即轉變為惡魔一般，行為癲狂無度，羞辱毆打師長？女兒，究其實，那些「聽話好學」只是表象，其實「聽話好學」與「造反紅衛兵」只是一枚「優質鋼」硬幣的兩面。萬變不離其宗，無論行為規矩，「凌晨即起灑掃庭除」的好學生還是之後「打砸搶的造反派」，雖看似有天壤之別，其行為遵循的宗旨卻無二致，都是「奉旨行事」。諸項教育，包括課外文藝體育科目訓練，若追究實質宗旨都可歸為一統，即是打磨少年成為「合格革命後來人」，即毛氏與其組織的馴服工具。我們一代自幼都相信有紅色革命之國如同我們之父，那是我們這些「祖國的花朵」得以紅太陽光芒普照的基礎。其次，我們在校所學所煉就的一切技能，都是為培養我們成為「優質鋼」，其首要素質便是要敵我界限分明。何謂「敵人」？即一切反對毛氏與中共之人，以「黑五類」統稱之。次之，凡歸類為「敵人」者即應被開除出人類一族——「敵人」是藏在暗處的「牛鬼蛇神」，被中共黨報公然稱之為「吃人的狼」。這類人包藏禍心，稍疏忽防範便會殺向紅色人類，所以應毫不留情地消滅之——從精神到肉體。諸如此類的教誨，來自於所有教材與課外科目，在我們耳邊不斷重複。

「重複是一種力量，謊言重複一萬遍即可爲眞理[7]」，是納粹當年號召力的精華。大陸中國將少年自幼置於封閉的環境中，全部課程、教學原則都是萬變不離打磨「優質鋼」的宗旨，這與納粹培養其少年衝鋒隊的方式，又有何本質差別？如此的教育便類如將蟲蟲幼籽種於每個幼童心中，一旦蟲蟲之母——毛氏，於一九六六年將那些隨少年成長的蟲蟲喚醒。蟲蟲控制的少年學生，即將砸爛舊世界（例如「破四舊」）視爲理所當然——因爲破壞即是「革命」，「造反」即是革命。「紅衛兵」，甚至那些本無資格但依然渴望被認同的少年，均自視爲革命者。對於「反革命者」應是毫不留情地消滅之，否則便是對於紅司令毛氏的愛未達到百分之百。寫到此處，再度引夏先生文，因爲那可謂對大陸中國教育最通透的評價，「……傳統政體亦歷來主張人的精神之單向度化，竭力將主流意識形態，無條件地內化爲每一個體的行爲及心理準則（亦即『積澱』爲李澤厚所說的『文化心理結構』），從而使個體內心對現有秩序及主流價值失卻批判性的獨立」。

當年稱「革命自有後來人」，其實「後來人」並非「自有」，而是需要培育（或曰洗腦）。培育後人的方式，其實與孟子的宗旨亦有相通之處——「故天將降大任於斯人也，必先苦其心志，勞其筋骨，餓其體膚，空乏其身，行拂亂其所爲，所以動心忍性，曾益其所不能」。華夏歷史中屢屢靠暴力改朝換代，中共亦是承襲這一傳統，歸結爲「槍桿子裡面出政權」。不過中共自詡是華夏有史以來惟一代表正義的暴力，自然不可僅僅承襲孟子，因而校園中的教育必須爲此宗旨染上紅色。例如爲何要「苦其心志」？因爲要繼承先烈承受的磨練。先烈之紅色革命雖然在華夏成功，距離最終成功卻依然道阻且長。後來人的目標是將紅旗插遍世界，因而必須心志堅定，千磨萬煉方可成就大業。爲何要「勞其筋骨」？因爲紅色革命的歷程必定是艱苦卓絕，需要後來人體魄強健，忍他人所不能忍的嚴寒酷暑，如此等等。

女兒，你必定會問，那時的我們一代是否接受這些說教？我們一代落地便在封閉環境中接受紅布遮眼式教育的孩子，多數是接受的，甚至是種自然而然地接受。我們一代當年從未學到過無獨立思考的概念。入學後受到的教育便是「作毛氏的好孩子」——什麼是「好孩子」？自然而然的答案是「聽話的孩子」。獨立思考的概念，在當年環境下無異於「離經叛道」。若孩子的想法特立獨行，逸出當年的正統教育軌道，多數父母也會憂心乃至勸阻，因爲已經有前車之鑒。例如在一眾「五四文人」中，郭沫若因乖巧順從、不時頌聖而一直受到紅色政權的格外優待，其子郭世英卻將其父親譏諷爲「裝飾這個社會（紅色政權）的最大文化屏風」。郭世英因與同學結詩社，而遭毛氏批曰等同於敵對分子，自延安時即追隨中共的紅色畫家張仃之子張郎郎，亦由於對於詩歌加入結社的狂熱而遭牢獄之難。被中共因政治考量而待爲上賓的那些父母，尚且無力保護自己的孩子，又何況本身已經是戰戰兢兢、但求無過的一眾讀書人，又如何有能力保護兒女？他們惟一的選擇便是「愼言」或者是「無言」。如今回望一個甲子的人生，到底我們一代的「天降大任」是怎樣的「大任」？是一場數年後被定義爲「十年浩劫」的文革期間的瘋狂？或是之後全體成爲毛氏棄子，被遣送「上山下鄉」後的夢醒？

當年如我一般尙在學校讀書的孩子們，更不懂得思前想後、舉一反三地分析中共政權。實際上不僅是不懂，更是不可能生出分析中共軌跡的心思，因爲我們自出生就生活在井底，坐井觀天，自然就接受了天不過如井般大小、井底便是惟一宇宙、惟一世界的觀念。多數學生是誠心誠意地努力，努力地按中共的要求模塑自己、改造自己，成爲中共心目中的接班人。當年Y中將合格的學生稱爲「優質鋼」，意味千錘百煉——高溫烈火中淬煉、重錘重壓下碾軋——方可成鋼。難道經過如此煉獄般改造的青蔥少年依然是自己？還是雖然可以練成高大威猛的外表，但是少年鮮活的靈魂是否還有生存空間？。

七〇年代末開啓的大陸中國滄桑之變，第一次給予了紅色中國國民選擇的機會；八〇年代末期國境結束封閉狀態，小民也有了遠渡重洋、在異國重塑人生的可能。也是自八〇年代起，社會相對地開始多元化。小民可以選擇（也可能許多人是被逼無奈）離開體制成爲自由職業者，不再處處事事仰他人之鼻息度日。就自己所知，七、八〇年代做出上述幾類選擇的學生，大多是當年距「優質鋼」標準甚遠的一類。當年少年中未能練成「優質鋼」的原因各異，或是興趣只在讀書，特別是理工數學科目；或是少年心性，不解革命大業的說教，對於組織則若即若離；或是家庭背景不紅，命裡註定不可在大陸紅色江山平安度日。總之，當年所謂「不夠靠攏組織」的一類學生，在大陸中國的改革開放中爛漫綻放，肆意嘗試，最終開出一片個人成長的天地，多成為各種專業人士，或自創企業，等等。那些最接近「優質鋼」標準的人，則大多是泯然眾人矣。他們大多放棄了八〇年代之交的變革開啓的人生選擇的機會，依然留在那些陳舊但尚存的單位裡，或謀求變更到更高層的單位。總之是做一天和尚撞一天鐘地混日子，是否這便是「螺絲釘」精神？這些人便是「馴服工具」？或者，這些人已經在被錘煉為「接班人」的過程中失去了自我，失去了自我選擇的願望與能力？其中幸運之人一直做到退休年紀，不幸之人則成為九〇年代國家財政體系深化改革的犧牲品，即他們幾十年來視為鐵飯碗的單位，被國家財政拋棄，他們成為「下崗人員」，其實便是失業人口。只能依靠微薄的政府補貼為生，勉強維持困窘的生活。

女兒，若嘗試設身處地考慮那些誠意追求成為「優質鋼」的學生，也可為他們歎息。文革不知摧毀了他們中多少人一心嚮往的人生軌跡？他們在懵懂青蔥之年，成為尊崇為紅太陽的毛氏掀起文革運動的工具，如同對待「另冊之人」一般地毫無憐憫亦毫無解釋。在文革發起之前，可能自認是已經靠攏了組織的那些人，例如代表團組織輔導學生的政治科教員，亦未受到任何毛氏事先給予的半分暗示，均是直接被丟進了毛氏形容的「大風大浪」中，任憑每人各自理解、各自嘗試、各自掙扎亦各自沉浮。那些人是否會對毛氏一朝的翻臉無情而心生怨恨，心生疑問？或者是心生不解？所謂「組織」在中共語境中究竟應如何理解呢？依然是「橫看成嶺側成峰」吧？例如，可否解爲是一架蜘蛛網，巨大無匹、密密層層，罩於萬民之頂、隨時可以讓網中人窒息？或是一架登天梯，梯腳紮入底層而梯頂可上達天庭，攀上便可獲得萬民主宰的毛氏青睞？或者這組織在毛氏的眼中，不過是他御座下的工具，用以統禦萬民，且須他本人可收放自如？這組織是否必得他一手操控，毛氏本人爲此「光榮偉大正確的黨」之惟一領袖？若感覺略微失控（例如因大躍進引起大饑荒，而導致毛氏不得不退居「二線」），則即視若仇儔，計謀直接召喚尚不知天高地厚的少年們對組織造反？直接以他紅太陽的號召力，在將他視若神明的懵懂少年中燃起一把野火，將那些同樣奉其爲聖人般的中共組織成員，丟入火中烘烤？隨即在毛氏引導下，將在戎馬之中捧其上位、苦戰半生助他君臨天下、尊奉其旨意惟恐不周的從龍之臣，一夕之間便「打翻在地，再踏上一隻腳」？那些從龍之臣其實也是組織之人，平時是一人之下、萬人之上的權臣、重臣，是手握重兵的將領。在下層組織成員心中，他們是一貫的忠臣，是下層成員窮盡心力追隨的榜樣。文革驟起，下層組織成員只見萬物一夕間傾覆，曾經的忠臣、重臣，眨眼間被毛氏冠以「異己分子」的標籤，無需其他理由，只需毛氏指責其陰謀反對紅太陽。面對此情此景，那些組織中處於毛氏之下的成員會如何想？如何反應？

南宋詞人柳永雖才氣蕩蕩，卻不獲帝王賞識，致使「黃金榜上，偶失龍頭望」，失去入仕之望。他生出逆反之心，自謂是「白衣卿相」——「明代暫遺賢，如何向？未遂風雲便，爭不恣狂蕩。何須論得喪。才子詞人，自是白衣卿相」。南宋時的一介書生尚可公然表達逆反情緒，亦可憑一身才氣與傲氣得世人青睞，甚至佳名流傳千年不衰。女兒，在全文開始時我已經描述過，紅色大陸建立的政權，已經全然杜絕了不肯甘心俯首稱臣的讀書人生存的空間。每一成人必得隸屬某一單位，無單位則無薪酬可得。每一人必得配以一戶口，否則無法取得可維持家人基礎生計的柴米油鹽配額。每人所得薪酬與配額都極度微薄，僅供自己與家人勉強果腹，難以周濟他人。詞人柳永若生活於毛氏時代，即便有人內心青睞其才氣與傲骨，是否可以家有餘糧餘財周濟他？常年生活於矮簷之下，又還剩多少勇氣去周濟一個失了「聖心」的讀書人？反過來想，哪怕詞人柳永叛逆，帝王亦只是阻其取得功名，並未限制其人身自由，柳永依然可以逍遙人間，甚至公然掛牌曰「奉旨塡詞」。毛氏時代，是否依然可以容得不肯低頭的讀書人如柳永？如此對比，才能領悟毛氏心胸甚至遠不如帝王時代的寬鬆包容。

女兒，你或許會覺得難以相信，亦難以接受，難道這就是如你母親的一代人所受教育的本質？那本質即是對少年學生種下蠱蟲之籽，使少年逐漸脫去人性，不再自視爲人，而是甘願成爲某偉人的工具麼？我只能說確實如此，這就是毛氏治下的教育本質。女兒，你可能追問——「如此結論，有證據麼」？回溯往事，那證據便是毛氏一聲令下，便引發了蠱毒控制的那些少年人的瘋狂。Y中學的篝火之夜後，少年紅衛兵單憑毛氏的暗示，便可以將共和國主席繩捆索綁打入監獄，繼後是「紅八月」，再繼之有將文革之火燃遍全國的大串聯，使修羅場一時遍及整個大陸中國。這些少年便是用如此被煽動起的瘋狂與仇恨，證明了那紅色教育的本質。不過，那紅色教育究竟是成功還是失敗？在大陸中國至今人言紛紜，並非無秉公而言之人，而是中共要保住毛氏這尊偶像不能倒，因而絕不允許百姓學人皆暢所欲言，自由且公開地言其內心的眞實感受或思考。

「紅二代」驕橫無阻的日子，一直延續到毛氏對這些堅持「造反有理、一反到底」的少年學生心生嫌棄，說到底是那嫌棄是緣於他們追求的理想國，並非是毛氏理想中之超越歷代帝王之毛氏天下。也或許直到他們中的多數人從「紅二代」的地位落下，成爲「黑二代」，他們對於當年自己推崇的血統論與階級論才起了懷疑——「血統」代表了什麼？他們自己究竟是紅還是黑？

他們那理所當然地自認將成爲華夏大地主人的飛揚意氣，於一九六八年便已經結束，雖然其時他們作爲馬前卒的文革尚未結束。

註釋

❶ 遇羅文是遇羅克的弟弟。遇羅克於文革時期公開地挑戰「血統論」，於民間發行自己撰寫的小報，並因此以「反革命罪」被捕入獄，最終遭中共槍決。

❷ 遇羅文所著，敘述遇羅克與其兄妹當年遭遇。

❸《毛澤東選集》第二卷，人民出版社一九九一年版，第五二五頁。《毛澤東選集》第二卷，人民出版社一九九一年版，第三六一頁。

❹《九謅先哲書》，見前註腳❾。

❺ 農業稅直至二〇〇六年，溫家寶先生任總理時才得取消。

❻ 請見前注㉙；「謅吳宓書」。

❼ 據說這是納粹宣傳專家戈培爾的教誨。

第二部　那時我們正年少

——「緣起即滅，緣生已空，我的少年，失語多於失夢」

我的女兒，我自知在講述我們一代少年歲月往事的「前書」與本書前文的通篇中，從未提及我們一代人中的男女之交，似乎是一幅山水畫有意缺失了山巒的一角。那時我們一代正是年少，所謂春風少年心，難道如你母親一代人的少年歲月，從頭至尾就沒有發生過男女之愛的糾葛？是否有對於「性事」的領悟？女兒，前面我多次提及我們一代心中，早已經被「階級理論」種下蠱毒，還在蒙童年紀就學到了毛氏「這世上沒有無緣無故的愛，也沒有無緣無故的恨」之說，可解讀爲指這人世間只有對本階級之愛與對階級敵人之恨。我們心中是否還留有上蒼恩賜予人類的天賦之愛的空間？我們是否依然可以在那道「非此即彼」的窄牆縫隙間，領悟到些許人世間的男女之愛與「性」，與朋友之誼？

The Meaning of Life（姑且譯作《生命的意義》）[1]中寫道，「Three areas traditionally have been vital: religion, culture and sexuality「（姑且譯爲」依傳統，人生中有三個不可或缺的要素：宗教信仰，文化與性事」）。我們一代少年時的生活中或不可說三者皆無——我們有可與宗教比擬的「信仰」，即是毛氏治下於學校教育中灌輸的所謂「革命事業」，在那「事業」中，我們一代的定位便是「革命的螺絲釘」；文化——即是我們一代以紅色爲惟一正確色彩的那塊「紅布」。不過若問，這大陸中國的教育中，是否有男女之間愛與性的內容？答案確然是「否」。對「性事」的知識，是我們一代少年在正常校園教育中的空白，甚至也是許多家庭生活中的空白。這大陸王土通過現實教給我們的、讓我們「學到」或感受到的「性事」，只剩有扭曲或畏懼。對於愛，則只有偉人毛氏之言，「這世上沒有無緣無故的愛，也沒有無緣無故的恨」。女兒，若要我舉例麼？那亦會多於恆河之沙，例如詩人流沙河，天性靜氣靈秀，詩作極少涉及政治，一九五七年仍是淪爲「右派」，罪名是「黃色、荒淫無恥」因而是「資產階級右派行爲」，主要罪證卻是他一首情詩，寫道欲將情人的嘴唇作爲醇酒一杯親吻沉醉。

官方對於「性事」二字則是采納「只許州官放火，不許百姓點燈」的方式，更是極力從百姓習用的大陸中文詞典中抹去，至文革期間，甚至連男女結婚亦要稱爲「革命夫妻」，其結婚證書首頁有語錄是「千萬不要忘記階級鬥爭」。隨結婚證書發送的一本《新婚夫妻手冊》竟如同一份訓導，用「運動」一詞代替「性事」。寥寥幾句訓導，或許亦可謂是笑話一則了。其中寫道「革命夫妻每一次不宜將運動深入持久地進行下去，以免影響休息。要保持充分的睡眠，以便第二天能以飽滿的激情投入到火熱的革命工作中去」。如此一番訓導，眞不知小夫妻是否還能心無掛礙地享受到「參差荇菜，左右流之」的纏綿呢？女兒，你可以想像這樣奇文的存在麼？

女兒，我知道你必然會難以置信，甚至是難以想像那種少男少女閒完全無異性戀慕之愛的狀態。我所回憶的我們一代人生歲月，恰是相當於你初入少年直到跨過少年門檻的年齡。那年齡時，正在學校讀書的你除有成群的朋友，也有「豆蔻梢頭」的朦朧萌動，直到尋到你自認是「金風玉露一相逢，便勝卻人間無數」的男友。我觀察歐美文化下長大的少男少女，多是愛得爽快，如夏季豪雨，有霹靂閃電的炫目，無遮遮掩掩，卻也常如霹靂閃電般無果而終。不過分手後的雙方也多不會從此視若仇儔，而是各自另尋愛或情棲息的枝頭。自然，纏綿悱惻糾纏不休、「揀盡寒枝不肯棲」，或反目成仇者也並非不存在。英美電視劇中可見的男女雙方純粹是因愛反目，直至轉爲仇殺的故事，自然也非全然是編造，但現實中可能是百萬分之一吧，如同買彩票中了頭彩般罕見。那些少男少女或許便是從這任心任性的分分合合之中，逐漸領悟了何謂「愛」，何謂「性」與何謂男女間之友誼，逐漸學會分辨這些虛無縹緲、卻隨人性而千年不滅的感情，也學得了如何寬容與平和地與人相處吧？

女兒，是你的經歷，使我領悟了人生本應如何平穩度過這常是讓人情亂意迷的年少時光，又是如何在那之後，逐步走入和諧但平淡的家庭生活、卻不覺心存遺憾的道理。其實這道理便是人人認同且尊重「個人自由」的歐美人文基礎理念所結下的果實。遵循這理念，你與你的朋友們認同每個人有選擇人生伴侶的自由，認同自由便是平等地不否認他人的自由，且尊重他人的選擇，也認同人人有選擇生活方式的自由。「尊重個人自由」豈非普世價值的基礎？自然，歐美社會所指的「自由」，並非是全無道德規範，那道德規範的基礎是愛必須純粹。借用《牡丹亭》的題記，即是「情不知所起，一往而深」。愛便是愛，其中不羼雜利益權衡。每人的選擇，並非是爲有意實現自己的某種功利而去損害他人。如此的人生觀念，才能避免一段愛情轉爲作繭自縛的囚籠，也避免如沙特所表達的「他人即地獄」的社會場景吧？現實中，如今的歐美男人往往全無防備地，被野心勃勃或別有所圖的亞裔（特別是現代大陸中國的）女性捕獲，待被女性拋棄之後才恍然不過是做了她人向社會高層一步步攀爬的踏腳石。此類實例不勝枚舉，或許這便是孑然不同的天地間成長的少男少女理解愛與性也是截然不同的結果吧？不過這是題外話。

女兒，我願盡可能在此一節中塡補那幅畫中缺失的一角山巒，那同時也是我反思過往的機會。願你與你的同代人（甚至後代人）意識到那塊紅布之下掩埋的人生的荒誕，永遠不再重蹈覆轍。感情雖虛無縹緲，永遠在肉眼可見之外，卻往往是這世上最傷人心之物，可以將人如蠟燭般寸寸焚盡──「春心莫共花爭發，一寸相思一寸灰」。所以提及往事，難免傷及他人。你的母親只能勉力能避則避，且依然學曹雪芹先生，假語村言吧。我文中的故事絕無虛構。女兒，我也再度說明其中的觀察思索僅出自母親，不會推諉於他人。

我們那時正年少之一　在無「性」與「愛」的環境中成長──「雙兔傍地走，安能辨我是雄雌？」

女兒，我一直愧疚在你兒時未下狠心逼你學會中文。「學會」二字，不是指那生硬尷尬的口語「你好」、「我好」、「早上好」，也不只是你曾經的中文課本中的「今天天氣很好嗎」。那些僵硬的官樣文章，使中文的鮮活韻味盡失。華人自古以來的語彙裡，似乎確實尋不到那直白的「我愛你」三個字。回憶我們幼時生活中，也似乎不記得聽過家人直白「我愛你」。家人之愛常是用特別的語言──即行為來表達。例如姥姥會年年夏天，細細檢出自家院中石榴樹最好的兩個果子放入瓦罐中，那是特意為我留的，她從不會忘記。例如J姨在幹校假期回京探望兒女的匆忙中，仍不忘從她的周圍同事那裡，為我一冊一冊地搜尋《許國璋英文課本》。這便是她們親人之愛的表達。對兩性之愛，華夏傳統中又會如何表達？那直白的三個字，雖然不是華夏古人表達感情的詞語，但古人詩詞中有難以數計的詩句抒寫男女之情，或幽微曲折，或直陳慕戀，但即便是直陳也含羞帶露，如一朵芙蓉花。古人在默默思慕時會說「蒹葭蒼蒼，白露爲霜。所謂伊人，在水一方」，分手不捨時會說「昔我往矣，楊柳依依」，宛轉相思時會說「青青子衿，悠悠我心」；甚至是自嘲也不失幾分幽默，道是「多情卻被無情惱」。民歌中也不乏男女之愛的表達，例如「藤纏樹，連就連，我們同心結百年」。情深與意堅都藏在裡面。難道鐮刀斧頭旗一朝一統天下之後，華夏小民之心便再也容不得那個男女之間的「愛」字麼？

對「性」一字，華夏傳統卻頗一言難盡。數千年以來，似乎「性」歷來曖昧，極少聽到公然宣之於口，但涵義極爲多面，直至今日依然如是。例如「性」即是羞恥之行，不能啓齒於光天化日之下，卻又不能與人生（尤其是男人）割捨。於不同人群而言，其涵義全然不同，例如於官一代或二代而言，「性」可顯示權勢，可炫耀財富；於赤貧女人而言，或可爲商品，換衣食之需；於更多身份曖昧不明的人群而言，或可爲社交工具，可若明若暗地標價買賣；於權力鬥爭者而言，或可成爲借力之梯，或可成爲對方罪名，陷人與萬劫不復。女兒，我無法一一悉數那意涵之繁複，或許在這裡只想反問自己——「性」與「愛」是否必須一致發生？在少年歲月中，我們一代如何在教育的空白中，在無知與一知半解之中，同時又在避無可避的人性中，在「性」與「愛」之間糾結不清？

女兒，可惜這些文字都是我如今認眞回憶過往才獲得的幾分領悟。那數十年前從幼年、少年乃至成人歲月中的自己，卻是既不懂何爲男女之愛，更不懂何爲性事，更從未意識到男性與女性對性與愛之所求，可能全然不對稱。那麼身爲女性，何以自處？一個「愛」字有萬千種不同的表達方式。我的女兒，若從我自幼生活的環境作爲搜尋記憶的開始，我的兒童時代確實是生活在一個無「性事」的世界中。我自襁褓時便由寡居的姥姥帶去W城照料。姥姥起始守寡時還在花信年華，秋月初盈、春花方盛，卻選擇自立行走世間，以行醫爲業，在W城成爲施行西醫助產的第一人。不過那時的我也只模糊地知道姥姥是醫生，姥姥卻從未對我解釋過她行醫的具體內容。從花信年華直到雪染雙鬢，她寡居終身。那時家中僅有年邁的保姆W婆與我，所以我沒有機會見識普通家庭中夫婦日常交往的行爲，事實上也從未意識到姥姥的家與他人的不同。姥姥生得身材高挑，相貌端嚴，不苟言笑卻亦謙和有禮，或許這便是她那一生獨立所塑就的氣質吧？幼時乃至少年歲月的我，姥姥是我人心之錨，是我心中的溫暖，也是爲我抵擋風雨的牆。我卻從未從姥姥的角度想過她的人生，特別是從女人的角度來理解她的一生。姥姥終生獨居，孤身終老，是否心中也會冒出女人心緒，會思念那曾與夫婿同床低語的短暫時光？或期望空落落的大床上，會再有夫婿高大寬厚的肩膀可以稍稍依靠，可以溫暖她的身體與床帳？她孤身一生，是否在夜半時分或在冷風冷雨中出診時，心中會希望有隻結實的手臂爲她撐起一把傘，接過她手提的沉重醫藥箱？我記得她那只醫藥箱是紫藤外殼，裡面不只是藥劑，還有全套手術器械，那套銅色合金的器械會有多少重量？

前面說過，我的姥爺——你的太姥爺，於二十三歲就義於袁世凱軍隊的刑場。姥姥與他雖緣深，終身相許，卻離多聚少。愧疚自己從未設身處地來思索過姥姥的人生，來細想姥姥作爲女人獨立於世間時，那心中的酸甜苦辣。不過，姥姥另有人生支柱，那是基督，是《聖經》中做人的道理。記得我腦中初次產生對於男女關係的問題，卻也是來自《聖經》，來自亞當與夏娃的故事。對於那時介於四歲和五歲之間的我，我一直想不明白亞當夏娃究竟犯了什麼錯？亞當和夏娃懂得了赤身露體是人之羞慚，人要穿衣，難道我們不是都要穿上衣服？他們爲什麼就是錯了呢？姥姥解釋說，他們錯在聽了蛇的擺佈。我追問，那麼蛇說錯了嗎？難道他們不是一男一女嗎？我的姥姥極有耐心，她從不會訓斥我住嘴，永遠是盡可能解釋道理給我。記得姥姥說，那是因爲他們沒有事先得到上帝的允許。或許這便是基督徒要在教堂與神甫面前宣誓的原因吧？記得那時我很想繼續追問，如果他們事先得到上帝允許，他們就沒有錯了嗎？不過直覺上還是閉了嘴，不再追問。我那時始終不明白的是，他們二人到底做了件什麼事？姥姥也始終沒有解釋。這或許是我首次對於男女之間的關係發生疑惑，不過這疑惑很快便全然丟在腦後，直到今日才再撿回來。

回到北京父母家中，那依然是個「無性」的環境，家人中依然多是女人。當年我父親——你的姥爺，成爲「右派分子」被遠遣塞外，以示紅色政黨對於「異己分子」的懲罰。母親每日上班，早出晚歸，只有奶奶守在家中。父親回家多是舊曆年的假期，來去匆匆，晚間他與母親獨處時，似乎會交談些避開兒女的話題，我可以似懂非懂地聽出那是關於未來的憂心，還有母親僅是父親在家時才格外表露的壞脾氣，但除此之外，二人並無自己不可理解的行爲。我依然無機會觀察到正常家庭中，夫婦如何日常相處，只因我的父母並無正常家庭中，夫婦日日一同度過的生活。如今回想，或許他們的處境，使得他們失去了愉悅「性事」的心情？我自幼在事實上「無性」的環境中成長，始終未能明白男性與女性有何基本差別，從無意識也更未見識過兩性交往的行爲。似乎六、七歲起，我便成爲「宅」在家中的孩子，亂翻書架上的雜書，成爲我課外主要的消遣，幸好家人對此也極爲寬容，對我的閱讀從不加限制。記憶中第二次接觸到對於「性」的疑惑，便來自於讀到的某個話本。記得那話本裡有個詞是「那話兒」，上下文關聯的是男人用「那話兒」威脅女人的場景。「那話兒」在書中不只一次出現，也不限於僅是一本書。我一直沒能明白「那話兒」是件什麼東西？也猜測不出。直覺上必然是男人獨有而女人很怕的物事，絕不會是好東西。不過我也始終忍住，沒有向家人提問，擔心「那話兒」的話題是個禁忌，他們會因此而禁止我漫無節制地亂翻書架。由於對於「性」概念的避諱，或許也由於當年自己家中生活環境的異於常態，我似乎直到少年，直到北大荒的R村，才第一次見識了家畜的「那話兒」是指什麼東西，但關於男人的「那話兒」則見識得更晚。

我的小學教育中對待學生的方式全無性別差異，我們的課程中從不涉及男女性別的內容。例如我知道自己是「女生」，但究竟區別女生與男生是依據什麼？兩者除了梳頭穿衣的差別還有何不同？我居然入了中學，還不知女性會有月事這一常識。女兒，我記得你在小學二年級，便有了有關兩性的基礎知識課。我想那其實是對於女孩們最好的保護方式，因爲你們有了自覺的意識，才會有意識地保護自己：而且有了自覺意識，便不會對於「那話兒」好奇，而是能夠「見怪不怪，其怪自敗」。大約是你在十一、二歲的年紀，你某日放學到家，告訴我與同學一起穿過校園旁的植物園時遇見一個pervert（此處指有性行爲怪癖之人），居然面對你們一群小姑娘掏出「那話兒」。我問「你們怎麼辦呢」？你說「我們一起高聲大笑，大喊——那邊有廁所啊，哈哈。他就掉頭跑走了」。我想她們很好地保護了自己，由於她們有足夠的知識，男人身體的器官於她們只是尋常知識。我也相信那時她們對於那器官的另一種用途，也還只是書本知識，但畢竟「那話兒」於他們在心理上並無神秘可言。她們只是把那人看作是個「性怪人」，即是精神病人一類，沒什麼值得驚悚。我還是叮囑她不要獨自穿過植物園，小心爲好。她笑說，「知道知道」，一副不必大驚小怪的神氣。這便是不同教育下成長的孩子，孰優孰劣，毋庸贅言吧。

入Y中時我剛剛開始癡迷《紅樓夢》，但從未將那大觀園中的人世，與我生活的現實聯繫在一起。大觀園於我類似是「忽聞海外有仙山，山在虛無縹緲間」，或許正是那大觀園中兒女亦眞亦幻的境界，才如此引我癡迷？正是「爲當夢是浮生事，未復浮生是夢中」吧？當年的我生活於「無性」的家庭環境中，是紅色政權整肅讀書人造就的結果。不知道那些父母兒女俱全的家庭中，父母是否會向孩子們說明男女性別的生理差異？或者是否兒女會觀察到兩性相處的隱秘？不過憶及往事，我當年的中學同窗之中，不懂男性與女性眞實區別的大有人在，我並非是惟一晚熟的傻瓜。那時的體育課恰逢提倡體育訓練要「超極限」，即課程運動量要包含超過個人體能的訓練強度。課後累到頭昏腦脹，接下來上課時忍不住瞌睡，因而視體育課如畏途的並非只是我一人。某日有男生留意到有幾個女生，居然獲老師特許在一旁休息，便一同鼓噪，道是老師不公，憑什麼她們幾人可以休息？老師的表情滿是無可奈何，似乎有些張口結舌，最後道是「她們幾個『倒楣』了，你們有嗎？」其實「倒楣」一詞在當年的學生中另有含義，是女生月經期的代名詞。那些男生顯然並不知道這詞的另一含義，繼續鼓噪，而我居然也不知道。我於是舉手喊道，「我今天也很倒楣，可以休息了嗎」？結果是那幾個女生忍不住笑得東倒西歪，而我由此獲知了「倒楣」一詞的代指。

如今回想，女兒，當年的紅色教育號稱「男女平等」，其實是有意或無意地抹殺男女性別間天然的差異，暗示女性要追求與男性「看齊」——男性女性一律化才是「平等」，因之要消除女性的性別差異意識，消除女性視角的美與審美。女性要追求「颯爽英姿」，要以武裝替換紅妝，那才是革命之美的唯一標準，否則便是「小資情調」。少年時代的我們，穿衣幾乎難見有性別差異，一律是長衣長褲，頂多是夏季換成短袖衫，才可見女生手臂的圓潤與男生粗壯粗糙的不同。由於人人如此，我們也從未自覺自己的生活中，缺失了那上天賦予少男少女的個性與豆蔻之年本應萌芽的美。記得兒時背誦《木蘭辭》，「東市買駿馬，西市買鞍韉，南市買轡頭，北市買長鞭。旦辭爺娘去，暮宿黃河邊，不聞爺娘喚女聲，但聞黃河流水鳴濺濺。旦辭黃河去，暮至黑山頭，不聞爺娘喚女聲，但聞燕山胡騎鳴啾啾」，暗想那便是「英姿颯爽」的極致吧？事實上，《木蘭辭》最終還是將她還了女兒身。花木蘭雖「從此替爺征」，雖英姿颯爽十二載，心中還是惦記要回歸女兒身與女人之美吧？不然又爲何十二載後仍要「當窗理雲鬢，對鏡貼花黃」？記得老師當年講解《木蘭辭》，卻從來是只講她男扮女裝，替父從軍，與男性軍人並肩征戰。對於她戰後歸家，還女兒裝束卻是草草一句帶過。

毛氏之後的大陸中國，也見到女性逐漸脫離了那以「英姿颯爽」爲惟一審美標準的魔咒。今日在大陸赴海外各國遊客群中，常見的五旬、六旬大媽們身著綠裙紅衫，炫目如熱帶鸚鵡，或是設計師心中的少女裝，套在粗壯豐碩的腰身上，宛如年齡錯亂，其實便是那顆「對鏡貼花黃」的女兒心回歸吧？只是偏偏回歸得時空錯亂。我們一代自幼就錯失領略「女性美」的機會，更是錯失學到如何審美——無論是古人之審美，還是清末民初綻的中西合璧的審美之花，在我們腦中、心中都是空白一片。不過若說那時的少男少女對於異性全無探究之心，或許也並不公允。記得某次接近花甲之年的同學們再度相聚，不知爲何談起當年男生有否公認哪位女生最美？結果還是有的，多數男生公認最美的女生，居然遠離「颯爽英姿」的標準。她是教授之女，五官立體，文靜端莊。不知道是應評價當年男生，事實上是不自覺的兩面派呢？還是應評價說這往事說明人天性嚮往的美感，並未全然泯滅於政治教育下呢？

除去華夏傳統一向對於「性」事曖昧的影響，文革前一年政治課的「深挖第三層思想」（前文中往事之三　「豆蔻梢頭二月初」——為何含苞未放便零落成泥？），或許顯示的恰是當年對於性事在紅色意識形態中，對小民的官方定位，也是學生們初次實地見到那事的後果。當年冠冕堂皇的官方教誨是男女之間「性事」行為（甚至是對「性」事的想像），都是「資產階級」的惡劣生活趣味，「優質鋼」要在淬煉中消除惡劣趣味的雜質，由於那雜質只會影響我們一代人心志的堅定。「革命接班人」自然要意志如鋼，怎能被「男女性事」侵蝕？「性事」在年少男女學生心中便成為齷齪之事，醜惡下賤，絕不能見於光天化日之下。其實這也並非紅色政權的獨創，與華夏傳統有相承的一面。女兒，我在前面提及華夏傳統中，似乎「性事」的定位極為多面，既依據道德標準又依據社會階層標準，因而一樁「性事」究竟是美是醜，似乎是因時而異、因事而異又因人而異。事實上，中共黨人高層的「性事」又何曾有過間斷？無論是在陝北窯洞中，還是中南海紅牆之內，在那無數小民為「革命大業」捐軀戰場之時，在那因「組織」對「異己分子」政治整肅，造就無數家庭妻離子散之時，帝王毛氏的「性事」又何曾受到過影響？只不過對於下層小民則是有另類標準罷了。女兒，年少時的我們自然是不懂這些的。毛氏一生對女性貪婪與荒淫行爲難以數計，我們當年聞所未聞。那時的毛氏是我們少年心中的偉人、聖人，絕不會將聖人毛氏與齷齪的男女性事作任何聯想。

年少時我們便敏感到凡是男女交往（除夫妻之間），一旦涉及「性事」，或有肌膚相接的暗示，這對男女便成爲眾人眼中的惡疸、膿瘡，似乎是臭不可聞，名聲全毀，在人前再也抬不起頭。這也是華夏傳統中，父母長輩對於家中下輩女性的告誡。不過具體而言，究竟何爲「男女性事」？當年的我們其實懵懂，僅是知曉那是件壞人名聲之事。具體體驗首次是見到自己身邊當年那豆蔻梢頭的女孩的遭遇。雖然我們之中也有學生忍不住疑惑，難道只需想像也算麼？再次見到是在文革期間。Y中校園內那時雖無不同派別之間械鬥或拳腳相加的全武行，卻可見派別間學生互爲仇儔。記得已經是一九六八年春季，某日晚飯之後。約是在日月交替時分，天邊彎月依稀可見而地平線上落日餘暉未散，或許這天地交替的朦朧時分，恰是「人約黃昏後」的心念生出的時分？文革早已經粉碎了學生飯前飯後列隊高歌的軍旅規矩，學生們三三兩兩飯後隨意閑走閒聊，因此也恰是校園中學生川流不息的時分。忽聞有男生高喊，「這教室裡有賊，抓賊了！」隨即是數名男生一同喊叫「抓賊！抓賊」！自然有許多學生蜂擁跟隨，直奔喊聲而去。這也是當時的風氣，凡是湊熱鬧便不可錯過。其實細想，那時教室空空蕩蕩，除桌椅板凳，哪裡有可偷之物？不過顯然那時無人細想，霎時間將那間教室圍得水洩不通。繼後依然是幾個男生的高音，「抓到了，抓到了！」。圍觀學生自動讓出一條狹窄通道，只見五六個男生中間的是一男一女，各自雙手捂臉，彎腰低頭，卻依然掩不住那面紅耳赤。圍觀者開始起哄：「眞的是賊，淫賊！」「淫賊」的吶喊聲隨之彼伏，吶喊聲中似乎是起哄、嘲弄、嬉笑的情緒，或是報復成功的驕傲，兼有之，卻缺乏義憤或仇恨的意涵。這二字似乎激起了一種少男少女發洩那莫名情緒的興奮，吶喊熱烈，一時難以抑制。事後知曉那被抓與抓人之人是相互認識的，甚至是同班同學。那男女二人是名聲響亮的紅二代，平素爲人囂張，以對「黑二代」犀利苛刻而出名。抓人的幾個也是紅二代，亦是Y中頗有名氣的一群，以不拘小節、喜好辯論出名，且申明不贊同血統之說。該班兩派同窗結怨於文革之前，起因便是由雙方對於某黑二代同學蟬聯「金獎」一事。之後一直是遇事便針鋒相對。若論雙方結怨的起因，我自然是贊同那抓人的數人，因爲他們名言反對血統論。自己對他們「捉姦」一事從未多想，當時只覺好笑。那當晚被抓的二人從此壞了名聲，罕見再在校園露面，露面時再也不見往昔的囂張。「上山下鄉」開始之後，或許二人爲早離校園，早日脫離尷尬，便一同報名成爲第一批離校的「知識青年」。最終在年齡符合結婚標準時結爲夫妻。

女兒，今日若從性與愛的人性角度回望當年「捉姦」一事，我的看法已然不同。其實無論捉姦之人初衷是如何正義，若論此事卻是大錯。若那二人眞心相愛，性事便從愛而生，自然而然。這便是人類的天性，按我自己的的理解，上帝雖對亞當夏娃給予了懲罰，卻亦給予了允准，否則爲何未以神無所不能之手去消除人類這天性？在華夏，謹守禮義廉恥的古人，也會禁不住婉轉地寫出那些雲雨時刻，例如「花明月暗籠輕霧，今朝好向郎邊去」，甚至是直白寫道「須作一生拚，盡君今日歡」。倉央嘉措，不幸即是天生的詩人又是天命的達賴喇嘛，也寫道，「人生若只如初見，我是少年人，我有佛心也有凡心。向佛祖求參悟不了的惑，與有情人做快樂盡興的事，不妄一場人生」。若只是片刻尋歡而非相愛一生，只要是二人甘願，一時情不自禁，事後分手，也並非罪不可赦。文革使得高年級學生滯留在中學校園，延宕到十七、八歲，似乎也恰是性欲望初生的年紀。華夏社會數千年以來，若想有意毀人名聲，選擇以男女的「性事」似乎一直是最易途徑。以「性事」詆毀人名聲，可有多種名目，例如「姦淫」——指未有夫妻之名者，「通姦」——指已婚夫妻另有男友或女友者；「淫蕩」——指力圖勾引異性者，「淫欲」——指過度放縱者，而「心存不軌」——則可用於誅心，令人百口莫辯。如此等等，或許可謂「欲加之罪，何患無辭」。因此而欲辯無詞，毀譽終生者，不知凡幾？

女兒，你不知道我記憶深處藏有一次差可比擬的體驗，我一直將此事藏在記憶最低層的暗格中，從未向任何人提及。那事件中的指責雖全然是無中生有，事實上當年可能也未能釀成如曾參殺人一般的流言，而如今也隨那文革潮頭遠遠褪去而消逝得再無痕跡，不知還有幾人記在心中？那件子虛烏有之事在我的心中卻始終是一道刻痕，是冷不防地第一次模糊地理解了何謂「男女之間的曖昧」所指，也是冷不防地親身體驗到被「性事」曖昧的渾水無端嗆到心肺的羞辱。那約是文革中大學批鬥教師之火盛如燎原期間，我因一場感冒轉為肺炎，拖扯了近半年還未痊癒，被J姨「圈禁」在家中養病。某日收到J姨轉來我舅舅家的口信，讓我立即去趟舅舅家。舅舅是我母親的嫡親幼弟，是我們家族中讀書的佼佼者，其時是清華大學教師。我的家族故鄉W城是紅色大軍較早攻陷之地，一九四七年即成為毛氏領地。不過那時的紅色將士行事風格確實樸實低調，不掠不搶，對領地之居民謙恭有禮，見人必稱「老鄉」、「莫怕」，「我們是來解放你們的」。W城小民或許並不切實懂得何為「解放」，更無可能預測到未來如何，只是覺得「眼前的兵是好人」。

舅舅大約在十三、四歲年紀，便加入了這支「好人軍隊」的軍械修理後勤隊，跟隨大軍遠走他鄉，直到進入帝都。舅舅自幼在基督教會學校學習，受過基礎理工教育，做事機敏勤謹，他很快成為修理軍隊武器裝備的技術能手，繼後進入解放軍軍械工程學院，最終在那尚未將「出身」劃分到十分嚴苛的五〇年代初，被選送去莫斯科大學，學習當年「最為先進的科技教育」，卻最終因家庭黑色背景而學非所用。我接到口信便騎車直奔清華大學，一路咳嗽不止，不過那時自行車幾乎是小民惟一可用的交通工具，因此即使還在病中也無其他選擇。見到為迎我由舅媽攙扶站在家屋門口的舅舅的模樣時，我猝不及防地感覺心跳一停。舅舅雖非美男子，但生得一張臉輪廓清晰，五官分明，鼻根高挺。那時在門口站立的舅舅卻是輪廓全失，一張臉青紫腫脹，五官腫成一體，背心下可見傷痕累累。他必定是腰腹部也受到狠狠踢打，站立時只能彎腰倚靠在舅媽身上。帝都其時從小學直到大學，都在一片火熱地批鬥教師，舅舅身爲教員，遭受批鬥並非不可意料。不過我看到他還是禁不住心中震顫。眞不知道那要有多少兇狠的拳腳相加，才會將他傷到這般模樣？

我的印象裡，舅舅一向是清華園中受學生與同事尊重喜愛的教師。論專業是最年輕的副教授之一，他體育與圍棋技藝在清華園教師中也均是聲名赫赫，且樂於將技藝傳授同事們的子女。舅舅也是我們這些自家孩子此類課外技藝的老師，例如教我游泳。我自幼體弱畏寒，爲教我游泳，他實在是煞費心思。他在泳池淺水處中把住我四肢矯正姿勢，知我畏寒而泳池水冷，矯正我雙臂姿勢時，便自己背貼冰冷的泳池池壁，以前身護住我的後背，可稍稍給我些溫暖。舅舅青年時，在莫斯科大學與俄國人相處數年，也學了些「不拘小節」的習慣，例如與當年同學聚會時同唱俄羅斯民歌；短衣短褲在校園跑步；興致起始便讓我坐在自行車前橫樑上穿過校園，繞荷花池一周，其實是爲去食堂買飯菜回家。諸如此類，由於是我的親舅舅，我家人從未想過會有何不妥，卻在文革中成爲批判他「白專典型」和「反革命思想」之外的另一樁罪行，即是批判他「思想骯髒」、「行爲不軌」，事例之一即是對他自己的外甥女，在大庭廣眾之下「四肢接觸」，「圖謀不軌」，云云。這純是子虛烏有的罪名，當時卻是屢試不爽的燃爆學生批鬥激奮情緒之點。於是批判從「白專典型」轉爲對「流氓」的肢體羞辱，拳打腳踢，直到舅舅被毆打得體無完膚，頭臉腫脹，躺倒在批判臺上。「男女行爲不軌」一向是最毀人名聲的「罪名」，或許眞會使得舅舅從此在眾人心目中，再也不能堂堂正正作人。由於那「罪名」牽涉到我，舅媽便起意讓舅舅的同事與左鄰右舍見我一面，以此爲舅舅正名。那時的我是尚未跨過少年門檻的年紀，晚熟的體型亦是孩子多於少年。我在同班男生群裡獲外號「跳蚤」，意指我身體瘦小而四肢細長，且膚色類似東南亞人的黛棕，便可見自己當時的形象。

舅舅由舅媽攙扶，一直無言，眼光也未向我看過。如今回想，他必定是已經知曉舅媽的想法，心中是尷尬莫名，或者是對我懷有歉疚？見過舅舅，舅媽便領我走出家門，叫上鄰居一同去招呼四鄰，我那時並不明白舅媽的用意，只是莫名所以地站在那裡，同時依然咳嗽不停，直到周圍聚了一群鄰人，或許也有好事的閒人駐足，我舅媽才開口向觀者道，「你們看看，這就是那天批鬥男人時說的他外甥女。她根本是個孩子，像是會和我男人有特別關係嗎？你們也知道我家男人一向守禮實在，他教過那麼多男孩、女孩下圍棋打球游泳，有哪家家長說過他行爲不軌？從來沒有，不是嗎？這就是他的外甥女，這孩子都敢來見大家，就說明她和舅舅都清清白白，心中沒有鬼。你們不要隨意毀人名聲！」舅媽是天生的喇叭嗓子，開口響亮，招來眾多人駐足圍觀。我起始一直不明所以，直到此時才像是腦中忽有一道閃電，莫名地聽懂了舅媽話中的含意，一時腦中一片空白，不知是尷尬還是難堪。自覺各式眼光紛紛落在我的身上，含義紛紜，充滿打量、疑惑，這難道是在掂量我的斤兩，看我是否夠得上作我舅舅「行爲不軌」的同夥？我那時也並非眞正懂得「男女行爲不軌」的眞實含義，卻懂得了那必定是種極齷齪、極不知羞恥的行爲，便如我之前那個「豆蔻梢頭」的女同學，一旦沾染便從此在人前抬不起頭。

舅媽的喇叭嗓子一直延續，我自知這有關舅舅的將來，自己不能作半路逃兵，便一直站在那裡。雖不能做逃兵，心中的不自在卻是愈來愈甚。由於自幼家人離散的經歷，自己已經從幼時的自覺控制淚水，轉化到失去在人前落淚的能力。心中的不自在傳遞到臉上，只有面紅耳赤，同時汗流浹背。若在圍觀者看來，會不會想像那面紅耳赤是我心中有愧？於是只有盡可能低下頭，同時盡可能站得筆直。舅媽的「宣講」直到天色黑盡，圍觀者散去，方才結束。我理解舅媽是護夫心切，才無奈出此化解之策，所謂「病急亂投醫」，望舅舅可以洗淨不清不楚地擔上子虛烏有的「淫亂」名聲，從此再不能抬頭做人。她畢竟是相信舅舅的人品，也知道我仍然是個孩子，只是她可能完全忽略到，我會在那場公眾矚目的場面中承受的難堪。事情結束，我未再回舅舅家，而是匆匆騎車離去。爲什麼不想再去看望舅舅？回想當時的心理，一是不忍再次面對舅舅被毒打的青紫腫脹的面龐五官，再是覺得舅舅遭到荼毒，雖非我之過，我卻是禍根之一，心中亦有歉疚，卻又並非眞是應由我道歉，那麼見面能說些什麼？不如不見。更重要的是當時只想獨處一刻，實在不想再見到任何人。

雖已經是夜落月升時分，我還是未直接返回J姨家，而是騎車轉去Y中校園，直奔那葦塘盡頭我慣常消磨午休時間的野草坡地。無論人間如何混亂，那葦葉卻依然青碧一如往昔，無拘無束地伸展在夜空下，密密層層地搖曳在夜風中，散出清苦香氣，隨我的咳嗽流入胸中。我如往常席地而坐，看向浴在月光星光下的葦子嫩葉，淡淡的星光勾勒出那如刀鋒峭立的葉緣。它們是天地間坦然自若的生命，無須在意人世間的是是非非，無需求得世人的認同。我想若人眞有轉世再生，我願下一世生成野地裡一棵植物，無論是草是樹是花，可以自生自滅，自然自在。不過「三生石」據說是佛教故事，或是佛教信徒的演繹。我是信奉基督教家族的後代，知道基督教義並不認同人有來生。我們與這人世間的緣分只有一生一世，所以要在此生燃起你唯一的生命蠟燭，將你微弱的光爲他人照明。我不免聯想到，人生因此才會生而孤獨，唯有孤獨會不離不棄，孤獨是人唯一的伴侶，孤獨是人的宿命。那時的我並沒有讀到過沙特，甚至從未聽聞他的大名。我不知坐了多久，直到心境漸漸平復，才騎車返回。進門見到J姨的檯燈依然未熄，不免心中歉然。J姨問我舅舅可是出了什麼事？我只是答說「他批鬥被打了」。那時批鬥被打並非罕見，J姨也只有默默，只說「你睡前別忘了吃藥」。

那之後我很久沒有再去舅舅家，甚至連去北大荒之前都未去道別，因爲實在是不想與那日的記憶再發生任何聯繫。之後便是數年的各自顛沛流離。舅舅與清華其他教師同樣遣送江西鯉魚洲以「勞動改造」，而我則成爲知識青年遠在北大荒「接受再教育」。同樣是勞動改造，地北天南，連音信也極爲稀少。清華老師因眾多教員家人在那以血吸蟲著名的荒野沼澤中感染血吸蟲病，最終不得不全員撤回學校，感染者中便有我的舅舅。從此他與他的同事們輾轉於不同醫院之間，醫治那些生存在他們體內的頑強小蟲。那清除小蟲的藥劑亦同時侵害人體器官，只是「兩害相權取其輕」而已。再見到舅舅已經是距那次「當街示眾」的經歷約十年之後，已經是改革方興之時。那時他重歸講堂，而我也成爲幸運的文革後第一屆大學生。時過境遷，無人再提起當年舊事，舅舅的名聲確實也未因那子虛烏有的指責受損。不過往事眞的不會在人身或人心中鐫刻下痕跡麼？

再見面的舅舅，臉型五官已經失去了舊日那骨架分明與清秀的輪廓，變得渾圓而扁平，似乎從未從那次毒打中恢復原形。我呢？自然是長高了許多，再不會有人看我是個兒童。不過我們各自眞正的記憶只有各自的內心才知道。詩人北島說，「自由不過是獵人與獵物之間的距離」。不過我想自由不過是孤獨與他人的孤獨之間的距離，是沈默與他人沉默之間的距離。自由只是一個空間，在那裡無人強迫你言說你心中隱藏的記憶。所以自由與孤獨，也如同一枚硬幣的兩面。經那一晚，雖依舊對於何謂眞正的「性事」莫名所以，但我的內心從此對於「性事」的聯想只是抗拒與畏懼。「性事」似乎是齷齪黑暗的陰間塘水，一旦沾染便是永遠洗不清的污穢，從此再也不得與眾人同行；或者是如道路上的陷阱，一腳踏錯，落入其中，便成爲人生中的萬劫不復，成爲萬夫所指，永不得翻身作人。自然這只是那往事在我心中留下的刻痕。「性事」到底是什麼？我從未問過他人的看法，身邊也無親近家人可以詢問。其實相信我並非是無知狀態的例外，當年「性事」其實是無人膽敢與他人明白探討的話題，學校中的每個少年只能自己在渾沌中悄悄摸索，憑自己有限的經歷去各自尋找答案。

我們這上千萬少年便是在這對於「性」與「愛」的理解懵懂混亂，但又是將近踏入天性開啓思慕少艾的年歲，被毛氏一道旨意趕出校園，踏上了「上山下鄉」之路。無論是進入農村，還是名稱堂皇實際不過是農場的「建設兵團」，我們一代幾乎人人是毫無準備地，遭遇了男女之間「性」與「愛」在生活於底層社會人群中的碰撞。女兒，不知道你與你的同代人中，是否有人看過王國斌先生的組畫《知青系列》，例如組畫之一《我的前夫》？看得懂那畫中新娘與新郎間那一目瞭然地不對稱？那組畫中的女孩都是舊時衣褲，素顏朝天，卻掩不住那蓓蕾初綻年紀的純淨姣好，不過那純淨也掩不住眼中迷茫與心中鬱鬱。她們是被一陣颶風捲落到黃土高原的花兒，多數已經零落成泥，如今即使仍活在人間，也再無那初綻蓓蕾的純淨姣好。她們是我們一代「上山下鄉」時的映射。女兒，你看過我乘綠皮專列離京那日清晨的照片，其實是群照中截取的一角，兩支草草梳起的短辮，一件白色短袖衫。你說，「我的媽媽看起來完全是個孩子！」回想，那時的我們一代又怎能不是孩子？那是你在M市讀中學的年齡，你和朋友們剛剛開啓那叛逆期的體驗。

我們落足北大荒時正是古人贊嘆的「有女初長成的年紀」，不過那時的我們是否嘗到過男女初戀的青澀之美？記憶中在北大荒之年，也鮮有聽到我的知青同人們之間有男女之情的傳言，或許那時我們都忙於適應那從未經歷過的繁重大田作業，每日凌晨即起直到夜半才歸，早已經是負累不堪，垂頭喪氣的模樣，或如古人詩——「昏昏此身何所似，恰似芭蕉驟雨中」。被狂風驟雨打得東倒西歪、枝椏萎地的芭蕉，何來精力心思對異性生出綺念情思？何況也根本不懂得何謂綺念情思？眼見家中幼兒幼女初長成少年，本是父母人生中的歡喜。偏偏我們是在那兵荒馬亂的文革初期跨過少年的門檻，此期間的父母自顧不暇，且顧慮依然不通「人事」的兒女口無遮攔、禍從口出，自然也無膽量對即將遠走他鄉成爲「知青」的孩子們多說些什麼，或頂多是叮囑女兒一句「不要讓男孩子欺負」了。我記得我姥姥的信中便總有這句叮囑，但自己卻始終未將這句叮囑與「男女性事」聯繫起來。

依我觀察，如在Y中校園時類似，我並不是惟一無知的R村知青。許多知青，無論來自哪座城市，心中都無「性事」的念頭。說來尷尬，許多知青對於「性事」的直觀理解，都是來自於R村的動物世界。知青剛到R村時，每每眼見兩隻動物打架，一隻壓倒另一隻，第一反應便是去將它們驅趕開來，保護弱者，不許相互「欺負」。我也如是，某次看到雄雞踩在母雞身上，我趕去驅趕，卻被小E一把拉住，說「別動！那是踩蛋呢」。「踩蛋」？那是我聞所未聞的詞。她向我解釋，「踩蛋」後，母雞生出的雞蛋才可以孵得出小雞。「爲什麼」？我問。她滿面驚訝，反問「你知道，夫妻怎樣才能生出小孩子嗎？」我被當場問住。E當場大笑，少見她笑得那麼開心，卻同時也漲紅了臉，閉了嘴，用雙唇封住那答案。這便是我的第一堂「無答案的性事」課，之後才恍然想起兒時不理解的「那話兒」到底是指什麼，但心中卻不免對於男女性事的概念愈加厭惡，似乎那是涉及某種很髒的器官。

隨在R村時日漸久，年歲漸長，相信知青們終於逐漸從懵懂中琢磨出了何爲「性事」，但真正讓R村眾多知青對此開始成爲一樁心事，卻是始自「知識青年紮根邊疆」的高層旨意。「紮根邊疆」，自然也意味要在R村成家。「家」字自商代便見於漢字，商時的象形文字中強調了「家」必有屋可遮風避雨，亦必有雄性可以「傳宗」的涵義。傳至如今，依然大意未改，有男女成雙才可成家。知青是否心甘情願地要在R村成家，要紮根邊疆？那答案在多數知青心中直截了當地是個「不」字，但他們又確實已經是情竇已開的年齡。我素來不善社交，極少聽聞知青群中的「八卦」，因此當年未知R村各城市知青中，究竟有了多少對鴛鴦？不過數年輾轉回城後，也確實見到多對夫妻同出自R村，那麼必是結緣於當年吧？顯然當年她們與他們都是悄悄地銀河暗渡，也寧願一直等到可以返鄉回城之後再公之於眾，怕的是一旦成婚便視爲是扎根，意味著失去返城的資格，未來將連帶兒女永留R村。那些能銀河暗渡卻始終不離不散的知青們，他們必然是得老天眷顧的姻緣。事實上不知道被知青那多年始終在政治風向車中搖擺未定的命運而拆散的鴛鴦有多少對？其實在知青上山下鄉的各處窮鄉僻壤，更不知道又有多少認爲自己歸家絕望，被迫與當地村民成家的女知青？女兒，相信你可以從那幅《我的前夫》中看出那畫欲言未言的涵義。網上曾廣泛流傳那幅油畫鑒賞的感言，例如「這幅油畫表現了一場六、七〇年代山西窯洞前的中國特色的婚禮。在那個難忘的年代，這種婚禮在中國的大江南北和樣板戲一樣屢見不鮮。婚姻拋棄了金錢，愛情哭泣著追求貧窮，如此的姻緣背後的推手只能是階級出身。她已經無家可歸，慈祥的父母也許身陷牛棚或遭不測。她腳邊的旅行包是她的全部嫁妝。標語、牧羊鏟和角落的膠鞋，說明了新娘是個放羊改造的知青。她腳上穿的一雙紅色繡花鞋，與她漿洗得發白的舊軍裝是那樣的不和諧。這或許證明了她嫁給了村幹部的老光棍兒子，屈服了在革命的宏大敘事中，被推上祭台的個體的悲劇命運」。「每一個有著知青經歷的觀者，都能讀出意味深長的畫外之音：這樁婚姻肯定有著某種十分明顯的功利目的，而這功利目的背後，又包含著多少時代的荒誕和人生的悲劇。」[2]

知青女孩遭權力逼奸或誘姦，無論在何地兵團都並非鮮見。不過相比新建的內蒙兵團與雲南兵團，身在北大荒的知青整體而言更幸運些。並非是那裡有「組織領導人」更多的仁慈與自律，卻是環境使然。北大荒建團近二十年，當年的退伍士兵多數已在知天命之年，早已成家，兒女成行。同時，整體而言，北大荒並不缺適齡當婚的本地女人。當地「組織領導人」無德無行，為滿足淫欲，以權力誘惑或強迫知青姑娘失身之事雖確有發生，但與內蒙或雲南兵團的惡劣相比，卻是如九牛一毛。那兩處兵團都是新建，剛剛退伍的單身男人，健如牛犢的年紀，性欲如狼似虎，而來自北京與上海的花季少女，正成為他們洩欲的標靶。例如雲南兵團那些退伍士兵，所謂知青教導員，公然將抗拒姦污的花兒們集體捆綁吊打，而無人可以制止那獸行。自然，也不可否認有知青女孩為可以上學或提升為幹部，從此離開農村，而不得不「毛遂自薦」地以肉體交換。讀到過一則網路報導，某縣城招收工人，名額給予被推薦的知青。之後招工體檢，幾十名女知青，竟無一人是完璧之身。不知道有多少當年的女知青，將類似經歷深藏心底？即使是前面提到較幸運的北大荒女知青，也未能全然免遭荼毒。

記得我生病那年春天，R村曾作為暫時安排收留過一個姑娘，北京女知青。據說是因遭她的「組織領導」強姦而有孕，產下的嬰兒不知道留予何人。為避開本村人耳目而安排她暫居R村。她獨居於育種房，似乎是恨不得成為隱身人，每日只有清晨露面，會去機井打滿一桶水。她永遠是沉默無語，頭髮擋住顏面，只隱約可見她柔潤的側面與豐滿的唇緣。她來的無聲無息，離去的也是無聲無息，再無音訊。我不知道她的故事——她為何成為獵物？不過可以想到她內心會永遠有一道傷痕，且此生必須將那傷痕悄悄藏起。網上有篇流傳的小文，記敘作者去北大荒「安養中心」的所聞所見。「安養中心」是為收養在「知青大退潮」時因種種原因留滯，且已經無獨立生活能力的鰥寡病弱的知青。作者寫道，那裡的三百多名知青多是精神病人，精神病因多是源於「男女糾葛」。女性多是當年高層旨意要知青「紮根邊疆繼續革命」的犧牲品，被迫嫁給當地有權有勢或是「階級論」下依靠對象——貧農的「老職工」。自成婚起，便是日復一日的遭男性蠻橫的「性」荼毒、毒打、屋裡屋外的繁重勞作，絕望擊垮了她們，她們終於瘋了，或癲狂，或癡傻，或許成爲終生的精神病人。女兒，你有沒有想過人爲什麼會發瘋？我會想，她們發瘋後落入的境地是從此不懂人事，忘記人間的艱難醜惡，潛意識裡這或許是她們自我拯救的唯一出路吧？她們因此被男人趕出家門，要求由「組織」負責。她們之中，也有人父母尚在時憐惜女兒接回北京家中照料，但父母過世後，即被家中手足將已經癡傻的她們送返北大荒，也是要求「組織負責」。其中也有男性病人，亦多因男女之情成爲精神病人。例如某人原本極聰穎，本已經獲得回H市成爲「工農兵學員」的名額，卻心甘情願地將那千金難買的名額，讓給了熱戀中的女友，由於女友那淋漓不絕的淚水，由於女友誓言一旦學成畢業必與他成親，也可接他作爲親屬返城。他禁不住對女友的愛與憐，又絕對相信那熱戀中的誓言。女友回城之後卻食言了，不久便寫信與他決絕分手。他從此瘋了，或許也是逃避那無法解除對背叛之恨，同時斬斷那熱戀記憶的惟一出路吧？

大約三百多知青多是經歷類似的精神病人，住在那「安養中心」。北大荒也算是有心了，建了「安養中心」收留他們，那裡至少有屋頂遮風避雨，有一日三餐與一張木板床。不過再是「有心」也換不回他們正常的人生，這三百多人其實也只是渾渾噩噩，神志不清地度日，禁錮在那三尺之地，步履蹣跚，一步步地走向自己的人生終點。若求世上人人都可以活得風光燦爛，前程似錦，自然並不現實，但是在這人世他們究竟做錯了什麼，使得他們連正常人生都不可企及？我也留意到那文章是寫於二〇一四年。如今又是將近十年過去，「安養中心」還有嗎？那三百多名知青還有幾人在世？

女兒，我不想在這裡更詳盡地描述那些基於權力淫威、欲望發洩，因而與肉體交易所產生的「性事」行爲，這冊小書無能容納那巨大的泥潭。這行爲在今日華夏王土上已經如同漫生的毒瘤，如同最污穢的流水逐漸浸染王土，亦浸染人心，使世人不辨黑白。不過在我們尚是知青的歲月裡，「性」與「權力」的纏結不清，還未如今日般蔓延得肆無忌憚。我知道去農村插隊的知青有更多個人空間，因而有完全不同的人生風景。除《知青組畫》中那些被強迫的花兒外，也有更多自主的悲歡離合，也有情熱時誓言終生不渝，之後卻輕易拋棄的故事。我無能盡知那些故事，只大約感覺落入農村的少男少女們的「愛」與「情」，比兵團更多了些人生天性的表達，或許也少了些赤裸裸的權力欲望與利益的交換。我聽聞的兩件農村插隊同學的人生故事，或更可顯示那時的我們一代，即使不是在權力直接壓制之下，對於「愛」與「性」依然是扭曲的心態。

我們一代的「上山下鄉」去向既有塞外也有窮鄉僻壤，其中便有陝北。女兒，那是你爺爺的家鄉。據說遠古時那裡也曾水草豐茂，植被豐富，水資源充足，因而人類聚居繁衍眾多。人類的繁衍促使他們持續擴張，一代又一代無休無止地開墾荒野，將植被一把火燒去，換為種植五穀的農田。由上天賜予的和風甘霖，積千萬年而養成的豐厚植被，終於因人類的開發而遭滅頂之災。如今知青面對的陝北高原通稱為「黃土高原」，由於多見黃土而少見天然植被。那裡稀疏的植被已經留不住雨水，地表裸露出灰暗的土黃色，只餘雨水經年流去而沖刷形成的、深淺不一的道道溝壑，如同大地的傷痕。知青到此，目及之處皆是溝壑縱橫，那溝壑之間的平地上雖有禾苗生長，卻掩不住灰暗的土色。那天地雖也蒼茫、恢宏，卻似深藏著淒然、悲壯無窮盡的訴說。陝北高原雖處處是一眼可見的貧瘠，天地賜予陝北土壤的豐沃，已經被人類糟蹋淨盡，不過陝北人依然有自己的傲人之處，便是「米脂的婆姨，綏德的漢」。那貧瘠的黃土地中養育出的男娃五官端正硬朗，女娃則如春花皎月，又偏偏是多情、仁義。

女兒，我虧欠你良多，其中之一是從未給你講述過華夏古人的故事，華夏古人的禮義廉恥，文人的才氣風骨思辨能力，小民的誠信自律，不輸於世界上任何民族。女兒，「米脂的婆姨」第一是貂蟬，她是「三國」時期的米脂人，古代公認的華夏史上四大美女之一，四人容貌皆可沉魚落雁、閉月羞花。不過其中惟有貂蟬並未見於史書，僅見於千古流傳的戲曲話本。貂蟬流傳於戲曲話本歷經千年不衰，並非僅是因她的容貌，且是因她的仁義——她是爲報答養父之恩而甘願獻身，才成就了養父刺殺權臣董卓的連環計。華夏古國究竟是怎樣變成了如今柏楊文中的「大染缸」？龍種是否全部淪爲跳蚤？若每個生長於斯地斯土之人，都可以反思自己在哪裡自覺或不自覺地落入了那「大染缸」，若我們微弱的生命燭火持久不熄，是否便依然可以淨化我們的華夏故土？陝北人還有一項傲人之處，便是無論男女長幼皆善歌，隨時可即興而歌，曲調高亢宛轉自由，人生的悲歡思念無人訴說，便都隱含在那拖得長長的曲調中，統稱「信天遊」。上句起興作比，無論是山川日月皆可入詞，下句則點出主題，直抒胸中如火情愛，例如人人皆知的「信天遊」《蘭花花》，「五穀裡的那個田苗子，數上高粱高，一十三省的女兒喲，數上蘭花花好」。

Y中去黃土高原插隊的男生中有J，在校是低年級學生，卻如拔節的青竹般身材細高挺拔，膚色白皙，或有幾分「公子如玉」的氣質。他是讀書人子弟，性格安靜而待人和善。想必他出生時父母也是歡喜莫名，愛惜若珍寶，因而名含古玉之意，卻在文革中如我一般家人離散。他必是心事重重——其實哪個知青當時不是心事重重？但性格各不相同，或心中思慮亦未盡相同。他不喜歡與人群聚，收工後只喜歡獨坐，或雙手抱膝靜靜坐在黃土地上，或拿了書，似讀非讀地走神。他的坐處也永遠是在村莊旁一道黃土梁上斜生的一株野桃樹下。野桃樹不在意根下黃土的貧瘠，每年春天不忘記綻開一樹粉白，點綴人世。J卻是無關花開花謝，葉生葉落，四季都是背依那樹坐著。不知從哪日起，J入了一個本地姑娘的心。那姑娘也來坐在樹下。J並不理她，甚至不會主動打招呼。J的心在哪裡？我想是飄在半空，無所依憑，並不因那姑娘的出現而落下地面。不過那姑娘最終找到了讓J搭理她的法子，她拿出不知哪裡找來的小學語文課本，請J教她識字。不知道是因爲歉疚還是自覺教人識字也是一份應盡義務，J沒有拒絕。J的獨坐從此改爲二人併坐。學識字自然是急不得，因此從春到夏，又到秋末，依然是二人同坐在野桃樹下。冬季是插隊學生紛紛歸家探親也躲避陝北冬寒的季節，不過總有無家可歸的學生留下，其中便有J。哪怕平時不親近，留下過冬的同學總是會聚在一同吃除夕餃子，過舊曆年。同學們聚集一起包餃子時，總要聊些各種話題，或關乎沉浮不定的政治局勢，或關乎知青自身未來猜測，包括「知青紮根農村繼續革命」的高層旨意，也或有些打鬧說笑。

不知是誰提起話題，問J，「那麼冷的天還坐在那裡，那姑娘可給你暖手了？」不知誰跟上，道「給你繡了棉手套嗎？繡的什麼花樣？」這是因爲慣例，陝北姑娘會爲意中人繡各式隨身小物件。一直不說話，默默包餃子的J此時驀地抬起頭，臉漲得紅紫。他一力否認和那姑娘有任何關係，卻只會不斷重複「沒有，沒有」。那個年紀的少年們正是情竇初開，探究男女情事興趣正濃。J的否認似乎更惹起了他人的興致，半是探詢半是玩笑。那年紀的男孩子們更是不懂得玩笑的深淺。於是玩笑越開越有些不堪，逐漸似乎暗示見到過二人肌膚相親，相互親吻，等等。玩笑、打趣，自顧自地說得熱鬧，似乎除夕夜使得這些半大少年有些興奮得忘乎所以，完全沒有留意到J此時完全停止了反駁。他雖手中依然慣性地包餃子，一張臉已經褪去紅紫，轉為蒼白，甚至那油燈的黃色都不能掩蓋那蒼白。直到餃子下鍋，蒸汽翻騰時，一群人才發現J不見了，意識到剛才的玩笑或許惹惱了J，或是惱羞成怒？

一群少年沿知青窯洞去找，直找到最後一孔窯洞，才見裡面有燈光從窗紙透出。那昏黃的燈光下是側臥在地的J。他人似乎已經昏迷，手中依然緊緊握住一把剪刀。剪刀上血珠仍在滴滴落下。那剪刀旁居然是舊時宮中太監稱「子孫根」的身體器官，齊根剪斷，亦躺在地上。J身下依然是鮮血淋淋不絕。所有人一時噤聲，必定此時都意識到本以為是湊熱鬧的玩笑，實際是惹出大禍。想必他們也料想不到平時安靜和善的J，居然骨子裡是如此驕傲的個性，潔身自好，似乎將那男女「性事」視為骯髒難容，是奇恥大辱，將那些玩笑視為誣衊他的人格，更想不到J居然會以如此決絕的方式自證清白——既然話語辯白對身邊同學都僅僅是如風聒耳，那便以極端的方式，讓那些玩笑或流言永遠消失。J被大家連夜送往縣醫院急救，止血醫治，卻再不可能接續那剪斷的「子孫根」。J採取的方式如此決絕，是自證清白，或是也同時為那姑娘的名聲洗白？無論怎樣，推測J對於男女情事與性事，必然也是如同我自舅舅遭到毒打後看待性事的態度類似吧？首先是避之唯恐不及，因為男女一旦牽涉到「性事」便是極度羞辱骯髒，絕不能為「性事」流言而沾染了他少年的清白之身，或清白名聲？

我從未聽說過任何涉事學生講過除夕夜後有關那個姑娘的事。似乎在那些惹禍的學生們心中，那個姑娘從不存在。沒有人設身處地想過那個姑娘。我不知道那個姑娘會不會亦心中愧疚？會後悔自己過於執著地接近J？或是完全不理解J的反應？J因此病退返京。聽聞他因避免入學體檢而未參加一九七八年的大學入學考試，也極少與任何過去的同學熟人保持聯繫。我想J可能此生永遠要依賴藥物維持他身體激素的平衡，也會終生獨身。不知道當年那些於除夕之夜口無遮攔地逗弄J的同學，是否曾向他道歉？我想必定他們也會心中歉疚，只是無論多少歉疚也無法挽回J的正常人生了。

不過，女兒，我知道你難以理解J爲從世人口中討回人格清白而剪斷「子孫根」的決絕，你也一定會反駁我，說我們都錯了。你會說男女「性事」並非不堪之事，其實只是人的正常生理行爲，只要不是一方強迫另一方，便無可指責。女兒，我接受你的反駁。你少年時便視爲常識的這道理，慚愧我們一代卻是很晚才懂得。這差別緣於你生長於承認正常人性的環境，而我們一代是出生與成長在畸形的政治形態中。如今的我也已經意識到，並非是男女之情與性事天然地污穢不堪，而是扭曲的政治形態的不堪，將那罪名強加於整場人性上，是權勢、貪腐、利益算計與政治的不堪，才玷污了那本應是天性生發於男女之間的行爲。

在講第二件舊聞之前，我不免想念我對男女情事與性事的第二位啓蒙導師，L女士。我在A國N大學讀書期間，N大學有專門為留學生設的輔導中心，為留學生解惑，甚至協助解決具體生活難題。留學生面對異國與家鄉間的差異不知所措，不知該如何應對，並非罕見，N大學設立這輔導中心，也可見大學管理人照料留學生的苦心與誠意。L女士便是這輔導中心的輔導員。她當時年過五旬，生得高大豐潤，笑容親和中全無做作，會讓我聯想到高爾基《童年》裡的外祖母。我那時雖已經有了你，成為母親，心中卻依然不斷受到男女之事的困擾。可以感覺到她待人的尊重、謹慎與誠意相。每次見面，L並不向我提問，並不探究詢問我的心事，除非是我向她主動訴說。可能她終於發現我在男女情事與性事方面的基本理解，與歐美國家長大的同齡人相比，居然是「小學一年級新生」的水準，才生出心思為我啓蒙。是她的啓蒙課程，才使我意識到男性為何往往是強勢而主動進攻，而女性往往是無知與傳統的犧牲品，只知被動地接受與迎合。印象極深的是她的一段「啓蒙課」——由於天性使然，戀情對於多數男性與女性的影響有天然差異。即使在熱戀中，男性也不會因熱戀而失去理性，戀情於他們只是可以盛放在分割成抽屜的人生組成部分之一而已，那些抽屜按人生於當事男性的人生價值的輕重緩急而放置於某個層級，只在面對女性時取出即可。簡言之，戀情只是男性生活組成部分之一而已。女性卻天然地缺乏這一層防護，戀情會覆蓋浸染到女性全部身心，成為女性熱戀中人生頭等之事，控制女性的一切人生決定，使女性天然地忘卻了設下理性的防護。簡言之，或許女性對待熱戀如同母親面對孕育腹中十月方初生的嬰兒，全無抵擋。自然，L夫人的講解中，未包含那些利益算計多於純然之戀的女性，例如北大荒當年那位棄諾言與戀人如敝履的女人。緣於天性，女人要在戀情中保護自己會雖過男性數倍，而男性爲自己的利益（或也包括男性心中的宏圖大業）而遺棄戀人者則從古至今，比比皆是。L的課程意在幫助我們這些亞洲女性在異國生活時，要更爲有意識地保護自己。或許這段「啓蒙課程」也可視爲我將講述的第二樁舊聞的註腳吧？女兒，或許你會嘲笑你母親，說「這樣的道理我還在中學就懂了」。是的，女兒，或許我們一代的無知值得你們嘲笑，不過並非緣於我們一代天生愚蠢，而是我們一代在只宣揚「階級鬥爭理論」的大陸中國長大的，只知道偉人毛氏教誨「這世界上從未有無緣無故的愛」。我們一代少年時從未聽聞過如L女士從人性的角度，對男女情愛的啓蒙。

W是Y中高年級學生，也在黃土高原插隊。他生得膚色微深，高而壯健的身材配上五官分明的臉，眼角深長，似乎有些韃靼族風格的斜斜上挑，看人便自然而然地帶了幾分風流。聽聞他祖上曾在俄羅斯生活過，若說他有幾分韃靼人基因，我也會相信。W口才極好，在Y中有才子之名，雖然我並未拜讀過他的任何大作。或許是他那卓然不群的相貌，看人時獨有的幾分風流意味，再加口才出眾，W很快地贏得了陝北當地姑娘的青睞。他與J是決然相反的性格，從不在意與姑娘們嬉笑玩鬧，無論是獨處還是群聚，他似乎都是姑娘們目光的中心。陝北姑娘在大陸北方諸省女性中，似乎有獨樹一幟的風格。前面寫道「米脂的婆姨」，其時陝北的美女又何只僅出自米脂一地。白居易曾道，「君不見沉沉海底生珊瑚」，陝北貧瘠的黃土中，偏偏養出了水一般秀美的女人。有人說「陝北女人是黃土地上的水，水澤萬物，溫柔賢淑，造物所鍾」。有人說「陝北女人是塞外溝壑的河，河繞山轉，九曲迴腸，哺育山川」。其實在人世間她們哺育的更是男人的心。陝北女人雖外貌似花，但性格卻是如火般烈，或有說是如老酒般醇。若愛上哪個男人便不畏燃盡身心，全無保留。

W最終憑藉自己的才名與自帶幾分風流的相貌，獲得了當地十里八鄉公認最出色的姑娘的心。陝北貧瘠，極目只見土黃的大地上卻多美女，或許是由於那片土地在豐沃時曾有多種民族居住、繁衍，那因多種血緣混合而成的後代，便是如今的陝北男娃女娃，皆有獨特的韻味。據同學間的傳說，W的姑娘生得嬌俏玲瓏，曲線分明的唇。其實陝北姑娘幾乎人人都生得一雙「毛眼眼」，不過那姑娘的一雙眼睛，隱在密密的睫毛下似深不可見底，一笑卻似清透的水流蕩漾，眞的是一笑便傾倒了天下男人的心。十七歲的少女正是瓊花初綻，「花開堪折直須折，莫待無花空折枝」，W也從不避諱與那姑娘的熱戀。春季二人手牽手地去尋那一株株野桃樹，夏季轉遍周圍的溝溝坎坎去尋山丹花，出工下地也牽手湊在一處，總之便像是對那十里八鄉昭告二人戀情。本地男娃也羨慕，卻不嫉恨，這便是陝北漢子——一代宗師吳宓說過陝西人的性格特徵：倔、強、硬、碰，不過他們也同樣懂得何爲深情，那便是心胸慷慨寬大，愛屋及烏。我推想那時W享盡了姑娘心與身俱是獨屬於他一人的甜蜜，自然也享受周圍男娃豔羨的目光。

不過W的心中世界只是一個鄉村女娃的深愛——哪怕是再出色的女娃，便可填滿麼？「自信人生二百年，會當擊水三千里」，或「天將降大任於斯人也」，這些曾經Y中教育灌輸於學生心中的人生豪言，那姑娘必定是聞所未聞，但對於W，是否「天降大任」的期望，可以全部消融於一個姑娘傾盡身心的愛之中？誠如L對我的啓蒙課所言，W的愛那時或也是眞誠，卻天然地與那姑娘的愛並非對稱或對等。若再進一步審視，他們的愛從社會角度而言更非對稱，不免想到數千年前曹植的詩，「君若清路塵，妾若濁水泥，浮沈各異勢，會合何時諧？」男女分手，最終傷心的還是女子。男人不過如輕塵，飛揚而去，女子卻如濁泥沉入水底，從此埋葬終生。

我不知W與那姑娘的熱戀持續了多久，一年還是兩年？只知那熱戀並未能如當地男娃按常理期待的，會有春華秋實的行程，會如小麥一般抽穗揚花結實。二人的熱戀行程戛然終止在W獲得某校「工農兵學員」名額的次日。據說W拿到錄取通知書的當日，便向那姑娘坦然地說明他決定與她分手，毫無猶豫。我不知道那姑娘是如何反應，但我想到W的決絕，便禁不住心生反感，不過我反感的並非是二人分手的事實。那些歲月中，毛氏「炮打」黨內「異己分子」引發的大陸中國處處動盪，人人惶惶，夫妻分手不計其數，何況是男女朋友。我反感的是那姑娘在W內心到底有幾成分量？或說是L夫人形容的，W的愛在他人生組成部分的哪一格抽屜中？只怕是最底層的抽屜吧？那姑娘將身心完全賦予W，而W對分手決定得毫無猶豫，那麼她以生命的全部——眞情與血肉之身——到底換到W幾分眞情眞意？或許也只是一個如杜十娘的陳舊故事，富貴公子落難遇到純情少女，權且逢場作戲？眞情或許也有幾分，但到底是雄性的欲望還是「愛」的眞心眞意占了主導？

聽聞頗有些同學指責他的輕浮，既然無心相守，又何必一開始招蜂引蝶地逗弄姑娘？也聽聞W的辯解，他辯解得輕鬆，似是全無愧疚，屢次雄辯，道是「大丈夫志在四方，又怎能爲一段情停住腳步」？或是反駁道，「你們都忘了嗎？天將降大任於斯人也，我們肩負大任，這段情只是小小考驗而已」，以及「大丈夫應以事業爲重，人生首要是事業」，諸如此類，言語間赫然似大丈夫，放眼衡量世間風雲，似乎責備他負了人心的同學，反而都是目光短淺、婦人之仁而已。W的態度其實亦是Y中紅色教育留下的痕跡之一。類似話語在校園的篝火之夜前，怕是每個學生都會欽佩，而在一九六八年之後的黃土高原窯洞中重新提起，眞心相信之人還有多少？W自己眞的相信麼，還是只不過爲那決絕的分手讓自己心安理得而已？也因此難免不讓諸多同學評爲是「大話炎炎，文過飾非」。我未親歷，卻本能地疑惑W的人品瑕疵。據說十里八鄉的男娃聽聞都氣憤不過，要聯手揍W一頓，反而是那姑娘阻攔了男娃們。據說她如此勸他們，「我的身心給了他，是自願的。他的身體給了我，心還是在別處。你們打他也打不回他的心，不如忘了他吧」。若W聞知此言，這姑娘的勇氣、聰慧、坦誠與寬仁，不會讓他夜夜都羞紅一張臉麼？

這陝北女娃有她內心的傲氣與自尊，那是W的人品遠遠不及的。那姑娘雖說得絕決淡然，卻眞的可以輕易忘掉她的初戀麼？我不知道那女孩之後的下落，聽聞有幾種版本，一是她決定離鄉，遠走深圳打工，是想看看外面的世界，是否那裡更誘惑人心？二是她從此找了個實心實意的本地男娃成家度日，那麼是她那過早結束的少女之夢，使得她也過早地失去了對人生的熱情？還有她殉情的版本，不過我想那只是杜撰，也但願只是杜撰。如她那般內心傲氣自尊的女孩，又怎肯爲一個負情負心的男人殉情？

七〇年代中期，我除治病養病外無所事事，其間應朋友邀約去秋遊潭柘寺，沒想到同行數人中亦有W，是朋友的朋友。不過都是同校學生，即使素未謀面也一概稱同學。我們攀至最高頂時，已經時近薄暮，只覺輕薄的霧氣從山頂一路飄蕩而下。潭柘寺的山雖稱不起千山萬壑，卻也山勢重重疊疊，逶迤延伸，漫入霧中。松聲漸起，市聲漸落，暮色中數峰無語靜立，山中秋葉已經轉紅，罩於霧氣中，如火的紅色化爲柔和淡遠的點綴。幾人挑了平坦的山石圍坐小憩，分食有名的潭柘寺素蒸包。W忽興致飛揚，道，「我們也組個詩社，各位都是才子才女。我們的詩社是『談笑有鴻儒，往來無白丁』。將來一舉成名，豈不是壯舉」！眾人迎合，也有人說近來似乎政治氣氛將前幾年寬鬆，云云。說到興起，不知是誰帶頭唱歌，唱的卻仍是「革命歌曲」——那時剛上映的《閃閃的紅星》中，「滿山開遍映山紅」。我卻覺得有些失了興趣，既然是才子，何不唱首自編歌詞的「信天遊」呢？其實那詩社始終是紙上談兵，一時興起而已，沒有下文。W也只是工農兵學員畢業，雖是以教授退休卻並非出自名校，如此的教授名銜，如今在大陸中國可以數千萬人計。這便稱得上是「天將降大任於斯人也」麼？其實每個知青當年都想離開那窮鄉僻壤，這並非不可理解。只是當年即知心不在那黃土高原，卻為欲望而摧殘那高原上的花兒，難道W不會午夜夢迴，想起年輕時的種種，心生愧疚？

女兒，孩子們，我在前面也屢屢提及，文革造成的大陸中國千家萬戶的聚散離合、物是人非事事休，無以數計。這兩件舊聞在當年的兵荒馬亂中不過如兩粒沙塵，風過不留痕。但對於曾被困於其中之人，卻難免是不堪回首，因為回首已是兩世身。女兒，其實還有件與上面的往事氣氛全然相反之事，或許你會覺得那像是個笑話，不過確實是百分之百的眞實，也同樣地顯示我們一代對於男女之間「愛」與「性」關係的理解，全然如腦中只有一片荒蕪之地，再羼入些雜草般的傳統觀念，即「男大當婚，女大當嫁」。那時已經在林彪事件之後，毛氏重病，「中央文革」的大樹已倒，雖猢猻未散，但究竟是難撐起大旗。對於民間的管控此時已經寬鬆許多，一位男知青的父母定居香港多年，終於在此時獲得入境准許，到帝都探望幾個四散大陸窮鄉僻壤務農的兒女。或許覺得長子到了應有男女之戀的年齡，便要求他帶女友來見。他雖有無數朋友，卻並無女友。我與幾個R村Y中同學那時恰在帝都，他便來找我們，只說他父母邀請我們午餐，但每次只邀一人。我們雖覺莫名所以，但既是同學父母，理當尊重，便分別應邀。之後才獲知緣由，原來是他父母認爲他也是男大當婚的年紀，詢問他是否有女友可趁此時一見？於是對他父母說，這幾個女孩他都不反對成爲女友，但憑父母大人決定。他父母只是歎氣，誤以爲這長子如登徒子行徑，便決定此事還是暫且作罷。

孩子們，在這裡我並非是想作出任何人品高下或有關黑白是非的評判，只是想讓你們看到當年的我們一代，對於「性」與「愛」的概念是如何懵懂無知，抑或是如何觀念混雜，或充滿各式各樣的偏見與畏懼，或如華夏傳統加毛氏紅色教育的印記，例如「成大事者不拘小節」，例如「大丈夫何患無妻」，例如「事業爲重」，諸如此類。學校中也從無男性女性的生理常識教育，我們一代便是在如此的渾沌中開啓自己的少年歲月。在尋尋覓覓中，在初始的「慕少艾」欲望中，同時也在扭曲的意識形態觀念與亂世之中，在那些歲月中一路走得跌跌撞撞，辨不清是善緣還是孽緣，辨不出「性」與「愛」的分別，在戀情與欲望的追尋中一路受傷不斷，而在受傷的同時也傷害他人。

我們那時正年少之二　「愛」與「不愛」的組畫

女兒，你知道古人有俗語說「人不輕狂枉少年」麼？我想是指人成長到少年歲月時，天性中便會生出對於情愛的嚮往吧？這本是人類千古的天性，避無可避。我們一代在男女人倫間「性」與「愛」教育的空白中跨入少年，對於情愛其實亦會自然生發，如同春季百草萌生新芽，便是天性使然。不過我輕易不願回想當年是如何度過我們的少年情愛，因爲其中感受的混沌困惑與憂傷遠多於欣悅。不過既是天性，亦避無可避，一次次受傷亦斬不斷人類天性中萌生的對「愛」的嚮往，如倉央嘉措的感歎，「我在人海之中尋覓一個日月永不相見的起源，如同，我背棄凡塵之後又惦念追隨」。

想到我們一代人自「上山下鄉」進入「慕少艾」之年的經歷，每每會記起我的第一位對自己男女「性」與「愛」觀念啓蒙的老師。可惜的是我遇到這位啓蒙老師時，許多經歷都已經成爲過往，補救無門。過往之事無計改變，改變的只能是自己對於那些舊事的理解。即便是如今已經有不同理解，那也只是理性之辯而已，情感的傷痕依然是如同勒石爲銘，也無論是在眉頭還是在心上。「每到春來，惆悵還依舊」。

遇到我的「第一位」性與愛「啓蒙老師」M時，我已經是帝都某法學院研究生。那恰是大陸中國文革冰淩初融的季節，西風東漸，似乎空氣中蕩起改革期望帶來的清新。M是大學請來的外教，年青的美國人，屬於大陸中國大學獲教育部批准請到的、第一批來自英美的外教之一。這些踴躍申請來華的外教，大都是英美國家所稱的「左派」青年，出身於富裕的中產階級家庭，畢業於美國名校，主張「普世價值」。M在大學選修過漢語，且曾在臺灣修習兩年，因而漢語口語足夠流利。大陸中國鐵幕緩緩開啓，露出縫隙，即成爲最吸引他們「獵奇」之地。M並非是法學院教員，她教的課程是西方經濟學派別分析，與我專業的關係在似有似無之間。她極易相處，講話都是直來直往，從無隱藏，她常是對我——當年的法學生——嘲笑，道，「遇到我的朋友，你千萬別說是法學生，那就把你的形象全都毀了」。「爲什麼？」我問。「因爲法學生，特別是商法學生，都是利慾薰心的傢伙啊」。說完總是大笑。我問過她，「你對中國的第一印象是什麼呢？」她只略想片刻，便直言道，「第一是窮，我沒想到中國有那麼窮。第二是男女那麼不平等」。對於大陸中國的貧窮，我懂得她的感受。例如那日常人家餐桌上的匱乏，M就從未領略過。她初到北京時，完全沒有「應季蔬菜」的概念，例如冬季只有大白菜，夏季才會有黃瓜番茄，等等，這些在北京可能是三歲孩子已經理解的現實，於她卻是完全新奇的知識。她甚至紅了臉，說她以爲各種菜疏水果的生長不分季節，因爲美國的店裡都是四季皆可見到。

不過M說「男女那麼不平等」，我那時全然不解。大陸中國不是男女上學都有平等機會嗎？起碼在城市是如此，雖然農村女孩子往往被剝奪上學機會，爲成全家中兄弟上學而自幼成爲掙錢的勞力，但農村的貧窮與重男輕女的傳統，是大陸中國的頑疾，不是一、二年改革即可改變。M卻說，「我說的不平等，是指觀念上、心態上的不平等，特別是我看到的城市中男女關係的不平等。例如男性在性事中永遠是主動的一方，強勢的一方，女性永遠是迎合、被動的一方。其實平等是無論男女都理直氣壯地平等看待對方。不要說什麼男人體力強壯就是優勢，其實人的體力與智慧側重的方面都是不同的，女人也有許多男人缺乏的智慧。例如，爲什麼大陸出口到歐美的繡品都是女工的出產？女性不一定要在各方面、在體力上和男人拼命去求得一致，而是要達到心理坦然地對男性說『不』，在不高興時可以坦然地說『我拒絕』。女性在男性面前有了選擇的自由才是平等」。

M的話於我如醍醐灌頂，才覺原來如此，今日才悟到昨日之非。了悟自己過往錯在哪裡，卻再也無法糾正過往之錯。M對我講的種種美國女性對於性事行爲的豁達，於我眞是如同天方夜譚。例如她說，有位女性外教申請到大陸的教職，眞實原因是她爲完成一項實驗與一篇論文，即關於大陸中國男性的「性行爲表達方式」，爲此目標是要與一百位大陸男性完成這一行爲。我聽得匪夷所思，忍不住追問「後來呢」？M卻忍不住自己先笑得在地毯上打了個滾，之後才道，「結果還不到二十個就大大後悔了」。「爲什麼呢」？我還是忍不住再問。「因爲大陸男性完全不顧及女性的感受，見到女性就像是野獸一樣衝上去，粗野，只求自己的滿足。你見過動物的性行爲麼」？經歷過北大荒豬場的我，自然是見過的，也就不難理解她話中涵義。M繼續道，「不過她堅持要完成目標。我很佩服。若換成是我，我絕對不能忍受。大陸男性這種心理，本身就是不平等的傳統。性事中，只有兩性都可以獲得愉悅，才有眞正的平等。沒有平等，只有性欲，哪裡有愛？反正我不承認那是眞正的愛」。她甩甩捲曲濃厚的棕色披肩髮，似乎表示並不在意這個世界他人的看法，爽氣中帶了女性的傲嬌。我在那瞬間眞的是羨慕她那自由自在的女性靈魂，視女人生而爲人，女性擁有的選擇與平等爲理所當然。同時我不免感嘆自己生不逢時，領悟這道理時已經太晚，只能悃然而已。

女兒，你可能答得出「何爲愛」這一問？前面寫道我初入Y中時癡迷《紅樓夢》，如今回想，那並非是由於看得懂寶玉黛玉之戀，而是癡迷那於我全然是虛幻世界中的情與趣，賞花品茶，佛語禪機，黛玉的敏悟與寶玉的癡心守護，甚至眾人相聚時的熱鬧打趣，皆是引我一看再看。不過那時還在兒童與少年的門檻之間，只想那些是自己日常生活之外的世界。「忽聞海外有仙山，山在虛無縹緲間」，從未與自己的生活發生聯想——完全不同於我的那「豆蔻梢頭」的同學。其它能看到的多是兒童故事，如《安徒生童話集》、《木偶奇遇記》，《格林兄弟童話》，其中的公主與青蛙王子，更僅僅是紙上故事。我的姥姥是行爲理智端嚴之人，不知道是否由於幼時受到姥姥潛移默化的教育，我天然地行爲傾向於理性？姥姥的言語中絕不談及愛，除非是基督之愛，基督對世人的摯愛。那愛與男女之戀無關，只關乎基督拯救世人的愛心。記得幼時姥姥房屋的套間牆壁掛有一幅畫，畫面是耶穌伸手拉住一頭正失足落下山崖的羔羊，周圍怪石嶙峋，耶穌的五指緊握，神色專注。姥姥說拯救便是愛，是人世間惟一永恆的愛。

再看到更多的異國書籍時，則已經是我離開北大荒之後，如《安娜卡捷琳娜》那不死不休的愛，如《茶花女》那淒婉曲折的愛，如《巴黎聖母院》中那畸形與善良的愛，等等。終於稍稍領悟到男女互戀之愛，或可以理解爲一種難以言說的情感，飄然不沾塵。若問其何所來何所向，則只能如禪語，曰：「從來處來，向去處去」。來也無蹤、去也無影，至於未來將去向何方？或許是不可問，因爲若有此一問，便是愛緣滅、塵緣起之時。可惜的是我在從讀書中生出些模糊的領悟之前，已經措不及防地被「愛」撞到、乃至撞倒。女兒，你與你的母親——我，少年時生活環境完全不同，因而你可能根本不會去細細思索一份情感是否是愛？你的少年時，心態安然隨緣，緣起緣滅，皆是少年的人生，如少年時的倉央嘉措般天眞自信，因爲「你所擁有即擁有，失去卻不意味著失去。失去是另一種擁有」。你的母親卻是在忐忑不安中，開始了自己的首次男女感情糾結的行程。

女兒，想起我們一代中那些少男少女的恩怨纏結，自己下筆之時會恍然不知自己是誰？身在何處？或者說已經化爲一枚雙鬢已蒼的靈魂，看到前世時的一群少年，就如同莊生夢蝶一般。不知此身是夢中化蝶，還是眞的有過那如蝶般雖短暫卻斑斕的少年歲月？雖是斑斕少年歲月，又有誰知道那些斑斕的外表之下，有多少始終不能癒合的傷口？那傷口便是那紅色教育中釀成的少年感情的重負、扭曲與無知。

組畫之一——是否是「愛」——「我見青山多嫵媚，料青山見我應如是」？

女兒，我在「前書」中已經提及一九六八年的春夏之交，學生們的激情從「點燃全國革命之火」行爲開始轉向沉寂、讀書、探索，等等，或轉去寄興山水。一時間學生們遊山玩水蔚然成風。Y中一群「四三派」高年級少年騎車去遊逛山水時，常見有個瘦小的女孩跟隨。她跟隨他們更多的不是爲看他們眼中的山水，因爲若論看山看水，她更喜歡獨自搜尋些人跡之外的「殘山瘦水」。吸引她跟隨的是他們休憩時的談天說地，若說是「高談闊論」，在今日看來必是誇張之詞，但當年卻是打開她眼界的一扇窗，因爲那些議論在當時語境中可謂「離經叛道」。他們也談論文革起因，半開玩笑地說是「太平天國」內訌，等等。那女孩完全是孩子樣貌，甚至比男孩子們曬得更加黝黑，只有一雙眼睛大而靈動。她一手托腮，靜靜地聽那些隨意閒談，腦中卻像是天翻地覆，不知不覺地種下將歷史與當代相比而萌生疑問的種籽。那時同學間互稱外號極盛行，一群高年級大男孩送她外號是「小破孩」，不知是算揶揄還是親近？不過確實聽得出是單純地對待小妹妹一般，甚至是「哥們」一般。外出遊玩、騎車上坡時，會有同學伸手抓住她車把助她一臂之力，休息時也會有同學特意將她拉入樹蔭處坐下。她對待他們也是如同對待一群兄長，無拘無束，親厚隨意。與他們相處亦是一視同仁，無格外的男女親疏意涵，也因此心中格外的自在。

例如她有一輛嶄新亮藍色「永久牌」自行車，是J姨幸運地在單位排隊抓鬮的成果，繞過她一對兒女先給了小破孩。這輛車當年在學校中靚得出彩，引一群男孩紛紛來借。小破孩很大方，來者不拒，不過要講究先來後到的公平，卻絕無親疏分別。某日「猴子」來借車，悄悄對說，你沒有看出Y對你格外照顧？小破孩一怔，聽懂了那句話的涵義，心中忽地生出三分不自在。她確實從未察覺，不知她是緣於格外晚熟，對於男女之「愛」有太多的虛幻想像卻從無具象？或者也是舅舅家門外的場景之後，模糊地理解了其間的曖昧意味，心中只剩畏懼？從此凡見到天下群中有Y，那三分不自在就會梗在心中，只想躲避，偏偏又要強迫自己行爲舉止若無其事，因爲Y並未說過什麼。或許「猴子」只是開個玩笑。逗她多心吧？不過從此小破孩心裡卻著意避開與Y單獨相處的機會，又不願被人察覺。

山水雖好，卻挽不住流光。轉眼間夏季過半，櫻紅蕉綠，我們遵偉人旨意均被冠以「知青」名號，一群人即將各自東西，Y的去處是內蒙草原。小破孩啓程去北大荒的兩日之前，Y來找她小破孩，說，「我們一起去遊動物園吧，算是告別？」小破孩沒有拒絕的理由，雖然覺得心跳突地一頓。在動物園中，他們二人都顯得心不在焉，漫無目標地繞過遊客湧動的猴山獅虎山，最終在遊人稀少的爬蟲館外的雜樹叢中相對站定。爬蟲館是小破孩幼時隨家人遊動物園時最恐懼的去處，看到館中的大小蟒蛇隔著玻璃望她，她總會做噩夢。相對站立片刻後，Y直截了當地說，「我喜歡你，你做我的女朋友吧？」女兒，我前面提到當年「我愛你」三字不在華語詞彙表中，但這句直白寡淡如白開水的表達，類似是粗針大線地縫起兩片麻布，期待可以從此連成一片。於小破孩，那一問卻更似是一面玻璃牆，她曾經試圖左右閃避，卻還是一頭撞上。面對那直白一問，小破孩埋下頭，一雙手不停地揪著手下樹葉。她知道Y是個人人都喜歡的大男孩，如她一樣也是黑色二代——讀書人子弟。他生得高大壯健，有讀書人子弟的溫文有禮，爲人誠實可信。「不過這就是愛的理由麼？」她心中下意識地問自己，「喜歡就是愛麼？我喜歡和他們一群人在一起，和對Y有什麼不同麼」？她不斷地問自己，心中卻浮不出答案。

記憶裏二人之間的靜默持續許久，似乎久到小破孩揪禿了面前的樹杈。華夏千年傳統中，面對男性的表白，女性的沉默便可被男性索解爲默認，默認地接受這一表達。按那時的辭彙表，「成爲男女朋友」，便是確立了二人之間的特殊聯繫，承認她與他的關係區別於她與其他男人的關係。若無意外，二人便會結爲夫妻。Y按華夏傳統索解了小破孩良久的沉默。Y很開心，但小破孩心中則是很忐忑，翻來覆去地想不清楚。不過她只將這些複雜難言的情緒藏在心中，因爲她自己不清楚該如何確認「愛」與「不愛」，不懂得此時該如何表達，也想不出何人可以爲她解惑，亦無時間再去多想。分別在即，那綠皮知青專列已經汲汲待發。不過更重要的是她擔心若將那些複雜情緒說出口，則會使得Y傷心。Y是她的好朋友，小破孩不願意使他傷心，尤其是在這同學們即將各奔東西之時。小破孩便是如此，沉默不語地成爲Y的「女朋友」，這八卦也迅捷地傳遍他們的朋友圈。

女兒，你說不定會嘲笑那小破孩的猶疑不決，嘲笑她在懵懂狀態中成爲Y的「女朋友」？不過她雖是忐忑不安，對待那動物園中的一幕，卻是認眞地記在心裡。家信之外，她會保持與幾位四散天涯的朋友通信，其中自然也有Y。前面寫過R村與外界聯通的不易，緣於R村座落之處，已經超出古驛站以及現代郵路覆蓋的邊界。內蒙草原牧民與外界聯通的管道，只怕是更爲曲折不易。牧民之間大多無以書信溝通的傳統，似乎也無此需要。草原上，一封信若要進入政府設立的郵路系統，要將信送到郵路系統設在旗[9]裡的營業點。遊牧生活，居無定所，知青與蒙民居於一處，同樣是隨季節與牧草的多寡而不斷轉場。可以想像那生活的動盪狀態，不下於杜甫所歎的「烽火連三月」，但Y的信始終未斷。小破孩每每拿到那一路揉搓的有些皺巴巴的信，會想像Y在草原騎馬趕去旗郵路營業點的情景。冬日裡雪原寂寞孤寂，只有雪霏霏、風凜凜，卻有人將信藏入皮衣，獨自雪中策馬數十里，雪滿肩頭，皮帽下結成細細冰凌。讀到過不知何人的句子：「幸福不僅僅是物質的，也可以是虛幻的」。Y此時是否便是幸福在心呢？會不會期待，在他送信的同時，那營業點中會有一封信正在等待他？每如此想像，便更覺得她生怕自己辜負Y的一片心意，而若對Y寫出內心的惶惑，便可能傷害了他的心意，於是二人間的魚雁往來，便一直在她的猶疑中延宕下去。同時她又覺得若不說出自己眞實的內心，便相當於是以謊言來欺騙他的一顆心。

小破孩記得自幼時姥姥的第一項禁止她做的行爲就是禁說謊，因爲「魔鬼是說謊者之父」。小破孩那時沒有基督教徒的自覺，只是直覺她躲在沉默後面，便相當於一直是沿著條走錯的路徑走下去，且愈行愈將那條錯路扯得愈遠。時日越長，他難道不會終歸發覺小破孩猶疑不定的內心，難道那不是她的「欺騙」麼？因而心中有翻來覆去的不安。其實他與小破孩的信中也多是敘述各自生活的內容，並無類似「相思入骨」的辭彙。偶爾Y會說很希望她可以看到羔羊出生時草原春天之美，淺草纖柔，隨馬蹄躺倒旋又立起，而小破孩敘述她的日常，也免不了會吐露在R村見到的荒誕人事。不過那個時代，是否這便可算「情書」呢？小破孩無法答出「是」或「否」，不過多年之後，她還是悟到何爲「情書」的眞諦，那便是其實無關乎信中詞句，而是有情人書寫之才可謂「情書」。不過小破孩也曾午夜夢迴，捫心自問，當年的魚雁往來中，自己可有虛與委蛇？也可坦然地答說「從無虛與委蛇」，她自己也是眞心誠意，只是那朋友之誼或是「哥們」式友情，始終未能轉成配得上Y的男女戀慕之情。

待到北大荒夏糧入倉，此時小破孩因奶奶患病申請探親，卻屢屢被支書答曰「不批」，直到家兄急切間發電報「奶奶去逝」，才算獲批。回家才見到奶奶並未去逝，自然出乎意外地欣喜，又悄悄問家兄，「不怕父親知道後責罵你」？家兄悄悄答道，「你我都不說，就好了」。爲求得心安，也爲惦念她曾被他們的高談闊論吸引，而整日「賴在」他們宿舍的那群Y中高年級的哥們，小破孩將那難得的假期分出三分之一去了趟內蒙草原。文革期間的草原，不似如今有四通八達的公路，道路平整寬闊，從北京出張家口進入草原，只需寥寥數小時車程。那時則只有車轍碾壓成的通道，在草原中坑坑窪窪地延展，常年行走此線路的公共汽車油漆剝落，門窗叮噹作響，在坑窪不平、野草沒膝的「公路」上如同瘸腿般東倒西歪，也如同蛙跳般不時將乘客彈起、頭頂狠狠地撞到車頂，「砰砰」之聲一路不斷，卻奇蹟般地未半路拋錨，也無乘客受傷，更無人抱怨。或許那時的人都是千錘百煉過的，心中早知世路艱難，對行路舒適的任何期待都是奢求。

途中停車小憩讓乘客各自尋無人處方便時，小破孩曾見到近處有座獨立的蒙古包，有位姑娘倚門而立，雖是蒙族衣衫，周身污漬斑斑，卻一眼就可認出是同樣的知青。那個年代，只要同是知青，見面便不免有他鄉遇故知的親切，哪怕本是從未謀面的陌生人。她急急地走來拉住我的衣袖，開口是同樣的「鄉音」，得知小破孩來草原之前曾路過北京，問，「你說說，說說！」，她問得惶急，小破孩卻不知對如此泛泛一問該從何說起？如今回想，她必是孤寂過久，可能與家人朋友都是久不通音問，她一時也不知道該從何問起吧？是否她潛意識地期待草原之外會大有改變，期盼「洞中才數日，世上已千年」？

那是一九七一年秋，但似乎是林彪出逃喪命蒙古之前。小破孩匆匆路過北京，重逢的帝都並無明顯變化，小民仍是依靠每月票證生存。記得那時帝都正處於文革第一輪風暴後的間隙中，文革依然如烏雲罩頂，讀書人大多依然流落在各「五七幹校」日日「勞動改造」，而小民們在震撼稍減的喘息中，惶惶地等待文革下一步的方向。不過亦可以感覺出小民人心漸漸渙散，似乎聽到「革命」、「文革」甚至「領袖」二字，都不再激情四射，對於「領袖」的「革命感情」也漸漸減損，文革初起時的極度忠誠與信任已不復再見（同時也無人膽敢出言臧否領袖），例如文革期間首創的「忠字舞」與「早請示，晚彙報」的日常作息規程，已經悄沒聲息地偃旗息鼓。

離開北京時草木蔥蘢，尚是初入秋暮，到達塞外草原景色卻已如深冬，雪原莽莽，百草已經深埋於雪下。約兩年未見，Y和他居於同一蒙古包的W，都脫去了Y中校園時的文弱，高大胖壯，身材儼然是成人模樣，看來蒙古大塊連骨煮熟的羊肉，確實比北大荒的玉米高粱更有營養。他們倒一致笑話小破孩，「怎麼兩年後依然是在Y校園時的幼弱模樣」？小破孩驟然看到成人模樣的Y，卻一時心中多了幾分不自在，又說不清緣由。是不習慣麼？還是無意間心中多幾分隔閡？一時也難以辨別清楚。按蒙人的習慣，大家都在同一座蒙古包中過夜，各人隨意擇一處火塘邊，各自縮在厚厚的羊毛堆中。夜晚有狼群來襲，群狼的嚎叫和牧民的狗群混雜一處，聲勢駭人。Y此時貼近過來，幾乎是貼在「小破孩」的背上，雙臂扣緊地環住她，悄聲說「別怕，冬天狼群是蒙人常客，蒙人的狗也不是吃素的」。小破孩一聲不響，屏住呼吸，心中其實不只是怕狼群嚎叫，也怕Y不斷地的貼近——他會貼得更近麼？

此時才突然悟到姥姥信中叮囑再三的「不要讓男人欺負了」是指什麼。其實公平而論，「欺負」用在Y身上並非適宜，Y當年確實是「一寸相思千萬緒」，絕非一時「性」起的綺念。或是最終讀書人守禮的家教占了上風，或是Y察覺到她的僵硬，僅是雙臂依然環住她，並未有進一步舉動。兩日後小破孩辭別Y，返程的去處是萬里之外的北大荒，將是同樣的冰封雪掩之地。他騎馬送小破孩到車站又騎馬離去，看到雪地上他的馬蹄印跡漸遠漸淺，小破孩禁不住心中自問，自己這趟探望朋友，是否本不該來？

繼後是小破孩返回北大荒後，一場兩月有餘的無名高熱以及之後衰弱無力，被指定為「值夜人」的尷尬日子。在那些漫長且無眠的雪夜裡，小破孩常是從日落直看到啓明星出現，也曾無數次問自己的內心，她對Y是不是體驗到「愛」？當年無人可以分享心中疑問，只能靠自己暗中反復琢磨心中到底是何種情分？例如，回憶那些讀過的愛情詩句或故事——「金風玉露一相逢，便勝卻人間無數」。她終於確認她對Y只有朋友之情，或是兄妹之情，卻不是她自己概念中的男女之戀，她無法回報Y的深情。她心中惴惴不安，一直無法放棄心中糾結。或許也是緣於自幼受教——姥姥教她做人的第一條守則——不得言謊。華夏世俗觀念中，似乎是將謊言分為兩類，即「善意謊言」與「惡意謊言」，《聖經》卻從未有類似區分。謊言便是謊言，「你寧可不說話，但只要說出便必須是眞實話語」。其實無論是善意之謊，還是惡意之謊，產生的結果可能並無區分。這世間可能有無數以善意而結合的姻緣，卻終成怨偶。

數十年後，Y與小破孩已經各自爲人父母，二人之間因初戀決裂結成的堅冰漸漸軟化，雖然小破孩自知那冰可能此生都不會消融無蹤。一次見面時Y曾說起當年，嘲笑他自己是「有那賊心卻沒那賊膽」，又說「若我那夜堅持，將生米煮成熟飯，你又會怎樣」？小破孩捫心自問，至今回答不出。若那時的小破孩如今日之我，自然會直言拒絕。但當年懵懂的小破孩那時會拒絕嗎？還是會因不願使Y失望的心理而被動接受？若是當時接受，哪怕那時心中一直有份疑惑她是否有「愛」，是否便會從此認定Y便是自己此生姻緣？那將是段善緣，還是會一路走得磕磕絆絆？

數年後讀到沈從文對張兆和一見鍾情，情深如這世上最醇烈之酒，卻不知如何表達？言語有些木訥的他，便寫下無數唯美的長信，深情的散文，認定「我行過許多地方的橋，看過許多次數的雲，喝過許多種類的酒，卻只愛過一個正當最好年齡的人」。胡適先生說與張兆和，「他頑固地愛你」。張兆和卻回答，「我頑固地不愛他」。雖然沈從文最終如願以償，張兆和與他雖亦可算一世姻緣，白頭偕老，感情卻始終是若即若離，沈從文的深情，始終未換得張兆和回報那深情的夫唱婦隨，其實是使二人一生皆苦。據說沈去世之前，對張兆和的最後留言是「三妹，對不起」。他爲何說「對不起」？那三個字似乎可以包含他終結此生時，依然藏在心中的萬千感悟或歎息。佛說「人生皆苦」，許多苦楚可歸予外力的結果，尤其是集一切權力於己身的君王之威，但依然有些人生苦楚或許只是自己的錯誤結下的苦果。若要改變，必須有勇氣糾正自己之錯。

女兒，這些想法當然不是小破孩那時即想得如此透徹。那時的小破孩心中更多的是苦惱與不安。其實她當年始終未能出口答允，卻也未出口否認，不過女孩的沉默便相當於默認，這也是華夏傳統，她囿於傳統，辯無可辯。她那次萬里迢迢的草原探望，想必只會使得Y誤解更深。這是她的謊言一步步鑄成的大錯。她缺乏直接拒絕的勇氣，雖是善意，卻不可否認那是無言的謊言。或許最終促使她決心講出眞話的，還有內心始終存在的惶恐，那便是情意或可以欺人一時，卻終不可欺人一世，Y在未來某日終會感受到小破孩的朋友情誼，配不上他如火的男歡女愛，他豈不是會受到更深的傷害？會認爲她是虛情假意地欺騙他一顆眞心？

女兒，那小破孩在內心的糾結不決中日夜煎熬，同時理智又警告她，拖得越久便會誤解愈深。她終於鼓起勇氣，對Y用文字寫下自己內心的眞實感覺。記得當年她寫出「那不是愛」時是個月明星稀的冬夜，似乎星星們是有意地隱身於月光下，不想看到塵世間的紛擾。不過避開星星的窺探，小破孩卻避不過那之後洶湧而來的朋友干擾。她本以爲這只是Y與她二人之事，其實似乎早已經是人盡皆知。那時的我們一代並無「個人隱私」的概念，一人之事便是眾朋友之事，何況是「人生大事」，必得人人好意關心，愈是好友愈不可缺席。朋友們紛紛好意來勸小破孩，如同對待迷途的小妹，力勸二人復合。小破孩知道朋友們都認爲分手是她的無理，因爲Y是極好的人，雖爲人低調卻有才氣，無論讀書還是繪畫，都可謂不在人下。個性忠厚溫和，在一眾同學中也極有朋友緣。「Y是難得的好人，你怎麼可以反悔呢？有什麼理由麼？」「你是覺得二人分在地北天南，擔心未來無法生活在一起麼？」「你是覺得二人皆是出身黑色二代，會影響未來的孩子麼？」「你是擔心二人無法養活自己？」「你是……？」眾朋友紛紛探問分手緣由，問到的都是恰恰切中知青當時生活狀態的現實難題。確實，其時二人地北天南，若問前途，只能說是身在荒野，濃霧瀰漫，不知道可以憑何底氣去探究未來？

不過眾人所問的，卻都是她事先絕對從未想過的理由，她當時確實只是想到那虛無縹緲的字——「愛」。面對好朋友們紛紛的探問也罷，開解也罷，責怪也罷，「小破孩」可以說「理由是不愛」麼？那麼大家一定會繼續分析，爲什麼不愛？於是轉而紛紛探尋那「不愛」的原因。原因又無非是一個閉環的重複，重複前面的猜測，分析那些現實的不確定狀態是否便是「不愛」的原因。不過小破孩找不出任何現實的理由或是現世生活的考量來解釋給大家，她只是遵循了那虛無縹緲卻如魚飲水、冷暖自知的心意，所以她只能一直否定眾人的猜測，不停地說，「不是的，不是的……」，到最後只是埋頭抱膝坐下，前額抵住膝蓋，不斷搖頭。她累到說不出話，體會到什麼是「百口莫辯」，又自知她心中眞實的理由即便是說出口，也得不到贊同。小破孩心中暗暗自問，難道「愛」與「不愛」必定要有個現實生活的理由作為基礎才能成立？「愛」與「不愛」真的需要有個現實標準的邏輯麼？她一向是個晚熟的孩子，結婚成家的念頭，似乎還離她十分遙遠，遠得如同還在地平線之外安睡的星星。其實她的家人離散是在文革之前，如今家人天各一方，她早已經接受即使天各一方，也可以是家人的事實。人世間唯有愛便有家，她就是那樣長大的，不是嗎？可若是沒有了愛，真的還有家麼？她又何來夫妻必定要團聚一起生活的執念？她只能沉默不語，默默地體驗「孤獨」的味道。她只覺得從身到心到喉頭舌尖全是苦澀，又全是寂寞。不過心中孤獨不斷擴展的過程，或許也是獲得某種自由的過程吧？唯有體驗到孤獨才會長大，心才會有自由。孤獨在身心中所及之處，便是她能達到的人世間最大自由的距離。

Y送來一封封長信回應小破孩的坦白。他在回北京途中染了急性肝炎，她心中更認為那是由於自己的錯，自責不已。小破孩如今雖不記得Y那些長長回信的全部內容，卻瞭解Y不是那種決絕豪邁的性格。她知道她傷他至深，否則他不會把信寫得那麼決絕且刻薄。「小破孩」至今記得那些信中引了兩段前人詩詞，一是李白之句，「棄我去者，昨日之日不可留；亂我心者，今日之日多煩憂。長風萬里送秋雁，對此可以酣高樓」。二是出自辛棄疾筆下，「我見青山多嫵媚，料青山見我應如是。情與貌，略相似」。當時讀到前一段不禁想，Y若能從此將她從心中一刀切除，「昨日種種，譬如昨日死。今日種種，譬如今日生」，那對於Y必定是最好的結果了。不過或許是性格使然，他內心事實上是「抽刀斷水」，偏偏水流不斷，多年磋磨，使得小破孩也是始終心中愧疚。她自認此生虧欠Y一筆債，且此債於此生無法償還。小破孩心知Y信中第二段詞雖隱晦，卻無疑是對她的譴責。似乎她雖有青山之貌，卻無青山嫵媚的回報，便是由她引出了那場「情」與「貌」間的騙局。小破孩依然是自認錯在自己，不言不辯，不過那譴責稍稍激起了她的自辯之心，但自辯也只是說與自己聽。辛棄疾視「青山嫵媚」，遂料青山視他也是嫵媚。其實青山默立，它的嫵媚天然地展示與天地之間，歷千萬年不變，又豈是獨鍾情一人？事實上的辛棄疾，一生不知有過多少翠袖紅巾的柔情蜜意，又豈是獨鍾情於一座青山？

女兒，距那數年後，我曾將小破孩的往事講於M，我的第一位「性」與「愛」的啓蒙老師。本以爲M會一笑了之，未曾想她卻看定我，眼神極爲認眞，問：「你覺得『小破孩』錯了，是麼？」我點頭。「那錯在哪裡？」M窮追不捨。我答，「總之是沒有勇氣拒絕，一拖再拖，傷害他人」。「是的」，M點頭表示同意，卻未就此停止她的問題：「但是只有那女孩錯了嗎？」我點頭確認，M卻更加認眞，道，「你是這樣認爲？所以我說中國男女的不平等，眞的不是亂說。明明是二人都有錯」。女兒，我至今記得M繼之而起的連串提問——Y對小破孩的強勢，底氣從哪裡來？小破孩其實始終沒有回應他，他卻想當然地認爲她已經屬於他。他從頭至尾全然是自我中心，爲什麼從未想到要觀察她的反應？那難道不是種男性自我中心的強迫？小破孩爲什麼理所當然地怕傷害他人，而Y從來不擔心他的一廂情願會傷害他人？爲什麼小破孩的內心總是被動，被動地認定一當Y提出要求，她便負有了責任，必得回應？爲什麼Y在小破孩坦白內心之後，從未對自己的強求來反省？爲什麼他從不認爲自己的誤解也是錯？爲什麼總是小破孩要覺得抱歉？女兒，若是你，聽過M的提問後，會說什麼？

M一氣呵成的提問，或許也無意期待我一一回答，只是爲說明她的思路。最後M再次看定我，眼神依然極度認眞，道，「我觀察到大陸女性有種極度的矛盾——就是極度」，M重複「極度」二字，似乎也是爲確認她的思索結果，隨後帶了點俏皮地一笑，——「這簡直是人格分裂症吧？若論工作、勞動，甚至是拼體力，大陸女性都要盡力作到男女平等，哪怕是要付出比男性更多的努力，哪怕是明知體力不能勝任。但是若論男女的愛和性，大陸女性卻完全放棄男女平等的觀念，無論自願或不自願，都是接受二人之中男性第一的地位，哪怕是受了委屈也是責備自己，也是先照顧男性的感受和要求。這才不是眞正的男女平等。你有沒有想過是爲什麼？爲什麼會是這樣呢？」那時的我內心有極度地震撼，看定M，無法做出任何回應。如今的我年逾花甲，體驗過不同國家的生活，或許可以有些粗淺答覆，只是M已經離世多年，我再也無法面對面地回應她的連串提問。女兒，M的那些提問，似乎是來自那「紅布覆蓋」之外的人間，無疑開始衝擊我被禁錮的視野，引導我反思那些自一直以爲是理所當然、或是從未疑問過的觀念。M與我雖常在一起聊天，卻極少見到M如此次這般認眞地大發議論。至今記得M那番話的結尾，「只有每個人都認同與他人人格的平等，這社會才有眞正的人人平等，特別是男性與女性，都自覺地認同」。

相距那次談話又是數十年歲月逝去，如今的我意識到，M已經觀察到的大陸中國女性的這一人格的極度矛盾，其實是毛氏與中共完全依據「階級論」來構造大陸社會結構的結果，即只承認社會人群中「階級」分類的存在，只承認按「階級理論」的「解放」——所謂「解放被壓迫階級」，對於華夏傳統形成的男女性之間的不平等卻全然無視。其實這是在歐洲百年之前便存在的論辯，即「男女性平等」與「階級平等」是否是同一議題？「階級解放」是否必然或自然而然地解決「男女不平等」的社會問題？不知道一向唯讀華夏古書、卻口稱是馬列信徒的毛氏與中共是否曾經聽聞？再是中共按蘇聯東歐模式施行的所謂「不勞動者不得食」原則，無分男女。此一原則疊加入按華夏自秦始皇祖制建立的社會秩序，即人人必須依附於皆由共黨管治的「單位」之一。結果便是無分男性女性，皆「平等地」成爲勞力之一。現實中，華夏社會歷來無平等可言，既有傳統觀念形成的男女不平等，又有紅色體制的等級社會形成的男性與女性之間的不平等。大陸中國體制顯現的男性與女性絕對平等的表象，全然掩蓋了那些事實存的男女性間的不平等。由此是否最終亦生出社會亂象？女兒，我會在此章結尾時對那亂象略作綜述，勉力爲之。希望可以爲作爲整體的大陸中國女性，在我的小文中討個公道。

女兒，小破孩還曾將此當成一段故事，講給一個來大陸學漢語的加拿大女孩，不過並未說過那故事主人是誰。那女孩聽過，不解地問，「爲什麼她當年不肯直說呢？」「因爲怕傷害那男孩吧」。那女孩只是搖頭，旋即燦然一笑道，「如果是我，我要對自己好一點，自私一點。如果是男孩很愛她，那要知道愛一個人要讓她開心，還要可以看得出她是不是開心」。「小破孩那時很羨慕她可以說得如此天眞直率，能如此理所當然地，將她自己的感受放在第一重要的地位，能天經地義地認定男人首先要顧及女人才是愛。她如同天地間自由自在的精靈，將男女之愛看得如此輕盈，可以由得她自由採擷。相比於她，我們一代似乎是永遠帶了鐐銬的舞者，即使在他人看來，可能後半生也可算得並未失敗的舞者，但心中始終有鐐銬捆綁，從未體驗過活得理所當然的那種自在與自信。

女兒，小破孩有顆自律的內心。小破孩對於Y的愧疚始終是「不思量，自難忘」。小破孩也從未將M的那番話告知任何朋友，擔心會因此招致又一次的誤解，認爲是那小破孩在爲往事自我辯解。她只是有時會忍不住心中的遺憾。若時光可以停住，小破孩對於Y永遠只是初見時的小破孩，那麼之後的一切就不會發生。女兒，你當然知道那只是白日夢，人生如同歲月流年一般，一川逝水留不住，兩者都不會止步於某一時點。二人之後各自去國，也各自爲人父、爲人母，不過仍未完全相忘於江湖。事實上，小破孩雖認同M話中道理，卻無法消除心中對Y的愧疚。那始終是小破孩對Y的愧欠，因爲無論倫理結論如何，Y終是受到傷害。其實小破孩眞的沒有受到傷害麼？不是的，只不過她無可言說。她內心的傷痕從未能眞正地抹平、消失。自那之後，「小破孩」永遠內心疑惑她是否還可以理直氣壯地去對其他男性有愛，她自認已經失去了理直氣壯的資格，永遠不會再有資格去「談一場只有風花雪月的戀愛」。

「緣起即滅，緣生已空」。

組畫之二——「退步結網」的結局——「話題與話題之間僅隔著一場夢，解夢者是風」

女兒，我前面說過，相比那加拿大女孩的瀟灑與隨心所欲，經歷過大陸中國紅色教育與文革少年歲月後，我們一代，例如小破孩，內心鎖鏈重重，永遠也不能對自己的人生往事看得釋然，更不能隨心所欲，而是背負了更多的沉重。懸崖在人生中似乎避無可避，只看你是否能抓住一棵樹，一棵將樹根深深紮入岩石中的岩柏，枝幹扭曲卻枝椏蔥綠，散出苦澀的清香。那便是你能活下去的理由，那枝椏苦澀的清香，將你送往懸崖對岸，送上人生的另一座橋。那並非是允諾你會接下來走得平順，只是會使那一路伴隨的苦澀，或許其中也帶了清香，融入你的人生。

女兒，你可知道「莊周夢蝶」的故事麼？我從未對你講過華夏古人故事。我這個做母親的眞不能算是稱職。你幼時我剛剛帶你在異國立足，唯恐立足不穩，憂心不絕，只能多付出努力，而努力總要佔據更多時間心思，因此你幼年時正是我永遠埋在專案檔案堆裡，使自己在歐美律師圈中得以平等立足的歲月。莊周是數千年之前生活於華夏的哲人，那時的華夏尙未出現秦始皇一統天下，「焚書坑儒」之事。那年代的華夏讀書人可自由地各立學派，公開設壇以講授心中學說，亦可崇尙自由而拒絕帝王之聘。莊周便是其中之一，後人尊其爲莊子，與老子並稱。其崇尙的「人中至境」乃是「物我兩忘」。莊周某夜夢中感自身非人，是一隻翩翩飛蝶。夢醒後猶記得那夢境的絢爛自在，歎道，「焉知夢中之身不是眞實存在，而人生不過是夢境一場？」莊子智慧通透如此，尙爲夢境所迷，何況尙未成年便被動地捲入一輪又一輪紅色帝王掀起的政治浪潮的我們一代人？

我們一代的人生一路走來，始終未能脫離大陸中國的紅色政治機器的推動。甚至一九七八年，那我們人生改變的正面機會——從知青轉身成爲大學生，或起碼返回家鄉城市，究其實亦不能脫離大陸中國紅色機器的推動，只是那機器的轉向，賦予我們改變人生旅程的一個幸運窗口而已。若將大陸中國的場景視爲一座舞臺，紅色帝王與政黨確實是舞臺上最炫目的角色。或許由於從少年到成人期間，我們親身體驗與親眼所見，皆是帝王揮舞手中指揮棒對於我們人生歷程的影響，因而我們一代對於大陸中國的政治風向與浪潮便格外敏感，也始終關切，至今依然是如此。這顯明地表現於我們一代的各個微信群中。無論是贊同也罷，是爭吵的不可開交也好，所關注與爭辯的中心論點，都涉及各種政治議題——國際、民生、評判當政者，等等，總之那些議題與一群退休之人的日常相隔十萬八千里。爲此爭辯到面紅耳赤，又有何現實意義？

其實對政治風向與議題自覺或不自覺地關注，也是我們一代的某種「不思量、自難忘」，是人生經歷的印痕。喜歡也罷、厭惡也罷，那少年時代的經歷，確實是模塑了我們一代人的性格與人生樣貌。或許我們也不過是集權機器下製造出的一樣樣零件，其上鐫刻了同樣的紋路印記。明知自身被非自願地鐫刻了時代印記，卻無法銷去，人生悲劇也莫過於此吧。我知道詩人北島與同人們創刊《今天》，立意使文學從政治話題中逃逸，成爲純粹的文學，文學與政治各自回歸自己的疆域。這或許是文學的眞意，但是這世間有幾人可以獲得「象牙塔中人」的幸運？其實即使《今天》創辦的本意是回歸「純文學」，在執政者眼中卻非如此，他們的「階級論」界定了天下不存在純文學，因而回歸純文學的意圖本身，便是對紅集權的抗拒，對一切文學必須服務於紅色意識形態的抗拒，因而《今天》終被政權強令停刊。不過絕對的純文學眞的存在嗎？那些朦朧詩中，難道眞的全無那時代的印跡？我想純粹的象牙塔只可能建在人心之中，在現實中只怕是只在虛無縹緲間的海外仙山。我們一代自幼便被拴牢在紅色機器運轉上的人生行程，是否眞的可以使我們筆下，流出不帶一絲人間煙火之氣、一塵不染的文字麼？我不知道，卻意識到自己這業餘寫手的文字或許令朦朧詩人失望。不過也許那只是我對《今天》的立意苛求了，它所隱藏的話語其實並非是「象牙塔」，而是「自由」二字——是少年人可以任情任性地表達自己的自由，無需與政治議題牽絆，更無需恐懼的自由。那麼，也或許朦朧詩人會認同自己雖然是業餘寫手，卻依然是他們的同道，可以殊途同歸。

女兒，你們成長在面對多元選擇年代中，自然難以體會我們一代囿於人生經歷而養成的習慣。你們或許會對父母說——你們聊點別的不好嗎？偏偏要談論習一尊、毛偉人，諸如此類，結果微信被網監不斷封閉、註銷，甚至被公安派出所請去「喝茶」，等等。其實我們一代做父母的，又何嘗不明白這淺顯道理？只是情不自禁，切不斷心中的關注。此關注成爲我們大腦迴路的一部分，自年輕時便已經融入骨血中，「剪不斷，理還亂」，如同是對待青春年華的思念，是對於少年初戀的執著。

女兒，我接下來會講第二件我們一代中人有關「性」與「愛」的往事。那段往事發生的年代是在「林彪事件」兩年之後。那事件之後再次在公眾場合出鏡的毛氏，在小民眼中已經明顯地老態龍鍾，一掃幾年前指揮紅衛兵的意氣與雄風。林彪似乎是「虎死威不倒」，惹來民間話題不斷，有各種不同版本的描述與猜測，毛氏與「中央文革」逼得只好「正面迎戰」，倉促宣佈了一輪「大批判」，官方名爲「批林批孔」。華夏小民大都難以想通曾經由毛氏欽點，小民必得每日祝其「身體健康」，一人之下、萬人之上的紅色江山「第二統帥」

林彪，怎會悄無聲息地「倉皇出逃」？而且即使是「出逃」，又與那數千年前屍骨已朽的孔夫子有什麼關係？這樣如地震般的政界變化，如此牽強附會的「大批判」，反而使小民如同醍醐灌頂，自覺與不自覺地看到了文革整體的荒誕不經，抑或不過是厭倦了這無厘頭的反復整人與被整、人人自危的日子。「批林批孔」雖高層吶喊震天，中下層組織的各式批判會卻多是敷衍了事。如今回想，女兒，人心不古，那兩年可謂是華夏毛氏王土呈現人心一盤散沙的開始。官方雖未宣佈文革結束，但是文革大旗之下，已經可見那架巨大紅色機器的機架、齒輪與螺絲釘不再緊緊咬合，而是各自尋求實現個體利益的空間。「中央文革」尋求握牢權力，尋求在後毛氏時代成爲大陸主宰；依然在位的高中層行政官員祈望恢復秩序；「打倒」後尚未復職的高層中層官員者，或尋求一紙「結論」，或尋求重回官位。同時，尋得恢復官職者，則首要之事是「解決子女問題」，即是將仍在「上山下鄉」的兒女調回身邊，繼之是安排兒女出路。其實這也是許多身處底層的平民父母念茲在茲之事，只是雖是念念在心之事，卻無能力尋出路徑。底層小民再是無知可悲，也是可被矇騙一時，不可被矇騙一世，也逐漸對文革滋生厭煩。

女兒，在此處再敘當年的社會背景，是希望你們一代可以解讀，當年我們一代對男女之情是如何無理解，又因無理解而糾結不斷，同時那過往的經歷，又如何使得我們一代無法內心單純地「只談一場風花雪月的戀愛」。女兒，你們或許也可藉此看到我們那「性」、

「愛」、「婚姻」的傳統觀念，面對改革之門敞開的「西風東漸」帶來的歐美漸進的觀念時，又如何困惑難解，或左右爲難，或最終是「各取所需」，只爲自己性行爲放蕩充作藉口。如今回望當年，自己那花甲靈魂依然感到，對許多糾結的是非黑白難尋答案，或許惟一之解是「舉慧劍斬斷三千煩惱絲」吧？只是即使將滿頭青絲斬斷，便眞能盡除心中魔障麼？

女兒，我將講述的那往事中的女孩權且稱爲H，男孩爲P。二人的緣分起於林彪事件之後的期間。那時文革衰頹漸顯，「革命」卻依然是大陸官方主題，亦是我們一代中人關注的議題。或許可以將那往事歸結於在「愛」與「性」，在「婚姻」與「人生大業」的觀念混雜中，在和一個男孩的關係中，一個女孩想要踐諾的努力。她想證明自己——不過她似乎並不清楚自己究竟是要證明什麼——是要證明那不僅是一段戀情，更是爲「共同的人生大業」麼？是要證明自己的人生之所以要繼續下去的意義麼？那想像中的「大業」與「戀情」若能同在、共生僅是意念中的美好，眞實結局卻依然是歸於「緣起即滅，緣生已空」。那亂世中，那人心已經染墨的歲月中，又如何能生出純淨的蓮花？

女兒，在講述這段往事之前，我會先記敘一段M與我的談話。M的話或可謂是她聽我講述過H與P這段往事的點睛之評，我因而有幸聽到與華夏大陸主流觀念不同的角度，來審視H與P的糾結。我難以判斷這些話對你與你的同代人，是否全是「恐龍時代的對話」，還是也會對你們有些啓發？至少你們會領悟到，若以這段話對照我下面的故事，便可知H在這段男女之情中，從女性保護的角度而言，其實步步都是行差踏錯吧？不過雖小說話本中常見有「一語點醒夢中人」的說法，現實中卻是罕見「夢中人」聞一語點撥便豁然警醒，尤其是情感牽絆，如同雜草漫徑，難辨東西，如何才能得警醒？

我與我的「啓蒙老師」M常常更像朋友而非是師生，談天常是隨心所欲。二人天南海北，話題無數，時常是想到有趣之處便急不可耐地打斷對方。那時的大陸中國鐵幕重啓，也確實是個話題每日層出不窮的世界，緣於這封閉的大陸中萬民萬物皆在向「多元化」抽枝發芽，於是任一話題均可消磨整天。M常說她與我就讀的大學教書合同結束後，她還要再找份工作留在大陸，將來回到美國也會做中國學。「因爲太有意思」——她總是笑笑地加重這幾個字的發音。不知道M若能見到今日習氏治下的大陸王土正逐步退回「一元」，又將會如何評價？

H與P二人那時已結連理，卻糾紛重重。H解不開那究竟是「東邊太陽西邊雨」還是東西南北皆是雨，又無人可以談論心中煩惱。在我那次講述那段纏結不清綿延數年的男女風雨時，M只靜靜聽，看得出聽得專注，同時也思索得用心。她居然鄭重其事地取出筆記本，之後卻「吃吃」地笑起，道，「記得我們說過大陸中國的男女不平等嗎？你講述的事，難道你不覺得你是典型的男女不平等思維嗎？」H確實從未將二人的問題聯繫到「男女平等」的題目，只能尷尬一笑。H至今記得，M笑過之後是如何認眞地在筆記本上劃出各種框架、線條，試圖向H分析她認為H忽略了平等意識的男女間關係。女兒，我將M那個夏夜對我的講述向你們——我們一代的後代們——逐項複述，看是否與你們今日的觀念相近，或是已經落後於你們今日的理解？M在筆記本上勾勒出幾個方框，將絞纏得H一顆心一團混沌的二人關係劃分為幾類，分別塡入那些方框裡——「做事」（或稱為「事業」）、「婚姻」、「愛」、「性」，等等，之後再在那些類別之下分別畫出連線，再隨話語將那些連線或剪斷，或塗抹上不同色彩，等等，總之認眞程度或她可比在課堂上的講授。

M講得滔滔不絕，或許男女關係也是她有過無數思索的話題。我無能做到逐句複述，只得依然借「開中藥鋪的方式」，甲乙丙丁地歸結M講述的幾項原則。M首先指著方框中她寫下的「做事」，說，「做事（或是『事業』）與男女『性』或『愛』的關係，本是風馬牛不相及之事」。「做事」本不應涉及男女之分。若共同做一件事的二人是一男一女合作，二人角色應是平等。若男人頤指氣使而女人甘願追隨男人心意，這二人關係本身便失了平等，失了「合作」二字的眞意。若純是因二人決心共事而結成夫婦則更不可取，因為「合作」本應是指平等獨立的二人。偏偏女性無意識地喪失獨立身份的不平等「合作」，在大陸中國處處可見，所以只能結論說，大陸中共宣導的「男女平等」對於女性其實如同身處陷阱——使得女性在不知不覺中滅失了自我，一切行事都是按男性方式。H與P的「合作」其實也是陷入了這一模式，所以H的一支筆再努力，也不會結出嚮往的果實——想結的是鮮美多汁的無花果，卻結出酸澀的葡萄，甚至是空有葡萄藤蔓而已。男女「合作」並非不可導向婚姻。若二人不但志同道合且性情相投，因此生出愛心，那自然也是一種開花結果，但那其實是因愛生情，繼之結成姻緣，而非是相反的順序。「共同做事」，或稱爲「合作」，實實在在不應是結成婚姻的理由。聽到此處，我猶豫了片刻，才追問道，「那麼，假如女人覺得既是有愛，又同時願意結成婚姻且承擔合作呢？」M聽後，不禁推了推我的肩膀，說，「那我更覺得那女人是個傻瓜。一旦結婚，愛就是女人的弱點，因爲女人的愛會生出寬容與信任，寬容男人一次次出軌又願意相信他一定會改。女人又會一直努力，試圖實現那事業，那亦是試圖證明自己的婚姻選擇。那女人有沒有想過，事業未定想做就可以實現？若事業未能實現，女人會不會一直覺得是她欠了男人的債？更覺得要寬容男人的一切行爲？」聽後，我只覺一顆心裡塞進了一把黃連草。是啊，若H和P期待的「事業」未能實現，H內心將如何自處？是否是會感覺她欠了P終生還不清的債？

M指向下一個方框「婚姻」，依然是滔滔不絕。「若論婚姻，則婚姻本應是二人愛到極處才會生出的相互承諾，承諾二人均一心一意，心中僅有彼此之愛。結成婚姻的二人在兩性關係中，必須是自然而然地排除他人——婚姻必須是指絕對的排除，若其中一人可以三心二意，那又何須成婚？」我記得M講到此處又是「吃吃」地笑，神色調皮如少年，似是想到什麼有趣的舊事。果然，她接續道，「前面那種是在上帝面前許諾的眞實婚姻，現在不知還有多少人，會眞正做到終生矢志不渝？其實若二人商定了明確目的，無愛亦可有婚姻，例如──「我自己」，她又是頑皮一笑。我才知道M爲助逃美「難民」可以留下，曾兩度登記結婚，待對方拿到留美身份後再登記離婚，並爲此被列入美國移民局「黑名單」，即M再無資格爲他國人通過成婚獲取美國身份。M的第二任夫婿是臺灣人，爲不肯服兵役而作了遠洋貨輪的水手抵達美國，遂跳船逃離。M坦然地講述自己的舊事，不時失笑，甚至說因此學到許多華文，之後神態又轉得極爲認眞，道，這樣的婚姻要二人事先說得明白，二人平時互不干涉，但雙方都是絕對要乖乖遵守二人之間的承諾，例如各人財務自立，雙方之間相互沒有「性事」要求，等等。其實這不是婚姻，只是「紙婚」。M講過自己的舊事，在地毯上舒服地伸直兩條長腿，笑道，「我以後再也不做這種事，因爲太提心吊膽，怕對方萬一混賴上我呢？幸虧我運氣好，那二人都是不錯的男子漢，爽氣，該結束就結束了」。

再回到主題──談「愛」，M的神情多了些猶疑，又似乎有些神不守舍，或許話題碰觸到她自身的難題？M猶疑地道，「愛」是個太大的題目。西蒙娜（Simone Weil）談愛，也只能抽象地說，「完美的喜悅排除所有感覺，甚至喜悅，因爲靈魂整個充滿，已無角落可說『我』」。若說我們的宇宙中眞的有神，那麼誰可以評判他人對「愛」的感受？或許只有神可以評判。所以我們還是只限於男女平等相關的話題來談「愛」，好嗎？聽到M的「好嗎」這一問，我可以感覺到M待人確實是骨子裡帶來或是從她成長的環境裏自然而然生出的平等，她心中從無以師長自居之念，也從不因學識與見識遠遠超過我而自傲。即使是H對於男女關係的歐美觀念，顯然是孤陋寡聞之極，她依然是平等地與我在聊天。「其實愛的類型太多，每個人的感受與表達都會不同。男性的動物性，使他們常常是主動的人，但是女性有天然的能力，會感受到自己的『愛』與『不愛』，因而那天然能力可以保護女性的自由——自由判斷、自由接受或自由拒絕的權利」（M與我的談話，讓我不由想到，其實「小破孩」便是放棄了自己的權利，這才是造成錯誤的起源）。「愛」是女人天性賦予的感性能力，或許唯有女性才天然地擁有「愛」，且不必定是與「性事」相連的愛，或是因性的欲望生出的愛。「愛」確實是「不知從何而起」，但正由於無因而起，才是純粹，天然，完整，只可感受、不可言傳，更不可分析。一旦一對戀人分斤論兩地拆散那「愛」來分析其中誰付出更多，那「愛」便已經七零八落，不再存在。如今回想，我領悟到這與L夫人的意思其實相同，雖然表達方式不同。不過或也可說是L夫人注重理論分析，而M更關注女性的平等意識。M繼續講，語速略帶些遲疑，其實不幸，「愛」在多數時候並非會恒定存在。「愛」對於男性更像是一種passion（即激情），到來時熱烈至極，卻不會持續，而是熱度遞減。特別是若有婚姻，而婚姻中又難免柴米油鹽、錙銖必較。一旦那passion在男性的人生輕重緩急的分格中減低到可以忽略不計，男性的「愛」，哪怕初起時再眞摯也會結束。此時個人生活的慣性不會結束，於是男性便天然地尋找（或渴望遇到）第二段passion——新的所愛。

那婚姻的誓言便已經在事實上成爲「紙婚」。女性的「愛」相比較卻是天然地更恒定，有耐心與寬容，甚至帶有母性，所以在男女關係中女性天然是弱者。常見到現實中她們爲愛而忍耐，寬容，甘於受虐，甚至爲愛赴死。不過——歐美法律也是爲此而格外傾向於保護女性。離婚可以，但男人有終生贍養前妻與前妻所生兒女的法律義務，算是對於弱勢者的補償吧。美國的立法人相信金錢補償可以解決一切糾紛。M無奈地一笑，再次問，「你說呢？」我生長的環境完全不同。我聯想到數千年的華夏傳統，男人可以有一妻數妾，可以有青樓嫖妓，而嫖妓甚至是貴公子傳爲佳話的風流韻事，例如杜牧晚年困頓，還會憶起少年祖蔭正盛時，風流文采，青樓歌舞，不負年華，「落魄江湖載酒行，楚腰纖細掌中輕。十年一覺揚州夢，贏得青樓薄幸名」。詩中有感、有歎，怕是亦間雜對當年青樓少年風流絲絲縷縷的懷念。女人呢？即使一縷情絲牽掛，也只有寄語孤燈，自歎「花自飄零水自流，一種相思，兩處閒愁」。那「一種相思」便是女性對自己的補償了，用心中長留的「相思」來消磨那孤單漫長的人生，又何來法律強制男性贍養的義務？若說這是「舊社會」的罪惡，那麼紅色政權建立後對於女性又何嘗是真的提供了保護？

首先是紅色軍隊在華夏大地站穩腳跟以來，紅一代成爲官員。華夏大地隨即興起一輪「休妻潮」，即是紅色官員們要求當年與他們在農村的結髮妻子們與他們離婚，不管對方曾苦等數年，等待他們回歸，也不顧這些女性奉養男人父母與這段婚姻中遺留的子女的艱辛。

這離婚不由女方分說，也無需任何理由，只需「組織」拿出一張張離婚證明，強迫那些不識字的女人們摁上手印。離婚後的官員們便可以強迫更有魅力的城市女性，與他們名正言順地結成夫妻。那時，對於被無情拋棄的農村女人可有過任何補償？從無補償。那些女人的聲音早已經完全消失在紅旗之下。七〇年代末八〇年代初時，大陸中國尚無千禧年後二十年中，社會男女相當普遍的「性」與「權力」如蛛網般層層纏結的交易，尚是遵循傳統的男女關係模式。其中常見男性不斷「喜新厭舊」，而女性多是因種種考慮而始終隱忍地維持那「紙婚」，例如為子女乃至為父母考慮、為家庭體面，或是也依然斬不斷過往的戀情，所以頂多是晚間爭吵哭鬧一場，即一切如常地上班做工兼操持家務，維持表面正常的家庭生活——即是男人依然晚間歸家。自己由此不免又聯想到這些女人離婚避無可避的現實難題——離婚後住在哪裡？於是我只能答道，「如今大陸的男女夫妻間，確實是女人忍耐居多，不過忍耐又如何？如魯迅先生的一問，『娜拉出走之後會如何？』」事實上，當年大陸中國體制確實更多地保護了男人，而罔顧女人應有的平等權利。例如，當年的大陸體制中沒有「商品房」（即在市場購入的私人房產），一九四九年之前的私人房產，亦等同於全部沒收成為「國家產業」，各家住房均是由單位分配。各單位分房的資格只屬於男性雇員，即女性雇員無資格參與本單位住房分配。離婚的單身女性雇員雖是可以藉此向單位申請住房，但實在是不知何年何月才能獲批？這規則自有「單位」建制以來一直如此，甚至在我畢業後進入政府機關工作的八十年代，這規則依然維持不變。於是常有已經離婚的前夫婦，依然住於同一屋頂之下，一住數年的尷尬。記得我有位同學，夫婿早亡，栖身的小房將被夫婿單位收回，她即將無處安身，不得不求舊日同學幫她尋男人再嫁，條件是那男人有她可住之處即可。無論離婚理由是如何青紅皀白，即使全是由於男人背離婚約，離婚後受到各種社會輿論譏嘲的，卻總不免是那些離婚的女人，例如稱爲「棄婦」、「二手貨」，等等，充滿人格侮辱。離婚男人卻幾乎從無人嘲笑，甚至遭人羨慕，稱讚是「有豔福」了，因爲可以丟棄半老的「黃臉婆」，再尋美貌婦人相伴。其實那些半老「黃臉婆」成婚時，又何曾不是芳華正好，爲何比男人更顯蒼老？皆是緣於操勞過甚，既要在單位與男人平等地付出精力體力，回到家還要料理一切家務與照料子女，做飯洗衣樣樣不能少，而男人回到家中大多只需是「飯來張口，衣來伸手」。女人須幾十年如一日地操勞，其中的幸運者才能平順地「功成身退」——夫婦白頭偕老。這便是中國大陸男女間實質不平等的現實。在那架社會絞肉機中，女性始終處於最尷尬的位置。

聽過我的回答，二人一時皆是沉默。對於我，或許是驀然領悟到之前沒有留意的，大陸中國體制的種種規則乃至生活細節，給女性造成的弱勢地位。對於M，則是一時不知該如何接續這話題，因爲自己舉例的那規則，不過是體制與傳統結合造成的男女性不平的千萬實例之一。我知道於H個人而言，相較於許多不得不一肩承擔家裏家外操勞的女人她更幸運些，無需操持家務。不過由於她與P結緣時的承諾，她是內心的糾結卻如層層纏裹，且打的是死結。沉寂之後，將話題接續下去的是M，既然上天造人，男人與女人天性便是有別，眞正的男女平等是一個體制要承認這種天然的差異。大陸共產黨只提「階級不平等」，由於「不勞動不得食」是「階級平等」的基礎，那麼似乎只要男女有同樣的工作機會便是「平等」。結果是完全忽略了男女性的平等，其實與「階級平等」是很不同的概念，難道不是嗎？自己對M的話語曾思索良久，最終完全承認M的道理，即是大陸中共將「男女平等」的概念等同於「階級平等」，結果便是完全忽略了男女性別的先天差異，亦罔顧華夏數千年傳統形成的男女性社會角色既定的差別，在事實上使女性在大陸社會階梯中處於更加弱勢的位置。

與M那晚的話題中還是談到了「性」。我不免好奇地問，M曾提到研究課題是大陸男人的性行爲模式的那女外教，現在如何了？M大笑，道，「我眞是佩服她！她雖然後悔，還是堅持下去。我肯定是做不到。不過總歸那女外教的感受是，大陸男性一旦可以爬上女人的床，就眞的像是雄性野獸，迫不及待地只想到他個人的洩欲。這也說明大陸男性缺乏起碼的性教養吧？性教養最起碼的一條，就是要另一人感受到歡愉，不是只爲滿足自己的欲望」。M默了一默，或許是收起那半玩笑的情緒，又道，「我發覺大陸中國對於『性』的觀念與管理也是兩個極端併存的地方，我過去沒想到是這樣的。一是『性』在官方語言中完全沒有位置，似乎『性』是不存在的事。二是現實中卻到處存在，例如毛本人，又有多少女人？」自己聽到此處，腦中不免浮出那首幼時讀的詩，「寥落古行宮，宮花寂寞紅，白頭宮女在，閑坐說玄宗」，禁不住一笑。毛氏雖魂飛魄散，只餘一具空殼屍骨仍在天安門前「展示」，是否他也留下了宮花無數？是否那些宮花依然嫣紅？據說毛氏在大陸有六十二處行宮，處處有清歌與巧笑倩兮的姑娘接待，自然也足以與歷屆帝王媲美。我將此作爲笑談告訴M，M不禁訝異，卻十分認眞地道，「若在美國，毛可以被起訴貪腐罪了」。之後又接續道，「對於少年完全沒有『性教育』的教育系統是不正常的。你聽過嗎——我們的愛比死亡還要理所當然」？難道不是嗎？

「性」與「愛」，也可說是一對伴侶，但並非是親密不可分。若說男人不懂得「愛」，確實也有可能。在無愛的教育中成長的男性，或的確是不懂男女之愛。不過若說男人不懂得「性」，那必然更多地是狡辯。「性欲」是男人天然的本能。即使眞的不懂，也不是男人可以濫交的理由。「性」行爲是天賦能力，但任何天賦能力都伴隨有道德規則約束，這亦是神賦予人「性」能力的前提條件。無論男性女性都應接受，當然，特別是男性。在一個正當的「性」教育完全是空白的社會裡，一旦有機會，「性」就會氾濫成災，不過會是什麼形式的災難呢？我當年無能回應M。只能默默地聽。女兒，如今回想，那時的我對於「性」可說是雖有體驗，卻從未有過愉悅的體驗，似乎那只是男女關係中必須履行的義務之一。不過我憑幼時家教直覺到M有些基督教教育的根基，之後M也證實了我的直覺，不過她說自己不是基督教徒，她相信公理，即是理應如此，並非是緣於對神的信仰，而是緣於她相信公理的存在。M繼續，道，你聽過「一夜情」的說法麼？其實婚姻之外男女偶遇，素不相識，卻偶爾有一次異性之交也是有的，起碼在美國也算尋常。不過「一夜情」也是有些不成文的規則要遵守的，首先是只能偶爾爲之，過後即各自東西，再不相見。我點頭記下這於我是首次聽聞的觀念，M則看向我，重重地說，「只能偶然爲之，不然豈不是成爲對婚姻關係與規則的出軌」？

M說過「出軌」二字，又忍不住笑，道，中文裡有許多字是哪裡來的？例如「出軌」是哪裡來，你知道嗎？難道「愛」與「性」，眞的像是有一條軌道可以梏住車輪嗎？自己從未深究過中文中詞語的起源，其實詞語起源亦是一門單獨學問，即如東漢學者所著的《說文解字》。五〇年代後，許多人文分類科目似乎都無聲無息地被紅色政權滅絕，消失於課程科目中，更是後繼無人。如今回想，這些人文科目的消逝，也可說是大陸中共的對華夏文脈的genocide之一吧？我也只能答道，「據《辭海》解釋，這二字可以解爲行爲逸出常規，似乎確實寓意婚姻便是軌道。不過我想，若列車眞的脫出鐵軌，便只能是車毀人亡了」。M並不滿意這個解釋，說「這不是解釋辭彙起源，只是解說詞義了。不過現實中，在大陸中國，『出軌』眞的會導致車毀人亡嗎？無論任何人都是如此結果」？我沉默，良久之後，只能回道，「大陸中國確實有許多因此車毀人亡之事，不過並非是必定如此，那是因人而異，因事而異，或因政治整肅的需要而異」。不過這題目牽涉內容實在是廣而深，一時不知該從何開始例舉細節？當時自己只是加了一句，「例如，毛與劉二人的不同結局？」M之後又是在地毯上一滾，四肢舒展成一個大字，道，「所以，大陸的男女平等完全被忽略，似乎也不能只怪男人愚昧，還是要怪這個體制縱容男人的特權，特別是——建立這個體制的人的特權？……。」

M與我那次聊得忘乎所以，通宵達旦。不過即使話語可以解析是與非，陷在那段難以黑白標準衡量的緣分之中，H的心事在現實中眞的有解麼？

「退步結網」——「是心動，還是風動？」

女兒，下面我將講述的，便是關乎M點評過的那段舊事——H與P。

H對那之後與她糾結數十年的男孩P感覺心中莫名一動是在某個傍晚。P也是當年那些在Y中宿舍一同談天論地的大男孩群中人之一。那個盛夏的傍晚，H與P依然都是知青，不過境遇已經全然不同。H只是在北京姨母家暫住養病，戶籍仍在北大荒，按官方定義恰是一枚「盲流」知青。P的母親已經接到「組織」對她審查完畢的通知，告知她將擇日正式宣告，並重獲官職——當時統稱爲重獲解放。P的母親獲得通知後，第一要事便如同其他紅一代母親一般，爲「上山下鄉」到草原的兒女尋找出路。若無法一步返回京城，起碼戶口要首先轉回城市。P正處於等待戶籍流轉的過程中。大陸中國的人世雖因政局走向未明而顛七顛八倒，上下崩頹，卻無妨天地間四時節序按時流轉，無妨盛夏時節臨水湖邊，雖然無接天蓮葉、映日荷花的美景，傍晚時分卻不乏蟬鳴漸息，涼風漸起的愜意。涼風習習，似乎莫名地使人心凝定，白日的喧囂似乎漸消退爲遠去的人生背景。H始終記得那個傍晚，她和那男孩P，席地而坐，背倚湖岸柳樹，樹皮粗糙的紋路硌到她背上一顆顆突出的脊樑骨。當年那湖只是個偏僻荒野般的去處，一簇簇長草將他們與其他乘涼人隔開，模糊的流水聲亦使H覺得如同身處曠野，自由自在。如今H已經不記得他們聊天的細節，只記得聊天從傍晚時分直持續到次日清晨，日光熹微，與逐漸隱退的啓明星併存於天際。他們必定聊到各自插隊的日子，聊到共同相識的同學近況，不過如同前面所說，文革時局與政治議題是絕對離不開的話題。一番感歎後便是問到自己，二人自己可以做些什麼？或許當年那革命敘事式教育的印記，已然不自覺地化爲我們一代內心的組成部分，也或許儒家的「天下興亡，匹夫有責」，始終構成我們一代對於自己的做人準則。

在如此亂世尚在但變化漸顯的大背景下，在那時對於未來想像的眼光局限中，二人嘗試對於可做之事勾勒出模糊的輪廓——二人雖人微力薄，無能影響政局，卻可以學司馬遷，爲歷史做份記錄。或可謂「太上有立德，其次有立功，其次有立言，雖久不廢，此謂不朽」。雖無心求不朽，卻仍然可學司馬公將史實以文字記錄，雖僅是民間記錄，也可供未來學人參考吧。當時H心中微微發熱，似乎二人尋到可共同努力之事，二人之間的關聯生出必然的紐帶，並非是無根之水。心動便是起於那一瞬間。她自然地將頭靠在P肩上，感覺到P的肩膊那結實的骨骼與肌肉的彈性，P伸手臂環住H，二人皆一時靜默。流水聲響漸起，這聲響似乎是來自釣魚臺流水與這湖之間的一道閘門，流水的緩與急，全在於由釣魚臺該日該時開閘放水的多少。二人默聽水聲，P忽然說，「你知道麼？我有個弟弟就失足淹死在這水閘下，全怪我」。H一時不知如何答話，只覺心中如同漲潮般翻起對P的憐憫，便任P緊緊環住。H始終不敢確定，是否那心中瞬間一動便是愛？是感覺二人當時心緒契合的愉悅？或者是憐憫便生出愛？抑或是自己的人生突然又尋到可做之事，「柳暗花明又一村」的豁然開朗？

其實P並未說「做我的女朋友吧」，他常是說，「女孩子們整天說愛，其實我不懂什麼是愛。我好像從來沒覺得父母愛過我。如果有女孩覺得愛我，那也行。不過女孩一有愛，表現得就好像是我欠了她一筆債」，H只能默默想，自己不會覺得是他欠債，欠債的只是自己。P雖不談「愛」，卻是個細心的「行動派」，那晚之後，P為H在自己家中一間小房間中安了書桌，檯燈，等等，決心要開始「退步結網」記錄歷史了。女兒，H如今回望當年的那一幕，不知是該說少年之勇可贊，還是少年不知天高地厚可歎？

對於他們二人在那個傍晚想到可做或應作的「退步結網」，其實當年也有些人暗暗地在想在做。例如同為少年者，《半生為人》[4]中的陳一凡，當年已經為記錄史實而收集了許多資料。年長者則如李銳，留下日記為證。那時的H與P只不過剛剛起意，毫無準備，與有同樣意願之人也未有任何聯繫，甚至未曾萌動應與同道者多些交流的覺悟。若實話實說，P的性格並非適於二人所想之事，而H則功力、學識、積累與經驗全無。P讀書雖頗有悟性，例如他曾決心死啃馬克思原著，卻非天然有興趣讀書之人。眞正天然性喜讀書之人，必是喜讀百家書，悟百家言，遂生出自己的思路，如顧頡剛。P的個性更適宜於行動，而非每日獨坐於書齋靜讀哲學或史書。H在年過花甲面對退休時，不得不自問之後的「有生之年」，是否依然有「可為之事」？便不免回想起那個盛夏的傍晚，深悟到當年之非。並非是那願望之非，而是應自問那時何來能力完成此宏願？可有學問與史實資料的積累？二人本應從積累與讀書開始，一步步去嘗試結成那張網，當年卻不知天高地厚，認為只要有願望便可以一蹴而就。性急之餘，P與H嘗試寫小說，作為開始。這其實已經背離了二人原本設想結成之網，急於求成，背離初衷，不過二人那時都未意識到這已經是轉了方向。這或許也顯示了當年缺乏完整教育的少年人是如何地概念不清，將史學與文學混為一談。

本無小說寫作常識更無積累的H，希望可以按P的理想寫出有關文革的「政治小說」，即小說以自己對文革所知所悟為基礎，按想像（推理）加入高層人物間的爭鬥內容。無奈高層之間究竟如何爭鬥，實在不是僅靠H的想像，便可以寫得可讀可信且貼近事實。H試過形式各異的開篇第一章，無數初稿，開篇雖尚是可讀，卻一直無能寫出理想中的續章。雖然屢試屢敗，但H一直是鼓勇再戰，從無「一鼓作氣，再而衰，三而竭」的念頭，而是屢敗屢試，因爲內心中覺得允諾必踐。這雖源於自幼家教，或許也是她自覺或不自覺地，爲那一晚心動而結成之緣尋到的理由吧？雖然她將此理由深藏於心，從未對任何人提及，但那個傍晚無疑是當年她身心全然投入的動力之始。

距H與P那一夜對談的數年之後，我才聽到L夫人——我的第二位啓蒙老師對男女差異的一席之言，即愛對於女人的影響會浸入她全部身心，女人無法抵禦愛對她身心的侵略，似乎便恰恰言中了H當年心情。H那時伏案從早至晚，似乎眞有「不成功便成仁」的意氣與決心。數年後才悟到那時的宏願雖然是誠心而生，卻如同是連地基亦未打造便想建成一座大廈，完全是空中起樓閣的妄想。古人有云「博觀而約取，厚積而薄發」，便是講作學問之道，並非可一蹴而就。古人對於何爲「做事」的理路其實亦有勸導，例如「欲路上事，毋樂其便而如爲染指，一染指便深入萬仞；理路上事，毋憚其難而稍爲退步，一退步便遠隔千山」。雖然二人的願望是基於嚮往正義昭彰，而非是有好高騖遠之心，但行爲模式上實在是好高騖遠。自己如今亦另有一悟，即是這世間雖有千萬件事，需要集眾人之力才可完成，但寫作卻是相反，那是只屬於私人之事。只能由寫作之人閉目面壁獨坐，才會見到自己內心世界中蘊含的獨一色彩，於是胸中色彩化爲文字，如水流般落於筆尖紙上。寫作絕非二人可合作完成之事。

P那時同樣是一片火熱之心，恨不得一蹴而就。他包攬一切「後勤事務」。為在家中為H闢出間小書房，他不惜與母親數度翻臉，爭吵不休，直拗到母親無可奈何地點頭。他提前準備紙筆，小書房永遠是整潔如初，也認眞地讀H那些斷箋殘片的試筆。P會生出許多奇想，例如人物中應有江青，有「中央文革」某人，等等。他的奇想也經常改變，雖然始終不離有關文革的「政治小說」，思路卻是「且辭黃河去，暮至黑山頭」，不斷轉折。H的一支筆與構思，始終追不上他想法的「坐地日行八萬里」。P並非是天性慵懶不肯讀書之人。他曾發愿苦讀馬克思原著，記得他讀過《路易．波拿巴的霧月十八日》，也發奮通讀讀《資本論》，直讀到夜半挑燈還不停歇，雖然我不記得他是否眞的通讀到底。不過或許是天性使然，他不親近文字，並不喜好動筆，甚至當年從未生出他自己動筆的念頭。P坦然直陳，他的寫作天賦可評為零分。從前學校老師的命題作文，他歷來是勉強及格的水準，所以「退步結網」的成果只能由H執筆。其實學校老師的命題作文，與H和P想像的文字記錄本是天差地別，無從比較。其實亦無需將兩者相比較。學校課堂的命題作文，或可比作「八股文章試帖詩」，既要切題又要符合課程教誨的政治正確，還要迎合老師的文風口味，倉促交卷，何來自我發揮餘地？H至今不敢確定文字功夫究竟是全然有賴天賦，還是半是天賦、半是一支筆千錘百煉的努力？那時的H，眼界與學識積累尚在初中都未完成的水準。陸游曾道，「古人學問無遺力，少壯工夫老始成」，而既無學問又功夫未經歷練的H，當年依賴的或許全然是少年意氣，「匹夫有責」之心，還有「愛」爲她增加的勇氣與動力吧？

不過H畢竟也是自幼束髮受教便有了基督教的薰陶，她記得姥姥說過，《聖經》中雖未說每個人都獨一無二，但是隱含在寓意中，因爲上帝賦予世上每人獨一無二的指紋，寓意每人不同於他人，且使每人自稱爲「我」，那便是寓意牠賦予每人有「自我」身份，天然地與他人不同。所以H也會在這一過程中時時疑惑，究竟她在這「退步結網」中是否還有自己的獨立身份？特別是獨立的探索？她手中一支筆，是否屬於她所有？不過那時的她如L夫人所言，從頭腦身心都浸染於「愛」的情感之中，爲她的「愛」而傾盡全力，「愛」的力量高於一切理智的提問。

數年後回首看P，H覺得P有些綠林好漢的氣質和膽色。少年時的P性格極可愛，也頗有朋友緣，雖易怒但本性單純熱心，爲人坦率無隱，從無算計他人之心。P天性易怒，衝冠一怒時也頗有膽氣，一副爲朋友打架捨我其誰的威勢。若是大陸中國歷經文革而成爲亂世，成爲「樹倒猢猻散」，那麼P雖缺乏韜略一統天下，但是應有能力集結起一群兄弟哥們，占山爲王，瀟灑一時，也不愧上天賦予他天然的幾分江湖雄傑氣質。不過大陸中國的亂象，並非是「樹倒猢猻散」可以確切形容。那亂象恰是相反——雖有大量猢猻散失，那棵大樹卻僅僅是枯了些枝椏，樹幹主枝仍在，且不斷有新生猢猻填補那些缺失職位。大樹根基已然堅牢，覆蓋華夏王土，只需不斷替換猢猻便可。雖然每個猢猻都使大樹帶了些不同色彩，但大樹根基未變。綠林好漢可以崛起的氣候並未生成，因而P今生無緣成爲綠林大王，那評價也只能算做是H開玩笑罷了。當年P那特立獨行的綠林好漢氣質，也不能不說是讓H依戀的緣由之一吧。H如今也可以看到P性格中的另一面，或許同樣可算是綠林中人的特色吧，那便是缺乏理性的行爲方式，例如「一不做二不休」的衝動，藐視一切世間可稱之爲「道」的規則，嘯聚山林有時也不免打家劫舍的豪強霸道，譬如是「天地人三界中，只有人怕我，哪有我怕誰」。因而也不免有時行事霸道，有混跡山林練就的「混世魔頭」風格。

若論性格或是作人行事風格，其實H和P是極不相同的兩類人。若無文革，他們將如同無邊宇宙中，分處於不同星座中的兩顆星，或成爲那紅色機器中，位置全然不相同的零件，運行軌跡或永不會相逢相交。將他們的人生聯繫到一起的緣分，或許便是文革歲月與紅色教育遺留的「匹夫有責」的少年意氣，只能說全是偶然。不過「緣分」二字中豈不是也蘊含了「偶然」之意？，那緣分雖可說難以細細分辨其中的構成，H卻深知那其中確實有她的愛——少女之愛，全然一片天眞。這世間有無數分辨不清從何而起的緣分，但豈非只有偶然的「心中一動」才是「愛」的眞意？「愛」若可以分斤論兩，那便成爲利益糾葛，與「愛」的純眞清透無關了。不過二人的緣分中是否也有P的愛？H始終無法完全消除心中疑惑。P從起始便對H說他「不懂得什麼是愛」，那或許也是他的坦誠之言，毫無矯飾。或許P的「不懂愛」，便是在無「愛」的一片荒蕪之地的環境中長大的結果吧？在官方輿論中、也是在家庭生活的現實中，「愛」於我們一代而言確實都是空白之地。於P個人而言，他的父母並非是全無關愛、全無家庭和諧，但那家庭中的氣氛，也常因政治整肅影響到父母命運而惡化，而且他母親的各種付出，也未能阻礙他父親不時「出軌」的行徑。P自幼即是寄宿生，對於家人相處缺乏體驗，亦缺乏正常家庭規則約束的觀念。

不過若回想起P對她的種種在意與照料，H會想那或許便是P自己雖始終說「不懂愛」，卻無意識地以他對H的「在意與照料」養育出他的愛吧？如同P種了許多盆花，每日料理，澆水剪枝，看花開花謝雖也一時歡喜，卻也不在意有朋友來討要，甚至也不在意有人順手牽羊，但P卻格外在意其中的一盆，或許也並非那盆花開時格外豔麗奪目，只不過是他看那花自幼苗出土，逐漸生出青枝綠葉，因而便生出了「愛」的緣分？H似乎便曾經是那盆花。H記得他與她（加上一群朋友）同遊黃山。世人皆稱黃山奇峰峭拔，巧奪天工，李白稱是「黃山四千仞，三十二蓮峰」，又稱是「別有天地非人間」。不過登黃山對遊客體力確是絕對的挑戰，而H是同群登山人中最弱的一個，且大病後不知何時才能眞正復原的身體，更是虛弱莫名。H自覺實在是無力再拖起腳步，又不願拖累他人，便提議自己留在此地，待他們登頂返程後會合下山。P卻不肯讓H放棄，說千里迢迢而來，看不到千峰萬壑的奇景，豈不是一大遺憾？便堅持拉她上山。他一路伸大手牽起H，一步步用力，幾乎承受H全部重量。待到最後一段路程，他無視H的反對，硬是將她馱於背上，一步步邁過級級石階，直到旅店門前。黃山山路坡度極大，P雖強健，馱H登山也絕非輕鬆，H可以感到他的汗水濕透她的外衣前胸。他卻不肯放手，也不抱怨，反而會說，「有我馱著，你正好可以看景」。H或許確實便是他心中雖無意、卻在無意中生出緣分的那盆花吧？

那時的H絕對沒有意識到P雖是性格豪爽可愛，且沒有紅二代言談舉止中的傲慢，但從另一個角度看也依然是帝都貴公子，有「成大事者不拘小節」的心理，尤其是對待女人的態度——與女人「一夜露水」便屬於「小節」之事。H懵懂地與P走到一起，卻未能預想到P的女人緣，對於她的人生會留下怎樣的刻痕。她記得，P的同學得知H和P走到一起時，曾與H說，「你知道P多少？知道他是同學中的花花太歲麼？」H明白同學意指P頗有女人緣，當時卻回答，「我想他以後不會的」。之後的事實只是證明H當年的懵懂天真，全然不懂男人的「性」與「愛」有何特質。前面盆花的比喻其實也並非憑空而生，P的諢名「花花太歲」，也並非是無中生有的調笑。P雖然自詡「不懂得愛」，卻並非不懂得「性事」。他既有天生的女人緣，又有自詡的敏感，他曾對H「自誇」，他可以「感覺出」女人中哪一個必定可以被他「鎖住」，「玩」一段一夜露水情。自我們開始「退步結網」，同時成爲「男女朋友」以來，他仍不時有「一夜露水」，P在每次的「女人緣」，一夜露水之後也總會向H坦承那發生之事，亦誓言悔過。H雖覺傷心，卻因自己雖然盡力卻始終「結網未成」而使有自己「欠了債」的心情（其實正如M那誅心一問），最後總是寬容作罷，選擇相信他的誓言。

時光在H的一篇篇試筆均化爲廢紙、同時P重複發生的「一夜露水」中緩緩流過，櫻紅蕉綠，時序輪迴年復年。七〇年代中晚期，H的父親終於獲得「一般性歷史問題」的結論，得以離開塞外苦寒之地，調往地處中原的T市。H隨之結束「流浪」於各親戚家寄居帝都養病的日子，前往T市父親將定居之地，終於開始料理她從知青身份轉爲城市「待業返城知青」所需完成的一應體制程序，目的是將其戶口從北大荒遷往T市，等等，這是所有返城知青必經的程序與手續，如修道求仙般耗時耗力，經約兩年方才完成。在T市待業時，H亦未忘記自己的允諾，繼續試筆，不過這次完全依照自己的興趣。自己幾十年間追隨工作輾轉數國，難得留存舊時衣、舊時物，那些舊時試筆文字也早已經化灰化煙。某日居然尋到寥寥幾頁舊時文字，紙張泛黃、筆跡褪色。女兒，我抄錄幾句，權且作爲是對當年H不懈努力的紀念吧——「黑暗，窺視的月亮，彷彿在搖頭的草／各種朦朧的影子，一匹馬的影子／黑暗，窺視的月亮，音樂換了／我的心聲藏在長笛短笛裡，爲什麼只有寒星會傾聽？」H此時想說的是什麼呢？

政局之變——「遊山歸來，世道人心已變了千年」

女兒，浙江衢州有座爛柯山。山名源於一段傳說，晉代時有樵夫砍柴，至山頂石樑下見有兩老者弈棋。樵夫觀棋局終了，起身回家，看到其砍樵之斧手柄已經朽爛，才知「遊山歸來，世道人心已變了千年」。一九七六年末，大陸中國的政局變化似乎也是「洞中數日，世上千年」，小民中無人可以始料。

H與P約定的人生目標——「退步結網」，由於大陸中國的政局突變而中斷，其實確切說是終結更爲貼切。前文寫過一九七八年大學之門重開。H入大學讀書，P選擇「下海」，試水經商之路。這改變並未沖毀二人的姻緣。不過那相差甚遠的各自人生之路，會爲二人帶來怎樣的身心變化？那時似乎二人都未有任何深想。女兒，大陸小民稱經商爲「下海」，可謂是時代造就詞彙的典型實例。那時雖有體制改革開啓，但開篇描述的「封閉」型社會結構，與個人必須依附於某單位的體制仍看似不動如山。相比於當年小民慣性地依附於某單位，若無野心也可以混吃等死，每月的薪水雖少卻必會按時配發，平淡但安定，所以號稱是「鐵飯碗」，也是當年知青心心念念返城之後，一心嚮往獲得的「珍寶」。「下海」則意味斬斷與無所不包的「體制」間一切聯繫，不再有每月那份微薄卻穩定的收入，全憑本人在不知深淺的「商海」中沉浮，去自尋賺錢機會。改革之始，那無所不包的體制尚在，個人的經營空間又有多少？其實那些由底層民眾開張的炒瓜子、由返程後失業家中的知青創出當街叫賣大碗茶的生意已經出現，但那類「小打小鬧」的店鋪顯然並非P志向所在。P的志向在何處？雖無明確意識，原則上必是「大幹一場」，何謂P心中的「大幹」？全無預案。

如今想來那時的P「下海」之初不過是「初生牛犢」，完全不通俗務，想像不到世間經營工商之途，其實也可細分為「三百六十行」，無論哪一行若想有成就，都非可一蹴而就，且那時雖改革風吹起無數小民的雄心，大陸中國依然是遍地僅有國企的年代。七、八〇年代之交的大陸中國，經營工商業若不依靠權勢，則只能從底層開始，聚沙方能成塔。公平而言，P當年可以瀟灑地一紙辭職書呈遞單位，轉身「下海」，他還是應感謝父母養育之恩。若細究，他何來底氣在經商機會全無著落，甚至連個人生計來源亦無著落時，便將那只「鐵飯碗」一棄了之？如此選擇有P的個性使然，經母親安排順利進入「鐵飯碗」單位的他，很快便厭煩了「鐵飯碗」裡那種一成不變、人人都是「做一天和尚撞一天鐘」的平淡日子。其實那日子也確實無聊，生生地將一條條年輕鮮活的生命，禁錮打磨成行屍走肉。不過P有底氣將那數千萬返城知青求之不得的「鐵飯碗」一棄了之，也全賴他無需靠那只飯碗自己去養家活口。他的衣食住全由父母包攬，H亦自有收入來源。P可以心情輕鬆地將「下海」視為一場人生體驗，瞭解社會的途徑。女兒，H至今依然數次自問，當年H對於P的選擇——不報考大學，從未與他悉心探討，是否也可算是她此生的疏失？或許那時是二人過於眼界短淺，面對局勢驟然變化缺乏分析思考，難以想像未來如何？也或許是H習慣了一向只是被動接受P的決定而未獨立思索此事？例如為何當年未勸他報考他一向有興趣的政治類學科研究生？或許這確實是H的疏失吧，因而每每想起，不免有遺憾在心。若P當年選擇了讀書一途，或許一切都會與如今的結果不同？

那時初試下海的P確實是面貌一改，意興飛揚，甚至是每日處於亢奮之中，頗有「少年俠氣，結交五都雄」的氣概。P曾一直自豪之事是他雖算不得商界成功人士，但確實是僅憑自己拳打腳踢，終能打出小小天地養活自己，從未如多數「紅二代」子弟般，依賴父母在紅色隊伍中結下的人際關係與權力，來建成自己的經商大業。不過，既然不靠家中父母家人的關係，自然要依靠廣交新朋友。「下海」初期，除去靠祖蔭，即指各種國家壟斷的進出口交易，或為專案獲得政權主管機關的批准文件而賺入銀錢無數的紅色子弟，敢於或肯於試水之人，多是因各種原因早已經丟失了「鐵飯碗」者，例如「盲流」，刑滿釋放者，等等，總之是社會中下層的三教九流居多，不闖蕩則無生計，不如咬牙一試。P性格開朗，不在意「紅」與「黑」之分，確實可算得是其中另類，或許也是被某些試水中人，看作是可以搖出些錢財、且毫無混社會經驗的公子哥兒。P確實覺得與那些三教九流結識，以及這些人議論的賺錢方法，使他「耳目一新」。其實雖也可算是體驗社會，但也束縛了他的視野。他每日早出晚歸，聽人天南地北地扯那些賺錢的故事，聽來只覺新鮮，全不在意是黑是白。這其實也是文革遺風吧，遇事不講道理，只看拳腳功夫。

H記得某晚P將近黎明歸家，將她喚醒，興奮地講述那聽來的賺錢故事，其實不妨說全是「騙錢故事」。大陸中國經數年文革亂世，各種基礎物資無不匱乏，且全憑計畫供應，例如鋼材。若任何人握有官方計劃之外或官方批條在手的鋼材，倒手轉賣，即可賺到「盆滿缽滿」——那時大陸人眼中的「盆與缽」其實甚淺，數千元便已經滿足，與今日的無底貪婪之心無法相比。P講敘的便是一個手無寸鐵的「混商海」者，向不知情的購買者倒手轉賣了某家堆棧中存放的鋼材，拿到「仲介費」後立即消失的故事。類似的事例還有許多，也顯示了當年文革導致的社會秩序與小民觀念的混亂。記得P那時極爲亢奮，翹起拇指誇讚道，「眞是聰明」，怎麼想出這麼聰明的賺錢方法！P數次眉飛色舞地講述類似故事後，H終於開始擔心P的「下海試水」所獲得的「混社會體驗」並非是正道之論，而是雞鳴狗盜，無非是文革中「爲達目的，不擇手段」之風氣的翻版。P那時似乎對於他可做何事並無清晰思路。H試圖表達不同看法，試圖改變P對於那些江湖騙局的津津樂道，試圖幫助他理出些商界門徑如何進入的頭緒。

H雖一片誠意地試圖以自己的方式幫助P，卻或許全然忽略她如此用意是惹惱了P的心緒。致使她雖有誠意，效果卻是南轅北轍。自二人相識以來，P對於H一向處於「指導者」的位置。H跨過大學考試門檻時曾要惡補數理，確實也全賴P的悉心教授。如今H雖絕無成爲指導者之心，話語中卻隱含了不贊同甚或是干涉他行爲之意，P只覺得是對於他一向在H心中地位的冒犯。於是生出排斥心理，對於H的擔心，或嗤之以鼻，或拒之於千里之外，一句「不要你管」或是「你不懂，少管」便是全部回答。二人之間聊天只要是涉及P下海中行爲的話題，便最終是不歡而散。H回望當年，不禁自問是否那將二人結起的紐帶——「退步結綑」——終結之時，其實便是二人緣分已斷之時？不過二人當年似乎都無此自覺？若眞是如此，那麼二人之間結緣之初或此期間是否有愛？還是當年只是理念相同？亦如P常坦然說道「我從來就不懂得什麼是愛，是不是只有你們女人整天在說愛？」其實這世間男女有多少對是「心有靈犀」之後維持一往情深，終生相守？又有多少對是「鴻雁在雲魚在水」，雖心動是眞，卻是路途相異？或者又有多少雖白頭偕老，卻始終只是柴米夫妻？

事實上，從二人分手至今數十年，H曾無數次審視她的內心，自認她當年心中是有愛的。《聖經》描述愛，道，「愛是恒久忍耐，又有恩慈。愛是不嫉妒。愛是不自誇。不張狂。不作害羞的事。不求自己的益處。不輕易發怒。不計算人的惡。不喜歡不義。只喜歡眞理。凡事包容。凡事相信。凡事盼望。凡事忍耐。愛是永不止息」。P的喜怒哀樂曾佔據H的全部身心，她曾經是關心他的事勝於關心自己，曾願以她之力助他事成順心，只是她的努力與P的意願常是南轅北轍。H的努力——試圖向P講述自己的理念，即所謂「經商」不應是坑蒙拐騙，而是商亦有道。H的祖輩曾是亦醫亦商，但醫道——治病救人，才是家族工商業的根基。華夏自古秉信「德者，得也」，傳統店鋪則高掛「童叟無欺」，即是明示商道根本，如同舊時官衙須高懸「爾俸爾祿，民脂民膏」以警示官員是同樣道理。

或許是H對P談話的方式有誤，她從未學過何爲女人的委婉，何爲「以柔克剛」。Y中學生一向是男女平等，均以舉止粗豪爲時尙，爲榜樣。男女皆可操滿嘴國罵（TMD），不以爲忤。H雖從未練就口出國粹的本領，但她的種種勸說與不贊同的表達也是直截了當，聽來更像是批評，或許這直率無隱的表達只是愈加惹惱了P，損傷了P一貫的自信與自尊，引發他的抗拒之意。不過反觀P的反應，P也並非是自「退步結網」終結之後就眞的對H不再在意，或許反而更在意她的想法，在意她的評價，或者是要說服她、恢復H心中他一向的形象，也恢復二人起步時的相處模式——H對他言聽計從，從無質疑。那時研究生在校均配有宿舍，又因爲H是全班唯一的女生而得以獨佔一室。若P某日因上課而留宿在校，P往往會尋來共宿，也會講述種種「商界軼事」，但二人的閒聊卻永遠會轉成爭執，且你來我往、互不相讓，直到天明，直到某日有位H的同班同學悄悄勸她，你們二人還是不要來宿舍爭辯吧，宿舍門只是薄薄一層板，你們吵到全樓都能聽到，幸虧這座樓沒幾個人過夜。若P全然不在意H的看法，那又何必晚間來H的宿舍，汲汲地想與她爭辯個水落石出？或是二人都並非是想放棄彼此對方，放棄溝通，但結果是一切努力都是南轅北轍，愈是試圖溝通，便愈是塹壕深築。

女兒，還記得P的同學曾告誡H麼？P是「花花太歲」，而她當時自信地答說「以後不會了」。如今回想，只能嘲笑自己，當年那自信從何而來？自「下海」以來P廣交朋友，自然也不乏女性朋友，女人緣更勝於往昔。P生得眉清目朗，五官俊氣又不失陝北男人的硬朗，人坦誠爽快，加上家世在初下海試水的下層民眾中如同鶴立雞群，他的女人緣似乎是愈加接踵而來，舊識新交都可做到「樂莫樂兮」，甚至連「朋友妻，不可戲」這江湖兄弟一貫的傳統底線也可以罔顧。P對H亦坦誠自稱，他過去的「夫子自道」——雖不懂何爲愛，卻一眼就可以看出那女人能不能被他吸引——以他本人詞彙是「釣到手」，如今更有了用武之地。或許那些「樂莫樂兮新相知」的女人緣，恰可以補償他在H那裡遭遇的挫折感，可以增強他的自信與自尊？或是源於天性確實坦誠，或許亦不免羼雜幾分男性的炫耀之心，P對於H依然是並不隱瞞他的女人緣，總會在事成之後回家向H「懺悔」他的荒唐，也會安慰H說他不會再犯。H自幼家教極嚴，對於將女人視爲玩物——「釣到手」——的觀念不可接受，同時也傷心P的隨處留情，但面對P的坦誠，又常是胸中五味雜陳，常是一時語塞，不知該如何回應？H至今記得某次P在事後曾極度懊惱，仰在床上，捶床大哭，道是「爲什麼你們女人都要說愛我、愛我？我不要你們愛我，不要……。我也不愛你們，不愛！」H木立床邊，默默地看P痛哭，淚水打濕枕頭，發覺自己心中並無一般妻子此時常見的怒火中燒，或嫉妒生出的恨意，心中只是空落落，也或許是麻木，甚至是有些憐憫P，又不明白是從何生出的憐憫？是由於他真實地懊惱，如同自覺作了錯事的兒童，痛哭流涕，同時又撒潑耍賴地責怪錯都在他人？因爲此時的P褪去了一切男性的鎧甲，淚水滿面地任憑H處置的狀態？

那時H已經知道那誓言只會轉換爲食言，卻仍是默默地寬容了P。H的寬容一次又一次，終歸還是默然期待P有踐諾的一天。H的寬容其實便是她那猶存之愛吧？或許很多妻子此時會狀如潑婦，對「偷嘴」的男人劈頭蓋臉地大罵粗話，直罵到他十八輩祖宗；也或許是妒嫉婦人模樣，滿嘴的話是酸辣尖刻，同時卻是哭得梨花帶雨，撲到男人身上緊抱不放；也或許是採取「包圍戰術」，向男人的每個朋友去訴苦，央求他們看緊自家男人動向；總之是直到男人山盟海誓千萬次，對妻千哄萬哄。之後呢？是同一戲碼的再次重複——謾罵或哭訴，賠罪再重犯。

H不想做悍婦，亦不想做嫉婦或怨婦。她內心有自己的自尊。北大荒的經歷已經使她懂得，人的心理並不能眞正相通，更莫說情緒會相通。她的快樂與傷心只能屬於她自己，其實他人也如是。她即使謾罵或哭訴，也不能將自己的情緒化入他人之心。二人間若有愛，才是延續姻緣的基礎。若無愛，又何必強求？反過來，她若勸P要尊重那些和他有「露水緣」的女人，不要將女人僅看作玩物，在一般國人聽來，又豈非是H成了他人眼中的笑話？所以她只能千萬次午夜無眠，一遍遍自問她應當如何？此時是否應當揮慧劍斬斷情絲——二人離異？記得每次H都不會去爭吵，她克制一切情緒，只會問這個問題，但P的回答總是「我雖然不懂愛，雖然有許多『一夜露水』，可還是覺得你最好」。H已經記不清她對P四處留情的女人緣如此忍讓曾有過多少次？其實H如此忍讓，還有一個深藏在心的原因，那就是她自覺愧疚，始終覺得她虧欠他一份踐諾的果實。二人結緣本是爲「退步結網」，卻終是半途而廢，在人生旅程中隨風各自轉向。雖然那諾言應是二人合力完成，失約的並非僅僅是她一人，但是依她「承諾必踐」的家訓，她無意將此作爲可以寬恕自己的理由。既然自己未能踐約，那又有甚麼底氣去責怪P對她的背離？其實H這心理恰是當年M點評過的一種可能——「若她和P期待的『事業』未能實現，她將如何自處？是否是欠了P終生還不清的債？」M那晚對於H與P往事的分析，對於我也確實可說是「聽君一席話，勝讀十年書」。M的解析條理清晰，理據俱在，我十分慚愧竟然從不知那西方學界將「婦女問題」與「男女關係」看作是一門單獨學科的觀念。我若干年後才讀到，其實馬克思之說，從書齋轉爲現實運動開始，此爭議便一直存在——這「婦女」問題究竟只是「共產運動」的附屬內容，還是一門具有獨立性的議題？我先生的曾祖母參與其中，被學界公認爲她是德國對於「婦女解放」的獨特性的首倡者之一，其主張便是將「婦女」的社會意識作爲一門獨立議題。這亦彰顯我的學識與眼界仍是限於「紅布蒙眼」的一代。我們一代出生在紅色機器中，只能是井底之蛙，水中蜉蝣，不知天地之廣，天外有天，更不知過往的時光中，隱藏了多少學術的珍寶。不過我們一代女性雖可意識到自己的局限，生活中的事實卻缺乏理論可以達到的清晰。

現實中，不可否認H對P心中有愛，但那愛是否全然純粹透明，無一絲雜質？似乎也要承認不是的，由於其中依然夾雜有她對於那源於她懵懂與懦弱而引出的「過往男友」的抱歉，源於那歉意引出她始終對於與P結緣爾生的惴惴不安，亦不乏有對於未能爲「退步結網」的目標結出果實的愧疚，因而不能完全坦然自信。她常是不免歸咎於瑕疵在己，始終不能理直氣壯地責備P，同時又自覺不願將人格降低到悍婦嫉婦的水準。H知道M曾評說過她是「傻瓜」，實在是說的確切。反觀P呢？——M也曾對我說到P，經常是說時忽然一笑，我可直覺到那一笑中的含義複雜，可會意而不可言傳。H早已理解P的個性有綠林好漢黑白交錯的複雜，或更應解作是許多少年經歷文革而鑄就的性情吧，黑白混雜的亂世，邏輯混亂，一切是非全憑自己的立場而論，不過理論可以清晰無瑕疵，現實中H還是不知應如何合理又平和地解開那重重纏結？憑心而論，P對H的反應並非全然不在意，不過似乎更不在意的是放縱自己對其它女人的男性欲望。其實P對於自己的放縱或許也並非全無歉疚，否則便不會在每次放縱之後向H和盤托出，懺悔自己的「不檢點」，同時誓言不會再犯，不過P的「誓言」事實上應寫爲「食言」才更切合事實。

P通過朋友亦認識了M，或許也曾從M聽到過她關於同一題目的見解，但是同樣的話語落入不同人耳中，卻有不同的理解，在記憶中成爲重點的內容也會不同。人稱「選擇性記憶」，其實如何理解話語，也是各人自有選擇性的。人們在傾聽與回想中，往往只選擇那些自己喜歡或可用以自我辯解的內容。例如M講述的「一夜情」，常常會成爲P自辯的理由，自辯的方式是「連美國人也承認一夜情是可能接受的」，卻不提M講明的其它相關規則。此時H已經覺得心灰意冷，不願再爭吵，只是萬般苦澀自己嚥下，但又缺乏操起「慧劍」的決心。客觀而論P的運氣極好，或由於七〇年代末至八〇年代初的大陸中國姑娘也依然質樸，且同樣對於「性事」是能瞞則瞞，往往首先是自覺有羞慚，而爲守住自我名聲，罕見會因與男人的「一夜情」而到處聲張或以此要求賠償，所以P的「一夜情」也未爲他引來煩惱。雁過矣，不留蹤影，更不留情。P提議，既然是平等，我們可以各自去找自己的「一夜情」。其實華夏女人，尤其如H一般自幼受教要「潔身自律」的女人，即使承認「一夜情」並非全然無道理，也難以跨越心中障礙去嘗試，除非是遇有眞愛，不過P對此卻無法接受。P的「一夜情」自辯某日終於結束，原因自然是他有了如菟絲子般牢牢攀扯糾纏住他的姑娘。那姑娘不肯接受「一夜露水」，只想也要P的一份地久天長。

P在H懷孕期間終於跨越了「一夜情」的界限，或許這次是他運氣不佳，同時也是大陸社會男女之間交往風氣漸開，男女關係之間，女人不再如過去般羞澀地躲在暗處，全憑男人處置，而是主動且招搖，因而P終於半推半就地，有了如藤曼纏樹般的長久情人。如同許多女人一樣，無論工作中如何明敏爽利，負有聰慧之名，一旦回歸家庭便是理智爲負。H對此依然隱忍，自然亦不願腹中嬰兒如她自己一般沒有完整家庭。她曾暗暗希望P做了父親，便可以收心斂性，不再四處留情。有了女兒之後，H與P在情感重重纏結中，有了去A國再讀書的機會，離開將近三年。如今回想，將近三年分別，H在海外讀書而他在家照料女兒，這家庭的模式，似乎是顚倒了華夏傳統中的男女角色。那麼P的堅持出軌自由，是否便是出於雄性的驕傲，宣示他對於女性的優勢？或是對於H選擇留下幼女、赴海外讀書的無言報復？P對於他的性自由頗爲堅持，宣稱這是他不會放棄的權利。

H其實還是常有自思，或許是她錯了，這最終分手的結果是緣於她的海外留學？她海外留學的願望雖數經挫折，卻依然執念難消，有了女兒之後，或許她供職的國家機關，終於相信H在華夏王土有了女兒牽絆，她不會藉海外留學而「黃鶴一去無消息」，終於批准了她申請所獲的留學機會。H將剛開始牙牙學語年紀的女兒留予P與P的父母，同時也期望如同入N大的留學生一般，可以申請P與女兒隨後探親，到A國重聚。不過P猶疑再三，終於選擇留在大陸王土，他的顧慮是以他的教育與能力，在國外又能有何上進之路？不過P的拒絕究竟是眞的緣於憂心在海外的人生，只會從藍領階層開始，還是下意識地畏懼跨出他已經習慣的「人生狀態舒適圈」，還是難捨情人的牽絆與那些短暫的魚水之歡？H始終無法確定。雖然她無數次對P說，她眞心不介意他未來做什麼，是屬於藍領階層還是白領階層，在她眼中心中他永遠就是他，那個曾使她「瞬間心中一動」的男人，P依然是拒絕了，亦無更多解釋。H回想，若無這次分離，是否便可以避免P因無須在家中面對H，而毫無顧忌地公然結交情人，乃至全無規矩？甚至在H去A國留學期間，帶女友之一與H的女兒一同去探望H的舅舅家，要求過夜。她的舅舅自文革被「打倒」、去幹校「改造」結束返京重獲教職後待人極客氣，從不當面駁任何人的面子，自然應允他們過夜，但事後寫信給H，抱怨道，居然帶女友招搖到你的娘家人這裡，P這不是擺明來欺負你娘家人麼？他是真的不通人事，是太不檢點，還是紅二代出身因而太過霸道？H無以辯解，只能是自己回信爲P道歉，同時也相信P並非是有意地藉此去羞辱她的家人，而是源於他如同我們一代（尤其是其中的「紅二代」）中多數人一般，對於傳統觀念的規範確實缺乏瞭解。

H留學期間，P也有許多長長的信鴻雁般成群地飛向H。H只能模糊地記得，內容多是回顧二人往事，談及他對於H的種種幫助，也有許多自辯以及自訴。H也理解，雖家中有保姆，男人照料幼女也難免種種不易。其實P雖抱怨，卻並非不稱職的父親，他會每週末帶女兒去那時大陸中國逐漸開發的幼童遊樂園，幼童體育館，等等。稱職的同時，卻似乎依然無法消除大男人也要帶娃的委屈，而這委曲全是由於H堅持海外留學的緣故。二人曾頻繁地以書信各自表達自己的感受，本是企圖以此化解心結，但H感覺出魚雁往來造成的，卻是二人之間誤解更多於理解。最終H建議二人都停止自辯，大意是愛難以二人各自的付出與得失度量與解析，愛也必須完整。若是有愛，便不會計量，若是將愛拆成一片片地去稱斤論兩地度量二人之間各自的付出，那愛便已經七零八落，不復存在。

天安門事件發生於H在海外留學期間。那時多數大陸的海外留學生，藉此事件而向當地政府申請難民永居權。H卻拒絕了這送到面前的永居權，選擇了返回帝都，一是羞於以私利去踩踏那條路上的紅罌粟，那是他人的血所化而成的路，再者還是想彌補起自己離開後與P

的裂痕，使女兒有父母陪伴長大。H能看出P對於她回歸的欣喜，那似乎更證明了二人中P依然是佔據主宰位置，是H離不開他，而不是相反。不過或許如此亦使得P自認二人可以一如舊日，他可以在維持與H的家庭的同時維持那些情人。P與情人公開進出，一切行爲依然是不對H隱瞞分毫，甚至寬縱情人帶H的女兒去會客。P的同學曾玩笑道，「你的女兒好福氣，有好幾個媽媽呢」。P如此行爲，不知是否無意或有意地昭示他的雄性魅力依然如故，從而向H展示自己作爲男性的勝利？H也常常反思，是否自己持續的「自我完善」的努力——例如負笈海外讀書，等等，損傷到P的雄性自尊心？大陸中國，尤其是北方男人，總是以自己的成就高於妻子爲傲。若是相反，則或是在家中對妻子冷眼相向，或是在外豔遇不斷，亦可謂是一種雄性自尊心的補償吧。H不知道P到底怎樣想。P並非市井出身，譏諷H對於「自我完善」執意修讀的努力畢竟說不出口，因而H始終不能確定，P究竟是否以「豔福」不斷來證明他雄性的氣概。不過若以M的分析來推理，似乎這至少是因素之一。華夏傳統歷來允許男人一妻數妾，如今法律雖不允許，但男人擁有婚外情人的確實隨改革而愈益多見。其實這也是P心底的期望吧——即家花野花齊齊擁有，豈非是人生的圓滿？他甚至建議H去結識他的情人們。

於H卻覺得她的容忍已到盡頭，若女兒在如此「媽媽群」中長大，會不會對於何爲正常家庭全無概念？會對於家庭乃至對於作爲女人的人格自尊作何種理解？若隱忍到允許女兒在

「有好幾個媽媽」的環境中成長。於H而言，那無底線的隱忍已經並非女人由於天性使然而對愛人的隱忍與寬容，而是怯懦，是做母親的失職。若女兒自幼便在男女關係混亂的環境中成長，終有一天她可能親眼見到女兒成為性情扭曲、不懂何為正常父母關係與家庭倫理的孩子，那是她自食其無底線隱忍的惡果。那時她將無法原諒自己，且是永世無法原諒。既然世無兩全之事，無法做到「不負如來不負卿」，H只能是兩者相權，以女兒為重，決意離婚。

P雖決意不放棄性自由——即那些女友，其實並不願與H離婚。華夏男人，或大抵有類似心理——維持事實上的「一妻數妾」，或如辜鴻銘的形容「一個茶壺配四個茶碗」，那才是最恣意逍遙的境界。在H堅持下，那段起於「退步結網」的宏大心願的姻緣，終於還是以離婚為結束。從此大千世界，各尋自己的「燈火闌珊處」。P此後終於腳踏實地，先是做了實業，繼後成為上市公司雇員，藉此雖未成為巨富，但所獲適足以富裕度日。他再婚，娶了情人之一，一個婚前是宛轉柔順，只求作為P數位情人之一的姑娘。P本以為婚後依然如是，那姑娘卻在婚後一變而為嫉婦悍婦，甚至向P的朋友們以電話窮追不捨地追究其去向，惹出無數陰錯陽差的尷尬笑話，等等。不過從此P卻一改往日四處留情的公子風格，退出「露水情」的圈子，原因是新婦的嘮叨和一哭二鬧使P煩不勝煩，可是若再去離婚，豈不是成了眾朋友的笑料？H此時才理解，原來期待P可以自悟、為女兒約束雄性欲望，仍是自己的一廂情願。以自尊自律之心去忖度華夏男人，似乎是書呆子的緣木求魚了。《紅樓夢》中曾有個玩笑的「療嫉藥方」，是冰糖蒸雪梨，每日一碗，直到老死。那自然是調笑，其實治療男人四處留情的藥方，只有靠婚姻中遇到嫉婦悍婦，既然再次離婚過於丟人，P只能從此收心斂性，相安度日。不過華夏傳統女人的智慧，或許才是男女關係的眞正療嫉藥方，那便是「少年夫妻老來伴」的俗語。若妻子可以忍耐到老，而男人天然的衰老過程也使得其欲望隨年齡遞減，自然而然地便會斷了「露水情緣」，也算是「白頭偕老」了。

H帶女兒絕然離開，沒有要求獲得任何本屬於她的財物。她的舅舅聞知大怒，道，「你怎麼這麼不懂事？你這是淨身出戶！歷來男女離婚，只有犯了錯的一方才會『淨身出戶』。你這樣離開，豈不是別人都以爲離婚是由於錯全在你？」H沉默，其實她完全不在意別人的想法。她只在意她那滿頭毛髮茸茸的女兒，可以如蒲公英一般，在更寬和平靜的土地裡紮根開花。無論如何，H還是要感謝P的男子漢氣概，他爽氣地贊同女兒歸於H撫養，與H也不忘相助，例如至今會爲H郵寄些大陸書籍中的精品，當然最好的還是二人依然會聊那些P與趣中的政治議題，心無魔障阻隔。這段姻緣雖未能如願地結出煌煌史書，卻也是結了一枚這世上最美的果子。那就是那小小的女孩——H的女兒，她毛髮柔軟如蒲公英的絨毛，眼睛大而靈動，清澈如陽光下的小溪。她是H少年時所有失去的話語和夢的補償。

女兒，我講述H的故事，或許也是想表達我由此悟到的——何爲「愛」？大千世界，人海如潮，摩肩接踵，有些人是擦肩而過，有些人卻在偶然回眸的瞬間印入心中。雖是偶然，雖糾結多於欣悅，卻終是有失有得，又何妨如倉央嘉措所說，「你所擁有即擁有，失去卻不意味著失去。失去是另一種擁有，你要相信。你的失敗與偉大，新生與寂滅，猶如花開花謝，簡靜自持，珍貴永遠」。我的啓蒙老師M說，「若說我們的宇宙中眞的有神，那麼誰可以評判他人對愛的感受？或許只有神可以評判」。我想或許可以反言之，我們既然無能力評判他人，我們何妨只去感受自己的內心？去除外界加於內心的一切束縛，單純地去感受，若能感受到自己的內心，在觸及戀人之心時會全無設防，全無障礙、全無疑惑，全無負擔，全然愉悅，甚至達到全然忘我，不知今夕何夕。女兒，只要你的心可以在那瞬間綻放到無限遙遠，直達你自由的距離，那麼，那便是足夠的愛。因爲少年的愛應是自由、天眞，純粹、飽滿。

女兒，我願你有過那瞬間的體驗，那瞬間其實便是人生中「愛」的永遠。

組畫之三——「愛」的模樣——「我想念你勝過我記得你」

女兒，原諒我一支筆總是信筆由韁，那韁繩便是下筆中時起時伏的心緒。雖然我們一代長於亂世的少年，自總角受教以來受到的唯有「階級教育」——這天下惟有「階級之恨」，其次才是「階級之愛」，不存在「無緣無故的愛」，但是人性卻總是出乎那偉人與他臣屬們的控制。或者愛是上天賦予大地上一切生靈的天然能力，對人類的恩賜亦無例外。愛是人類天性之一，本能之一，無人可以剝奪，亦無人可以禁止，甚至紅色機器對我們一代的洗腦，也無法徹底洗去上帝種植於人類天性中那「愛」的密碼。女兒，我們一代「上山下鄉」之初，與你們讀中學的歲月同齡，正是人生中情竇初開的最好年紀。勞作艱難，前路渺茫，卻都擋不住某個緣分稍稍停留的路口，有癡男或是癡女靜靜地等待。那時大陸中國無論男孩還是女孩，都比如今的孩子們更爲羞澀、膽怯、小心翼翼，或是默藏在心，甚至以刻意的疏遠表達內心的貼近。記得在北大荒，似乎惟一可想的，也不過是希望在寒冷的田間休憩時，有一雙大手將一雙小手靜靜地但是緊緊地握住，那手心的溫暖緩緩地流入小手中，又順小手的經脈緩緩流入那小手主人心中，便是圓滿。愛原本超出語言，只需感覺。其實家人之愛也是相同，例如姥姥年復一年爲我存下的石榴，J姨在那綠皮列車啓動之前，交到我手中那顆顆飽滿的甜杏。

不過這原本無需語言只需感覺的「愛」，是否有足夠的力量，抵得過那集權與亂世相加產生的種種現實利益的考量？例如一個離開農田、返回城市上大學的機會？一個父母安排調去部隊的機會？甚至不過是去某小城成爲工人的機會？除此種種，還有一個當年幾乎大陸中國父母對兒女戀愛都忽略不得的考量，那便是二人是否家庭出身可以「匹配」？例如，若是紅二代與黑二代之戀，「出身」首先是難以逾越的鴻溝。按大陸中國當年階級成分劃分規則，地主的後代在履歷表中只能永遠塡寫「出身地主」，哪怕那些後代連半分土地都不擁有。文革結束後，劫後餘生的紅一代們紛紛官復原職，或因政府中缺員而官升數級，則不免更要引發涵義繁複的「門當戶對」的考量。這種種現實利益的考量，不知道拆散了當年多少雙大手與小手靜靜相牽的緣分？兩雙手甚至是來不及表達出「愛」字，便已經天各一方。女兒，你還記得我在「前書」中寫過北大荒「安養中心」麼？那裡的三百多知青都是鰥寡孤獨，神志不清，多是由於少年時雙手初牽，便被種種利益而強行拆散，從此成爲精神病人，受傷者中女人多於男人。或許這也可爲M的觀察——大陸中國男女性深層的不平等——作爲註腳吧？

其實如此緣起即滅的經歷，又何只北大荒一地？我前文中提到過王國斌先生的組畫《知青系列》，畫的正是那蓓蕾初綻、情竇初開年紀的知青。那是一組群像，覆蓋了全部知青。那些花兒即使今日還在人世，是否依然是昨日那初綻的蓓蕾？有時我會想，或許不如在那初綻之時便逝去，反而是人生更完滿的結局？

女兒，我權且稱下文片段中講述的女孩爲J。J是Y中高中部學生，與我結識全出於偶然。在那段學生們對文革意興闌珊而逐漸轉入寄興於山水的一九六八年春季，我們同班幾人晚飯後散步，走到農戶果園邊，見青杏累累壓彎枝頭。我們也明知那青杏此時入不得口，一口咬下就會酸倒滿口牙齒，卻還是忍不住淘氣，伸手去摘。Y中設在Y園多年，學生與農戶從來是安分相處，互不相擾，只有一九六八年時那春夏之交的季節是個例外，不知道是否也是學生宣洩胸中鬱悶等等說不清、道不明的複雜情緒的表象？如今回想，農戶或許是真的被學生們的肆意攪擾惹惱了，學生們屢屢越界糟蹋果園那些青澀果實，是否這幫遊手好閒的「公子哥們」眼中農民是老實可欺？這次我們手拿青杏，被農戶當場抓住。農戶並未對我們拳腳相加，只是堅持讓我們拿出現錢賠償方可放人。偏偏我們幾人當晚是身無分文。絕望之際，遇到J與同學也來閒逛，看到我們幾個陷入窘境，J向農民自告奮勇地道，她回去取錢來「贖回」我們。我們與她素不相識，她卻真的來「贖回」了我們，一路走的氣喘吁吁。

此後J似乎與我格外投緣，回程路上一手攀住我肩膀，一副大姐模樣，說「小孩兒，以後別去惹那些農民，要淘氣就來找我」。她真的有次號稱「去支援河北造反派」時帶上了我，不過我們連河北土地的邊緣都未能踏上，便被一隊河北人堵在北京入河北的邊界線上。那隊人均是身著無帽徽領章的軍裝，手中步槍平平端起對準我們。我們其實手無寸鐵。面對黑洞洞的槍口，我第一次體驗到獵物的心情，手心沁出冷汗。結局自然是我們乖乖地轉身，打道回府。回程路上J抓住我的手道，「別怕，他們就是嚇唬我們的」。

J雖也繼承了陝北姑娘的一雙「毛眼眼」，五官大方，卻並非是標準的傳統華夏美女，也並非是古人心悅的「巧笑倩兮，美目盼兮」。她如我們一代的大多女生般鍛練得身材健壯，無論是說是笑都聲音朗朗，據說她的同學稱她是「快樂源泉」，走到哪裡都惹起學生們的朗朗笑聲，卻又毫無女性的扭捏做作。她待人大方率眞，極易與人親近，卻並非是女性式的親昵。J雖非美女，卻是我心目中天使的模樣。她並非是沒有女性的溫柔，她的溫柔隱藏在爽朗之下，她的笑便是陽光的顏色，永遠是無遮無掩地坦露。她從來都是在意別人超過在意她自己。J心中滿是熱情、關懷、理解與憐憫他人。她有一顆不設防的心，心中也全無當年那些紅色政權將華夏人群人爲地以溝塹分割的成見，無論是對何人都是一視同仁，J從未在意過我的家庭出身。爲何J——一個標準的紅二代姑娘，在那只講「階級仇恨」的教育環境中，卻生成天使的模樣？若尋找解答，或許便只能歸結於上帝造物時別有心願，不願放棄那對人類的悲憫，所以祂向華夏一族送下天使，期待天使可以向那被人爲地分割成「黑」與「紅」的人間，送去普遍的善意與恩慈，J便是那天使之一。我注意到J很會與人聊天，有許多學生願意向她訴說心中煩惱，她從來是專意聆聽對方講話，從不嘲笑任何人，因而她是眾人傾訴心中苦惱的對象。但是J是否也有煩惱，或者有這個年紀的的少女暗暗生出的愛之心？需要他人可以聆聽？不過似乎周圍人都不在意觀察J的內心。爲何沒有人在意，還是只將她看作是無性別的朋友？或者，如《聖經》中的描述，天使只以靈的形態存在，天使只存在於靈界而非物質界，因而以人的肉眼凡胎無法識別？就是由於我們是肉眼凡胎，所以我們看不到J便是我們身邊的天使。當年的我們大都只是記住了J的樣貌與笑聲，卻辜負了她的靈魂。她以自己的善良，成全了所有她愛或她在意的人，唯獨未能成全她自己。

倉央嘉措歎道，「一個人需要隱藏多少秘密，才能巧妙地度過一生，這佛光閃閃的高原，三步兩步便是天堂，卻仍有那麼多人，因心事過重而走不動」。我們一代那時未見識過「佛光閃閃的高原」，更未見識過天堂，但是我們一代那時也正是年少，心中是否也會隱藏些秘密？Ｊ心中的秘密，是她對某個男性同學生出愛意，卻不敢表達，因爲她察覺到另外有個女孩也愛上了同一個男孩。Ｊ極在意那女孩，也極在意那男孩，於是她隱藏起內心的秘密。她不敢確定那男孩的心是否與她心有靈犀？卻又不願貿然去問他，只怕他若無意，她的貿然一問豈不是會使男孩尷尬？若他有意，豈不是會是傷了另一個女孩的心？Ｊ不願意傷害那個女孩，也不願傷害那男孩。她寧肯將心事一直深深藏在她明朗的笑容裡，直到某晚，三人一起坐在Ｊ家中談論各人可選擇的下鄉之地——例如是西北，還是東北？那晚已是初夏，夏初時的青杏已經接近圓熟，學生們卻已經無心再去那些果園散步，「上山下鄉」成爲學生關注的中心。Ｊ專意地聽，那是她一貫待人的方式，那二人的交談卻恰證實了那男孩已經接受了那女孩示愛，二人決意相伴去山西插隊。Ｊ雖沉默不語，卻再努力掩飾也未能忍住她奪眶而出的淚水，淚水淋漓直落，似一條扯不斷的珠鏈，那必定是她隱藏了多日的愛意化成？或者便是她深藏在心的千言萬語？她卻始終無語，匆促地跑出房間，將空間與時間一併留予那幸運的二人。爲什麼Ｊ總是會想到不願傷害他人，而他人卻全然不會探究她的內心？此後Ｊ一如往常地對待二人。她確實是無恨亦無怨。這並非是任何人之錯，只是她錯付了自己的初戀。

那二人去往陝西插隊，J則選了與另一群同學遠走內蒙草原。這期間我們無緣見面，我只見過幾張她的照片，其中之一是J背倚她的坐騎，毛茸茸的馬頸溫和地蹭著她蓬鬆的短辮，她的臉仰起，笑的純眞自然，一如我記憶中的陽光，草原的寥廓與純淨，是否完全縫合了她心中的傷口？我不知道，也不敢確定。我只聽說她遇到了將她印在心底的戀人。那是個性格溫和的同校男生，雖常是沉悶不語，卻待她溫和如春風拂過新生羔羊的絨毛。他會不聲不響地做飯洗衣，會爲她在午夜時起身照料火塘。他願陪伴她一生一世，生活在任何她選擇的地方，只要那是她的選擇。只是大陸世間塹溝重重，她與那男孩眞的可以全然有屬於自己的選擇麼？J是純正的紅二代，他卻是純正的黑二代——京郊地主之家的兒子。

女兒，我知道你難以理解我們一代少年時面對的困境——面對任何萌動的男女少年之戀，「階級出身」是一道橫亙於二人之間的溝壑，是否可以跨越那溝壑並最終得以圓滿，並非僅存於二人一念之間，而是要遭逢重重阻礙，例如父母家人的反對、周圍輿論的譏嘲，甚至是個人心中的魔障，即自幼所受紅色教育遺留的幽靈。那時我們一代只受到過「愛領袖」與「愛革命」的教育，我們一代不懂何爲正常男女之愛。那時流行的男女關係是「男大當婚，女大當嫁」，且婚嫁必是「門當戶對」才當得起是一份適宜的姻緣。這「門當戶對」在紅色政黨治下的大陸中國亦必然不離毛氏「階級論」的窠臼，即首先是「紅」與「黑」二代的區分，其次在大類別中再有細分。例如「紅色」二代中国父母級別可區分爲「上下尊卑」，例如父母爲「局級者」的兒女，必然較父母（或其中之一）爲「部級者」門楣不夠匹配，諸如此類。如今常看到倉央嘉措的一句詩，在各式網路小說中流行——「談一場只有風花雪月的戀愛」。確實，一場既無遠慮又無近憂的少年男女戀情，心中只油然而生出「不知從何起」也不知何所向的莫名之愛，才是「愛」的本意吧？當年的這些區分，亦爲男女間天然之愛設下重重禁忌與門檻，在現實中亦拆散不知多少對春日鴛鴦。

J的母親自文革起被關押審查數年，在林彪事件之後終於獲釋，即將重入紅色「仕途」。不過獲釋後母親的第一牽掛並非「仕途」，而是在鄉下務農放牧的兒女。當年從京城去內蒙草原的旅途，一如我之前形容過的輾轉、骯髒、顛簸，做母親的卻是不顧艱辛一一去尋兒女，直到在蒙古包中見面，要他們各自去辦理返城手續。對於J而言，母親的關愛既是溫暖，又是一場冰雹颶風，要拆散她與男友。若公平而論，J的母親平生爲人並非是極端的「出身論」者，並非不懂得以公正辨人，卻無法接受二人的關係。她勸J說，她「看得出那是個好男孩，一心爲你。不過你們若將關係保持下去，便終要成婚生子。若是其它出身也罷了，他可是地主出身。你可想過，你若和他結婚，你們將來出生的兒女就都是地主出身？將來會是什麼社會待遇，有誰敢說的準？只怕比過去還要糟糕，那時有什麼辦法？」J或許不敢想未來，也無從去猜測。那男孩知道她母親說得道理他無可辯駁。經歷過文革的「對聯」

與「紅八月」時期，他知道面對那架紅色機器，他的命運無法由自己決定。他主動放手。他說他沒有資格必須求得結果圓滿，分手才是愛她護她。J看著母親。母親已經腳步虛浮，兩鬢斑白，頭頂毛髮稀疏，幾年不見似乎就老了不只十歲，卻萬里迢迢一路顛簸地來尋她回家。她的心裡滿是歉疚，即使對他也是對母親，卻無法駁倒母親的邏輯。即使她本人不在意做個寸土皆無的「地主婆」，她豈能想象讓她未來的孩子背負「地主身份」，受無端折辱，終生不得開顏？J與男友在草原的蒙古包外告別，隨母親回京，那是一九七五年。無論是母親、J還是那男友，當年又如何能預料到一九七八年的政變與改革於一九七六年毛氏辭世後突如其來，實際上使J與他的人生之路有了轉折的可能？紅塵顛倒，無人能料，也無人能料到J與男友的道別，便是他們人生途中最終的道別，不久後二人便陰陽兩隔？這「無人能料」便被稱為「命運」吧？

J遵從母親安排，去了母親供職的政府機關特意為機關子弟開辦的技校，其間去實習，也無人能料她在實習之地，遭遇了她人生的劫數。實習之地是南方僻處一隅的小鎮。小鎮以花為名。遍植桐樹，春季桐花盛開，如一片片紫雲浮於半空，香氣清甜。不過小鎮雖風光極美，卻也可看作是人生前程盡頭的一站，適於「組織」用以流放異己分子。除非奉上級調令離開，這小鎮即是此處單位雇員的老死之地。J實習中在這裡結識了那單位的一個男子，按年齡也可以歸於我們一代，當年似乎是在弱冠與而立之間。那男子是自帝都「流放」至此的技師，「流放」緣於他文革中成爲「造反派」，也曾風光一時，領頭「打倒」本單位領導。如今那曾被打倒的領導官復原職，藉手中權力報復當年「造反派」，卻尋不到適當名目，且也自知報復之心可說是「名不當，言不順」，便將他以工作調動之名「流放」到這小鎮。這調動自然是藉權力之手公報私仇。他其實也是順應毛氏號令造反，又何錯之有？當年被打倒的領導們官復原職後，反轉報復當年的「造反派」其實並非罕見，「秋後算帳」也是毛氏一貫伎倆，那些復職官員報復當年造反派的一箭之仇，也是上行下效而已。文革後，大陸中國體制實際上是愈益淪爲純以權力論輸贏的舊官場風格，權力就是道理，全看握在何人手中。那處置於他自是極不公平，他卻只能是無可奈何。滿腹鬱悶，無處消解，恰恰遇上了來實習的J——世上最善於傾聽的天使。他傾訴不公，J無權力改變他的處境，也只能耐心地寬解他。J的善解人意卻不防地落入一個陷阱——由「愛」編織的陷阱。

他對J生出男性的愛心也並非不可理解。不過究竟何爲「愛」？女兒，我前面寫過，《聖經》說愛是恒久忍耐，是恩慈，是不求自己的益處。那年輕的加拿大女孩自信地說，若男友眞愛她，就是要讓她開心。J與她之前的男友其實都是如此，他們雖然愛得深沉，直達心底，卻也知道有時「放開對方」同樣是爲了愛。

不過男女性之愛也有另一種類型，那便是「佔有」的欲望，似乎以男性居多，便是寧死也不放手。例如那寫下無數充滿靈性的詩作的顧城，他無疑是深愛謝燁，卻是固守那「寧死也不願放手」的愛，最終殺妻、自殺。J的實習期即將結束，她對他說她要走了。他答說「不要走，因爲愛」。J以她一貫待人的坦誠答說，不是的。那不是愛，是同情，或者是同情多於愛，如同百分之九十與百分之十之比。那百分之十的愛，不足以讓她將自己的一切都交予他，與他纏結成一段婚緣。他必定是將J作爲他絕望的人生中唯一的陽光，黑暗中的惟一窗口，或者是維繫他與人世唯一關係的理由。無論是愛還是不愛，他都不肯放手。在他心中那是個死結。無論是善緣還是惡緣，只有結在一起才是最終結局——不能活在一起，就要死在一起。J倒在他的三稜刮刀下，據說J離去時表情平靜，惟有一雙眼睛完全睜開，凝結了驚詫與疑問，似乎直到最後一秒仍不相信他眞的會下死手。

其實從另一個角度來索解這場悲劇，也可說無論J還是他，都是文革的犧牲品。若無毛氏的「造反有理」的呼喚，他或許依然是那座帝都郊區大型國有工廠的小小技師，朝九晚五的單位雇員之一，依附於彼。雖與領導或許有些磕磕絆絆，心中抱怨，現實中卻也不可能有機會、有膽量「造反」，將領導打入牛棚，從此結下冤仇；而領導亦不可能昨日「忽入地獄」，今日又翻然重上九天，將他逼入人生死角。若無文革，J將按部就班地讀書，也無可能與他在那桐花之下相遇，聽他傾訴冤屈，從而結下孽緣。毛氏的去逝終結了文革，卻不知一場帝王爭奪天下的鬧劇，到底留下了多少人間悲劇？有人敢於統計，且在某一日公佈與眾麼？

J的生命結束於桐花盛放的季節，或許她的靈魂會穿過那天空漂浮的層層紫雲，直上九天吧？天使總是要回家的，不會久留人間。我曾在J實習之初去看過她，也見過那男子。他是文弱書生形象的男人，精緻的五官，勻稱靈活的肢體。我還記得他爬上那高高的桐樹，細細地挑揀再小心地折下一枝枝開得最美的桐花，J在樹下期待地仰起頭。我完全無法想像他文弱與精緻的外表下，有那樣強烈的佔有欲望，在他的人生詞典裡，「愛」便是獨自佔有，哪怕不惜殺死深愛之人。

J，我少年時的朋友，我記憶裡的你永遠是青澀年紀的形象。記得你曾神秘地問我，「你知道男女怎樣才會生出孩子嗎」？問時是一臉壞笑，知道我必定會答不出。記得你為我紮短辮，說「小孩，乖乖的別動。你的手太笨，連頭髮都梳不順，才沒有男孩會看得上」。你永遠在我的想念之中生活、大笑、微笑、戲謔地笑話我缺少生活常識，卻又溫柔地嘮嘮叨叨，試圖將我從「小孩兒」變為少女。你的生命結束於最好的年齡，上天在那時呼喚你回家，因為那是天使應該歸家的年齡，天使的雙翼必定永遠自由，因為我們一代中的男孩沒有人能配得上你。

女兒，我們一代似乎是受到上天詛咒的一代，也或者是那詛咒雖非針對我們，卻牽連了我們。或許你會問，你的故事都是關於姻緣的陰差陽錯，無一圓滿。難道你們就沒有嘗到過「愛」的圓滿麼？其實細想，女兒，若你問何為「愛的圓滿」？做母親深覺慚愧，因為只能答「不知道」。於我個人而言，或許愛的「圓滿」只在於人心，若心中感受到純然的愛，哪怕只有瞬間，也已經是圓滿。

女兒，我盡可能滿足你，講述一個大陸中國政局新舊交替期間「愛的圓滿」的故事。那是一九七九年末，新年與舊曆年間隔期間，也正是改革初起，知青得以重入大學之門之後。故事中的女孩我且稱作R，那時恰是一枚藉考試而得以入讀研究生院的新生。那故事中的二人初識於某列車上，似乎是極俗套又老舊的故事開頭，不過當年那偶然的緣起，確實是源於老套的列車相遇。

經歷了那人心惶惶的動亂歲月與大田勞作，跨越一座又一座懸崖，在新懸崖蔥蘢挺秀的岩柏枝椏上駐足，或許R此時坐於列車中的心境，可借用納蘭詞「人生若只如初見」，不過「初見」並非指男女新歡，而是指R與她新生活的初見。那旅行似乎恰在R與她一腳踏入的全新人生場景的蜜月期間。舊日世界似乎暫時遠去，而新世界的擾攘還未及出現。

雖是冬末臨近農曆年的急景凋年之時，此時的R卻正心境怡然地在去峨眉山的途中，不爲求仙問佛，只爲陪伴M一同去看那冬雪覆蓋時節，被稱爲秀甲天下的峨眉風景。當年國內旅行並非有錢即可購得臥鋪車票，必得有一定身份或等級限制。由於M的外教身份，R也得以有臥鋪車可乘。車中乘客多是趁假期旅行的外籍留學生。列車漸漸駛入暗夜，似乎駛入深沉的水底，R依然守在窗口。她看那暗夜中只見邊界起伏於天際的曠野，看寥廓夜空中疏朗的星，魂不守舍地迴旋在過往與今天的記憶中。似乎過去與今天同樣地不眞實，她沉溺在那不眞實的感覺中，似乎心中一時生出難得的輕鬆安然與虛幻。鄰座一個男孩或許已經看了她許久，冷不妨地移過來，坐於她對面。他生得娟秀小巧，一副同樣細巧的眼鏡配了線條清晰的鼻樑，微笑中似乎天然地帶來溫柔安靜甚至是羞澀的氣息。他自我說明他來自日本，是主修漢字語言的博士生，便與她開始閒聊，二人從夜半居然一直閒聊到凌晨。如今R已經不記得他們隨意地聊了些什麼？只記得他發現二人的姓名中都含有R的字母。忽然顯得極是開心，說「你是小R，我麼，雖然別的留學生都叫我小R，在你面前我就是大R，好嗎？」他們一群學生相約同遊之地是成都，凌晨時已經到站。M與R的旅程則將繼續。臨別時，M眼神中帶了些淘氣，問R，「你確定要繼續和我去峨眉？不要留下和他們同行麼？」那時的R只是搖頭。那時列車上陌生旅客之間往往會有不期然的閒聊，聊時完全卸下心中防備，聊得興致淋漓、忘乎所以。聊過後便各自東西，再不相遇，亦不掛懷，或許R與大R的相遇也不過是其中之一吧？不過也讓R心中存了些說不清的情緒。

重回校園，小R打開自己的一格信箱，見到躺在那裡的一封信，來自大R。二人曾交換過地址，但R說不清楚自己那時是否曾盼望有信寄自大R？還是若自此大R全無音信，她會有些爽然若失，同時是否也會從此釋然？大R的大學在N城，與小R的大學分處天南地北，在大陸中國僅有綠皮火車的年代，相距有超過一個晝夜的車程，見面不易。大R的信卻會每週準時躺在小R的信箱中，如今小R只記得內容多是日常生活的記敘與心情。他告訴R那裡餐館的魚很好吃，不過他第一次去餐館時心中很是忐忑。因爲那是日本軍隊當年屠殺、羞辱國軍與市民難以數計的城市。他擔心他們會被餐館老闆直接踢出去。不過那擔心是「小人之心」了，老闆其實待他們與其他食客一視同仁。我回信問他從餐館離去時的心情？他回信連說「很是慚愧，很是慚愧」。他的信中可以讀出他心底那爲人的良知。他寫道N城人寬和大氣，他每每走在城市街道上，便只想低下頭去，隱藏起來，因爲他爲自己的族人當年的暴行慚愧。大R生於戰後，本可與許多同代族人一般，心安理得地撇清關係，如同我們一代人中的許多紅衛兵。「紅八月」期間自己即使是動手打人，過後也依然是心安理得，自覺對那煉獄般的歲月中，無數失去的人命無須愧疚，更無須自責，因爲他們只是「響應領袖號召」而已，理所應當。他卻更如德國人一般，因族人數十年前的喪失人性而感覺愧對N城人，感覺要承擔前人罪責。他們一群日本留學生會主動去當地孤兒院作義工，爲贖本族先人造下的罪孽。

大R曾蹺課到小R的城市相聚，不過也只有寥寥幾次。記得每次難得的見面時小R會蹺課，帶大R去帝都的皇家園林遊蕩。小R帶大R去了頤和園後山的樂農軒。樂農軒只是座茅草蓋頂、原色木頭立柱的小亭子，孤零零地立於後山一角，山腳下並非奇珍異草點綴，只有迎春與丁香，簇簇黃紫點染那清冷寂寞。立於亭中惟一可俯視之處是諧趣園，不過那亭裡的晨風似乎是格外乾淨，立於那四根木柱之間，可以平心靜氣，嗅得出四處彙集而來的花香。那是熱鬧的園林中一個鮮有遊客的荒涼角落，大R問她怎會注意這地方？小R告訴他這是她母親生前最愛的去處，大R問爲何？她說記得母親說，「繁華只是瞬間，清淨寂寞才是永遠」。大R許久之後才輕聲說，「你的母親心裡一定有許多傷心，不能說，是嗎？」小R那時很訝異他居然會理解得如此感性，如此心懷憐憫，甚至超過當年做女兒的自己。她自然也帶他沿昆明湖走過那些帝王曾居住的庭院，例如玉瀾堂，告訴他雖然庭院精緻中蘊涵堂皇，卻等同於一座監獄——那是光緒帝被關押的住處。每日他只能見牆壁框出的四方藍天，聽湖水衝擊石岸，看春初庭中玉蘭抽芽、含苞、一樹繁花，最終也只是雨打風欺，片片殘花萎落入塵。

其實看古人遺跡，聯想到那些皇朝末路人的命運，確實是過於沉重的體驗。或許對於日本人，那體驗較今日大陸國人更爲沉重，尤其是對於如他充滿自責的一類日本人。大R以日語喃喃自語，我雖不懂，卻看出他表情的沉重。只好換了話題，說你有沒有注意，爲什麼帝后住處種了玉蘭，之後的院落卻是海棠樹？大R愣住，猶疑地說「不然不會太單調？是爲了搭配景致吧？」小R笑道，「你是專修中文的博士生哦，不知道玉蘭花在漢語傳統語境中代表端莊典雅，所以必是正妻住所才可擁有。海棠則是嫵媚妖嬈，正適合妾居處。據說海棠樹若與玉蘭植於同一園中，海棠樹便會逐漸枯萎，你眞的不知道」？大R溫和地笑，說「我原來打了敗仗呢！」他的笑總是溫和，隱含了寵溺，似乎用眼神輕輕撫摸小R的頭頂。

與小R與周圍同學朋友們聊天，話題從來不離政局或政治議題不同，二人從來是風輕雲淡地閒聊，從不涉及政治議題，使小R心境輕鬆，恍然覺得身處另一個世界，那世界平和恬然，似乎可以呼吸得更爲輕鬆，或許人生之境本應如此，不應拘泥於泥淖中尋路的困擾。小R爲滿足大R的多次相邀——說他的朋友們都想見到大R的「幸運星」，終於去了他入讀的N大相聚。見過他的朋友們——來自不同國家的留學生，大R悄聲說，「朋友們都羨慕我的好運呢，你是最美的一顆幸運星」。小R注意到他同時羞紅的臉頰。之後他的臉更紅，幾乎是耳語地問，「我可以吻你一下麼？只是一下？」此時的R難道心中便消失了她對於其他男友的歉意，全然忘記她對其他男友的承諾麼？不是的。不過她從未體驗過世界可以如此雲淡風輕的平和，更從未體驗過男性可以是如此的溫柔，如此對女性小心翼翼，如同R是世上最珍貴的瓷器。她歷來周圍的同學朋友，都是以強壯、豪爽、粗曠率直作爲男性的標籤，也以此標籤以強力征服女性。溫柔、羞澀、小心翼翼似乎都不應屬於男子。面對大R如此的溫柔與羞澀，她第一次體驗到心被融化的感覺，又似乎是一顆心被那溫柔狠狠地一撞，衝破一切阻礙，如瀑布直達心底，衝垮她心中一切沉重的負擔建起的圍欄。她的心第一次再無防線，也再無「自我」。女兒，若談「性」與「愛」的關係，小R也是首次眞實地懂得了爲何M說大陸中國男人（起碼是我們一代的男人）的性行爲粗魯甚至強暴，如同獸類。

其實，若公平而論，似也不能責怪大陸中國男子是天生性情粗劣、冥頑不靈。他們的天性錯失在自幼生長於斯的粗劣土質中。我們一代中的男性，在紅色教育中崇尚剛硬豪邁的氣概，在文革中則追求粗魯暴戾乃至殘忍，而在華夏傳統中，好男兒則是赳赳武夫或江湖硬漢，女性生長於如此環境中，似乎從未體驗過溫柔與愛意，在現實生活中是如何感受？又有怎樣的表達？他們又如何自然而然地懂得何為審美？何為溫柔？數年後，小R在A國做學生期間，在店鋪中偶然地聽到一對大陸夫婦一同購物時的對話。那對夫婦與小R同住一所學生大院，亦是來自帝都。男人是哲學系博士生，是彬彬有禮的標準學生模樣。女人則極善管家，開朗熱情，常會邀我們去吃她的餃子烙餅。他們的對話發生在留學生獎學金發佈後的日子，男人顯然是留學生獎學金榜上有名，因而語調中頗有些自得，道「老婆，你想要什麼？隨便挑！爽快挑，哥們掏錢！」那女人聽來也是歡歡喜喜，道，「就是，我老公就是能幹」。那男人就笑了，說「就是，哥們的能力不是吹的，就是能掙到錢，掙到獎學金！」事後小R不免想這便是大陸男人表達愛的方式吧？不能說不是誠心誠意。不過那非她心中想念的愛的表達。她想念的是那一分似水溫柔，與「掏錢」無關。

一九八〇年時，大陸中國的女性與國外男性往來屬於「違法」，雖然不知道具體是依據何法？這一條不成文的「違法」，終於經鄧小平決定於一九八三年廢止，緣於為此引發的「李爽事件」曾在國際上鬧得沸沸揚揚。大R與小R的交往卻是在那廢止決定發生之前。不過那時文革摧毀的社會秩序剛剛開始重建，絕不如習氏藉今日新科技力推的「天網工程」那般，可以直接監視到任一小民的日常。二人的往來從冬至夏，並未引到任何大陸警方監控，直到二人因行爲不愼而撞到了網上。暑假期間，學生們紛紛外出遊玩。大R提議與小R去趟承德與北戴河海邊。承德皇家園林的歷史建築盛名已久，而北戴河的名聲因毛氏而帶些神秘色彩，想必作爲專修漢語的大R都是極有吸引力。二人一路愉悅，卻在抵達北戴河的當晚遇上了痲煩。在旅館過夜須出示個人證件，這本是大陸中國的慣例，在文革中卻並非嚴格執行。或許北戴河仍屬於「敏感」之地，嚴格審查不可免。看過小R的學生證，旅館拒絕小R留宿，亦未說理由，只是斷然拒絕。二人只得離開旅館，決定去海灘過夜。初達海灘時，二人依然興致未減，靜坐海灘，聽潮起潮落、看星辰交錯，相比旅館房間是別有洞天。「金風玉露一相逢，便勝卻人間無數」，何嘗不是最美的境界。

北戴河歷來稱爲避暑勝地，並非是浪得虛名。夜半過後長風自北方來，似是帶來極北萬年不化的冰霜寒意。二人皆是畏寒的體質，又身無禦寒衣物。海灘平坦，無處躲避，只好躺平，將身體埋入層層沙中。那風中寒氣其實是無縫不入，以沙抵擋是權作安慰而已，不過苦中作樂其實依然是樂在其間。「寒夜」無眠，平躺沙中，難得地可以將星空直看到無際無涯。小R雖兒時讀過古希臘人的星座故事，卻讀得一知半解，且停留在紙上談兵的水準，並不認識星座。大R便提議教小R辨識星座，小R卻說自己是「方位盲」，會是最笨的學生，不如他來講星座故事吧？記得大R應答說那就講個幸福的故事吧，於是他講了金牛座。小R說她就是金牛座的嬰兒。暗夜中可以聽到大R溫和的笑聲，溫柔卻帶些猶疑地說「我們……會運氣很好」。大R接下來卻講了處女座，說他最恨人類的墮落，若無墮落，這人世就不會出現潘朵拉魔盒，帶來災害瘟疫戰爭，又說他最愛的女神便是處女座天神，因為她甘願代人類受罰，永生長跪懇求天神寬恕人類。說過故事，他伸臂環住小R，悄聲說每個女孩都是女神，小R也是，因為她們更懂得憐憫，懂得寬恕。記憶裡那是他見面時說話最多的一次，因為他的中文口語不如書寫時的流利，帶了日文發音，他會時常停下來矯正自己，將讀錯的字重複一次。

小R不記得他們在海灘看過日出，也可能看過，卻未有想像中的輝煌？她只記得大R在那日清晨便去買早點，用外衣小心包起。看到在海灘上鋪開外衣後早餐依然有淡淡的熱氣，大R似乎很是得意，帶些淘氣的神情，說「加油アーザーアーザーファイトー」（即朋友間玩笑時男孩子常說的「加油加油」）。二人相對坐於海灘面對依然溫暖的早餐，大R似乎已然忘記了夜間的寒冷，如孩子般的喜笑顏開。小R卻想起可能是兒時不知怎樣記住的一首詞，起句是「並刀如水，吳鹽勝雪，纖手破新橙」，一直未忘那詞中景象帶來的溫馨——燈光朦朧下二人靜坐，似乎這世間唯有橙香與鹽花的溫柔，其它都是閒事。大R問她在想什麼？她道是雖然明知是妄想，可還是想這天地霎時消失，惟餘二人靜坐，哪怕片刻也好。小

R在離去時，悄悄祈求那旅館的遭遇如海浪沖刷沙灘般，在官方記錄中未留下痕跡。大R可能對於大陸中國的員警監管系統毫無概念，因而無任何憂心。不過小R是懂得那天羅地網，其實永遠在咫尺之外守候獵物，只盼他們二人是漏網之魚。他們未能有漏網之魚的幸運。他們不慎的痕跡還是留下了。將近一周後，大R未事先告知便來到帝都，卻未直接找小R，只是另找人傳信，寫道已經有員警到過N大，且告誡他不要再與小R有任何聯繫。奇怪的是警方始終未來找過小R，慣例上大陸公民總是先被懲罰，甚至是遣送勞教的一方。至今不能確定是由於當時旅館只記錄了他的證件號碼，而小R未留有記錄，還是她的大學爲她抵擋了警方查詢？警方警告大R，若繼續與那女孩聯繫，則將強令N大終結他的學生簽證，且他會被驅逐出境。他在信中留了他離京將乘坐的車次與車廂號，小R留意到他選了當日最晚離京的車次，是午夜時分。夜色或許是最好的保護，起碼使小R心中有自欺欺人的安心。她永遠記得那時他坐入車廂，她立於月臺。他努力伸長手臂，盡力想環住她的肩，卻只能撫摸到她的頭頂。那撫摸一如往日小心翼翼的柔和，如同手下是一件稀世瓷器。燈光依稀之下，他面色白到沒有一絲血色，滿面淚水映得閃爍不斷，於是小R告訴他，她的家人告別時的傳統是微笑，不流淚。淚水藏在心裡，微笑送給將遠行之人，無聲地安撫遠行的那顆心。大R點頭表示同意，努力一笑，卻還是止不住成串落下的淚水。兩人相對無言，車上與車下，一邊是淚水在臉上，一邊是淚水在心裡。若從她幼年開始計算，小R心中積蓄的淚水不知是否已經超出她本人的身高？

女兒，那一晚分手的情景距今已經超過二十年，小R卻依然記得那時心中的寒意。那寒意之痛蝕骨刻心，終生刻在小R心中的一角，那冰寒的一角永遠不會再重獲溫暖。女兒，這便是那歷時短暫的故事。他們在列車中相遇，在列車前分手，從此再未能見面。不過隔開他們的並非是列車，而是那紅色體制打造的牢籠，即使那道籠壁呈現透明狀態，它也依然是無聲無息地立在那裡。你若再問一次，自由的邊界在哪裡？於牢籠中人而言，便是個人與籠壁間的距離。在個人不與那紅色體制衝突時，那籠壁可以退到遠處，讓你忘記它其實是始終立在那裡等待它的獵物。

分手後，他的信仍然是每週躺在她的信箱中等待。他盡速完成了論文在大陸的fieldwork，回去日本答辯。他信中總是說「你等我」，不過那籠壁絲毫沒有鬆動的跡象。自那一晚告別，小R的心神似乎一直凍結在那個午夜，魂不守舍地度過每一堂課，每一次考試，似乎那是另一個機械人在代替她活動。直到日本的又一個櫻花季節，他依然在說「你等我」。在那無望的期待中，小R終於想通了一個道理——她不能如當年J的男友那般寧死不放手，放手也是愛，不要把深愛之人用自己的心鎖在牢籠裡。大R原本並非是籠中人。若以愛將他拖進牢籠，成爲獵物，那麼自己便成爲牢籠的幫兇，那不應是她的人生選擇。若是眞愛，就要放手。讓魚兒重新游入大海，讓牢籠或漁網落空。將自己的想念留在心中已經是足夠。她要懂得，要告誡自己「愛是恩慈」，愛的瞬間便已經是愛的永遠。小R告訴了大R她的領悟，大R回信道，「櫻花盛放只有瞬間。你是清晨櫻花瓣上的露水，永遠的露水，永遠隨櫻花一起年年回歸——我的小R」。

他們從此不再通信。其實數年之後，藉大陸中國改革開放的幸運，小R終於脫離牢籠，去往異國安家，爲工作輾轉數國，也曾去日本暫住，卻從未去找過大R，甚至從未生出再次見面的念頭。如今的她相信愛不一定必須佔有，不一定必須一生一世一起度過，更不必定要白首偕老。自然，若能因愛結髮直到白首偕老，那自是上天的恩慈，但若不能——例如當年跨不出紅色政權設下的牢籠的小R，也不必終生怨尤。愛只需感受過，只需珍藏那感受的瞬間，只需在心裡永遠留下想念中的模樣，那就已經足夠。女兒，不知道你是否同意？

那時的小R將她與大R的結束告訴了M。M其時正認識了不只一對「跨國情侶」。各自結局不同，但多是被警方強行分割，其中幸運的一對是位法國外教與位蒙族姑娘。蒙人曾跨馬舞刀橫掃天下，將蒙古大帝統治的疆域，直劃到今日的中歐大地，其間蒙人兵將必定或強迫或自願地結下過許多異族姻緣。那蒙族姑娘似乎是多國血脈融合所結的果子，有黑藍紫色彩融合的瞳仁，小巧卻豐滿的唇線，純情一笑如水晶石結成的花兒霎時盛放。她的幸運緣於父親是蒙人中著名的貴族血統嫡傳後人，當年大陸官方亦不願觸其逆鱗。不過她與那法國男人的婚姻，是否之後眞如白馬王子與公主的美滿？據說那初見時的情愛之火，終未能敵過歲月的消磨。記得當時聽過小R的敘述，M忽然出神一笑，對小R說，「其實火車當晚我就看出來了。一直想說你要想好。在日本做女人、做妻子要對男人恭恭敬敬，不一定是好選擇啊」。其實小R與大R結識以來從頭至尾都未想到過那長遠的未來。

不過M的玩笑使她聯想到一次與他的日本同學一起閒話，N城是華夏公認的三大火爐之一，於是紛紛說要去買冰棒解暑。學生之一建議不如由我去，因爲距離最近的那家店鋪賣貨的「前輩」（這是日本人對老年人常用的稱呼），明顯地聽不懂他們的口音。小R笑著答應，大R便領她穿過校園，站在校門前直看她尋到店鋪，手捧滿滿一大紙盒冰棒，再由大R接過，一同返回。之後學生們一直笑得不停，笑後卻對小R說「對不起」。小R只覺莫名所以，眾人解釋道，據說大陸女學生對待男生很兇悍，於是打賭看小R是否肯聽話去買冰棒？大R也只是笑，邊笑邊說「我贏了，贏了呢」。如今回想那時種種，心中雖不免有往事不堪回首的惆悵，卻又想不要貪婪，有「愛」記在心便已經足夠。例如電影《魂斷藍橋》中的姑娘瑪拉，用死亡贖回了那被戰爭割斷的愛，使那愛洗淨塵埃，成爲永遠。《廊橋遺夢》中的法蘭西斯卡，也是以放手來成全戀人的自由與自己心中深藏的愛。假設瑪拉與法蘭西斯卡選擇相反之路，堅持要將那愛變爲現實婚姻，可以想像出那將會是何種結果麼？或許婚姻可以實現，但那無形無質的「愛」會否被堅硬的現實逐漸銷磨，或扭曲得失了原始的純淨？

七〇年代末八〇年代初之交，我們一代中大多已經進入華夏傳統中「男大當婚，女大當嫁」的年齡。女兒，那時我們一代的觀念依然傳統，特別是女性，似乎結婚成家是人生必須，若身爲女性卻大齡（通指超過二十五歲者）未婚，或終生單身，便是人生失敗者，會遭左鄰右舍甚至親戚暗暗嘲笑。於是父母自覺壓力如山，請親戚朋友一致努力促成返城兒女的婚姻大事。促成之法也無非是分頭尋找那些「門戶」大致相當，年齡大致相當，最好是相貌也大致可相看兩不厭的單身男女湊在一起。安排二人初次見面的過程便俗稱爲「相親」。草草相親，若是成功，則之後或再「交往」一二次後，便可二人完婚，父母也算是可放下心頭壓力。原本素不相識的二人，如此倉促地住於同一房檐下，是否眞的可以和諧相處？我自然無法一一評價，相信其中必有月下老人牽對的紅線，亦有錯牽的姻緣。除去那些「政治原因」導致的離異外——且其中許多是由「組織」強迫、威逼利誘而不得不離，七〇年代末八〇年代初時，大陸中國夫妻離異尚是罕見。離過婚的女性在社會輿論中往往成爲「賤民」，從此人人避之不及，甚至連父母亦不肯諒解。相信M所觀察到的大陸中國的男女不平等也可覆蓋這一現象。結果是多數女人不得不選擇忍耐，輕者是忍耐男人的懶惰、不潔的生活習慣，例如抽煙嗜酒，自己則包攬一應家務——做飯清潔洗衣，等等，且那是在如男人一般的整日工作之後，仍要付出的體力時間。重者則要忍耐男人的暴躁情性、拳腳相向，乃至男人四處拈花惹草的惡習，女人也只能將這些家中齷齪默默承受，在外工作單位中依然是戴上一副微笑的假面。女性們一旦有了兒女，便更多了一層牽掛，唯恐孩子會生長在單親家庭，因而即使心中有離婚的願望也要忍耐到兒女成人，至少是考過大學之後。

女兒，你一定記得我的朋友——你稱爲D阿姨。我想她是大陸中國傳統女人中忍耐與恒心的典型，她的夫婿是性情暴躁與懶惰的所謂「北京爺」的典型。甚至連二人的女兒都勸她離婚，她卻始終平和地微笑，將日復一日的家庭生活過下去，以她的忍讓維繫了那段姻緣。如今那男人病弱，她照顧他，操持一應家務，微笑與平和一如往常。那男人終於懂得她才是他每日生活的依靠，甚至連她偶爾出門都要依依不捨，如同嬰兒戀母。二人終是守到了「白頭偕老」的歲月。「子非魚，安知魚之樂？」每人每日的喜怒哀樂都是「如魚飲水，冷暖自知」而已。哪怕是再好的朋友，我亦無權利評判他人婚姻。不過，女兒，於我而言，我難以接受這便是大陸中國女人天經地義的人生樣貌。這樣的「白頭偕老」，難道便是我們一代唯一應有的期待麼？我知道你會說「不是的」，但是無以數計的大陸女人，卻將這樣的人生模式維持了一生，爲名聲，爲兒女，一忍再忍。

待到體制改革使得離婚不再艱難重重後，我們一代中還是有許多女性，終於不願再以忍耐終老。哪怕晚年孤身一人，亦選擇離異，得以享受那片刻的身心自由。讀到過一篇網上流傳文章，提及大陸中國二〇一九年最大十座城市平均離婚率約爲30%，以帝都之離婚率居首，達到39%。我無能確認此處統計數字是否準確。不過有許多學者文章承認離婚率上升事實的，例如「近年來，中國結婚率不斷下降而離婚率持續走高已是不爭的事實。截至二〇一九年，我國的離婚率連續六年上漲」。[5]亦見到有文章提及離婚人群中居然以中老年人居多。中老年人結儷半生，卻選擇離異，在華夏傳統中並不常見，不過我可以理解。那些倉促成婚的夫妻日日相對，俗話常說「日久生情」，其實難道就不會相看兩相厭，日久生怨更甚？文中所謂「近年來」，大約是指九〇年代，之後則是千禧年後的十年。那正是我們一代之中大多數年屆退休，兒女成人的年代。我們一代中許多女人忍耐大半生，直等到兒女成人，終於覺得此生義務已經皆盡到，於是選擇了自由，哪怕是晚年獨居，亦勝過終生在忍耐中度過。寫到這裡，千禧年後的第二個十年也已經成爲過去，我們一代中人年長者已經是七旬已過，古人或謂是「古稀之年」，或謂之曰「從心所欲，不逾矩」的年歲。既然年輕時無從選擇，那麼年老爲何不嘗試「從心所欲」？近日見網上流傳大陸中國以上海女性開風氣之先，老年人單身後施行「走婚」，即無論是新友還是舊識，興致起時便相交幾日，同食同住，之後各歸各家，互不糾纏。若覺相和，便如此循環往復，既是友情又是獨立，又何嘗不是對於我們一代少年時缺失人生和暖、又缺失選擇自由的一種補償？

女兒，回首往事，自覺我們一代無論是自願還是強迫，無論是有愛還是無愛，或是在愛與責任間徘徊糾結，都是活得過於沉重。我們一代自幼被灌輸的紅色教育，使我們終生與那些本不應該屬於我們的「革命」責任捆綁在一起。其實何爲「國」，何爲「家」，何爲「個人」？三者中，何為輕，何為重，何為選擇的自由？我們一代始終處於人世扭曲之中，使得我們本該擁有的少年男女之愛失去了風的單純，雨的清透。今天聽到一首歌，讓我感覺即是酸澀又是釋然。那歌詞道，「我吹過你吹過的風，這算不算相擁？我走過你走過的路，這算不算相逢？」我想這便是我心中愛的模樣吧，有瞬間的感受就已經足夠。一定不要阻礙所愛之人，同樣地享受那風的自由，行路的自由。如我一直相信的，那瞬間便是永遠。或者如倉央嘉措從那蓮花座上走下，告別所愛之人，「我願為你顛倒紅塵，這是你我的命運。有一日，當你登臨高峰，面向大海，你會看到一個雲遊四方的行僧。你的眼中有他，他卻在回眸之間將你印入了心底。他是你的，倉央嘉措」。

女兒，我借六世達賴喇嘛倉央嘉措的詩，結束我講述的「愛」與「不愛」的往事。佛說「一花一世界」，事實上亦是一人一世界，我們一代數千萬個人的世界，我何來能力一一瞭解？女兒，我的那組小畫雖只是浮光掠影，琵琶半掩，但願也可使你與你的同代人，領略到我們一代為何與那「風花雪月的戀愛」無緣，或曰永遠是錯過了那緣分？原諒我依然借用倉央嘉措絕筆時的句子吧，「每一顆心生來就是孤單而殘缺的，多數帶著這種殘缺度過一生，只因與能使它圓滿的另一半相遇時，不是疏忽錯過，就是已失去了擁有它的資格」。

女兒，我相信上蒼在我們一代落生人間時也曾賦予我們人類天性中的愛，但是那愛在我們一代的少年旅程中卻被外界強力切割、扭曲得面目全非，我們一代在人性本應花蕾初綻的年齡，卻與愛的緣分或錯過，或被碾軋，其實是「紅色教育」與那場「紅色革命」相加而成的苦果之一。

我們那時正年少之三　氾濫成災的「性」——「在山泉水清，出山泉水濁」

女兒，你記得我前面寫道，M曾在與我的某次閒聊中歎說，「我發覺大陸中國對於『性事』的處置，也是兩個極端併存的地方，我過去沒想到是這樣的」。之後她又自問自答，道，「在一個正當的『性』教育完全是空白的社會裡，一旦有機會，『性』就會氾濫成災，不過那會是什麼形式的災難呢？——我不知道」。M也曾半開玩笑地評論過，大陸女性有種極度的個性矛盾——「這簡直是人格分裂症吧」。女兒，M當時指的「兩個極端併存」便是那紅色政權對於「性」的雙重標準，那是極端的等級標準，即「性」與「愛」教育對少年是空白，對底層小民是禁忌甚或是罪行，但對毛氏與「組織」的上層成員卻是司空見慣的「小節」之事。M所指的「女性個性極度矛盾」，則是指大陸女性人格與行為中遵從的不同標準——在工作中與男性看齊，但在性事與家庭關係中甘居於男性權威之下。不幸M這兩句觀察疊加的效果，在極權體制下逐漸融和、發酵，如今成為大陸中國官場上中下層均是腐敗下的現實場景之一。隨紅色政權執政日久，繼「文革」結束、「改革」開始之後，那「兩個極端併存」與「女性的矛盾」，已經逐漸衍生出人性與道德標準的極端分裂，而那分裂與等級體制的延續，繼而演化為大陸中國社會無數層級折疊交錯的齷齪場景。女兒，我無能在此衍生出整本新的《二十年目睹之怪現狀》。我只嘗試對那些重重折疊場景的橫切面略作綜述，且看作是補足我啓蒙老師M當年那有觀察與提問卻未有答案的思考，亦是惟願你們略有理解，因而可有戒心，且遠避之。

華夏女性歷來不僅是容貌可閉月羞花，且才情並茂，性情溫婉與堅忍忠貞併存，不過數千年來確實始終是「第二性」式的存在。不可否認中共政權確實是推崇男女是平等勞動力，自毛氏入紫禁城為帝王以來便仿蘇俄模式，「不勞動者不得食」，因而鄉村中凡成年男女均無差別地統計為勞力，城市中則成年男女一律進入不同單位成為雇員，無差別地悉遵單位調遣。單位中的升遷，因種種原因則往往是男士優先。其中原因之一是女性既要承擔家務又要生兒育女，因而在兒女年幼時不免顧此失彼。最終女性在單位職位升遷過程中落敗，理由往往是「女性進取能力不足」，於是女性在單位等級階梯中亦成為「第二性」，即成為男性上級之下屬。其實日久天長，女性並非看不到結果的不公。許多女性論能力是巾幗不讓鬚眉，為何永遠屈居男人之下？難道升遷標準不是應公平相待兩性？待到大陸中國官場遍地腐敗之時，女性看到同單位的男性坐於權力之巔，得以權力尋租，獲得腐敗利益難以數計。為何女人不可「權力尋租」，難道利益必得盡數歸男性所獲得？既然女人得不到體制等級階梯中的平等權力，是否另有與權力交換的「尋租」之物？身爲女人，或許自己的姿色與身體便是惟一男人沒有的資產？反觀男性，隨權力愈高，則獲得「黃白之物」便愈是容易，隨之則物欲、財欲、色欲愈是高漲。權利愈高者則色欲愈狂，且愈是貪得無厭，如此循環往復，水漲船高，永無止境。

華夏歷來有男子可公然地去尋婚姻之外魚水之歡的去處——青樓。青樓妓女，才藝絕佳，風華絕代。有妓人賣藝不賣身，但亦有妓人明碼標價地賣藝賣身。青樓引來「盡折腰」的貴公子無數，並不必然以此爲恥。更有青樓妓女以相貌、才藝與風骨自立於世，面臨民族滅頂之災時傲骨遠勝鬚眉，成爲千古佳話，例如秦淮女李香君、柳如是。華夏歷來是等級折疊的社會，官貴民賤，紅色政權繼承華夏江山後並未改變，因此底層賣娼的女性亦從古至今始終存在。她們爲供養兒女家人，不得不接納男性粗鄙蹂躪，且要承受他人恥笑。其實究竟是這些出賣自身爲他人活命的女性無恥，還是那社會無恥？中共政權建立之後便取締一應青樓行業，名曰「婦女解放」。難道婦女從此眞正得以解放？進入單位成爲男性上級下屬的女性，是否能逃避成爲男性獵物的命運？女兒，還記得我前面講述的那位「豆蔻梢頭」的女孩進入單位後的遭遇麼？不知道遭遇類似的女性單位屬員還有多少？前幾日國際上有條一石激起千層浪的新聞，即是國際賽事中，數次獲女子網球冠軍的彭帥，對某國家頂級官員對其性騷擾的公開指責。雖然之後彭帥本人出面否認，但又何知那不是權力壓制的結果？難道中共執掌華夏後取締了青樓，大陸紅色中國就眞的再無事實上的青樓？帝都皇城中南海那聞名的週末舞會，其實是始於上世紀三〇年代的延安，繼而至西柏坡中共新建根據地，後延續至中南海皇城。其時的大陸中國，先是國軍浴血力戰入侵日軍之時，繼之是國共戰爭期間，華夏山河皆是寸寸血染，那是華夏士兵與百姓之血，但屢屢自我號稱代表華夏百姓利益的毛氏與其顯要臣屬卻興致未減，依然將那週末舞會持續不休，維持到底。每逢週末便由「組織」將悉心挑選的女性舞伴——來自紅色軍隊各文工團的演員們，恰人人都是明眸皓齒、秀色可餐的年紀，送入那些紅色貴人的舞場。舞會通常持續到夜半已過，正是「國色朝酣酒，天香夜染衣」。這與舊日達官貴人招青樓舞妓的遊樂，眞有什麼不同麼？

女兒，前面我寫過文革期間執掌權力的官員們那場體驗——先是一夕間落入十八層地獄，權力全失，潦倒落魄，之後又重回官身，甚至官升數級，可肆意報復「造反派」。這體驗對大多數官員未帶來任何反思，只翻手將那些「造反派」戴上「反革命」、「壞分子」的枷鎖，報一箭之仇便罷。他們難道不應反思其治下百姓，爲何在文革時表現出對他們恨意滿胸？他們是否自身確有錯處，應痛改前非，使公義得彰？經歷文革，他們領悟到的是權力之可貴，但權力亦可能失去。一旦失去，他們便會是百姓仇恨的標靶，下場甚至不如平頭百姓。於是他們一是拼命攬住權力，在權力階梯上盡力向高處攀爬，再是藉權力儘快「尋租」——獲得權力可爲私人與兒女帶來的最大收益，且財富與女人，缺一不可，而財富尤爲重要，有財富自然不愁引不到美貌女人。文革後的官場加速腐敗，從上到下做事敷衍塞責，買官鬻爵大行其道，一意尋找權力尋租的發財路徑。我並非是否認那些官員中全無反思之人，全無自覺「昨日之非」且誠意改錯之人，只是如此天良未泯的官員，確是如珍禽般稀少。女兒，遺憾我知道的僅有你奶奶一人。

她於抗日戰爭時期爲抗日而投奔延安，成爲「紅一代」中人。她曾在一九五九年遵詔令批判彭德懷將軍的「組織」會議中公然質疑那詔令，因而遭到懲戒。文革後她被任命爲T部平反冤案的主管官員。爲王佩英女士[6]徹底平反——即消除一切罪名，便是在她的一力主張下才得以實現。晚年的她對於中共官場失望至極，以雙耳全聾爲理由，不再去參加任何黨的活動或會議。女兒，她曾對你說「這個黨，已經不是我剛剛加入的那個黨了」。你還記得這句話麼？她只對你說，想來也是知道你這個自幼在異國長大的孩子不懂那涵義，聽過也不會在意吧？你悄悄將那話告訴我，我不覺想到「秋風寶劍孤臣淚，落日旌旗大將壇」的意境，歎息你奶奶看得透徹，說得坦白無隱，或許也有「恨鐵不成鋼」的怨憤，只是她又能如何？她青年時的一顆耿耿報國之心，只餘一片蒼涼，老來只見國殤民殘。可憐她只是「孤臣」，人老力衰，只能潔身自好，保有一顆孤臣心。

官場之中，權力腐敗與道德敗壞本是一雙孿生兄弟，官員們的女性下屬避不開男性上級的色欲淫欲。最終她們領悟到作爲女人也可以「反向尋租」，即租出的是自己的身體，換回的則是官員爲滿足自己的淫欲而不得不付出的「交易成本」。經過那迂迴曲折交易方式，女性終於可以藉擺佈官員而迂迴獲得他們執掌的權力，隨權力而來的則不乏「黃白之物」，以及如同帝王寵妃般的奢華生活。華夏歷史中亦不鮮見類似事例，即亡國帝王寵溺女性。正史中總是將罪責首先歸咎於女性，例如妲己、楊貴妃，等等，總之華夏傳統永遠是斥責女性道德敗壞誘惑男性。女兒，若從女性的角度反向解讀，對於持此類生存之道的女性低層級官員，是否可以看作是女性對於始終以男性爲第一權威、而女性永遠是輔助角色的體制的報復？大陸中國至千禧年後，官場中權力之間相互交易、利益互換，已逐漸成爲「權力尋租」的便利路徑，因而女性爲尋到更多財路，亦不免產生「租客」多多益善的念頭。那些官員們如同青樓客人，因而並無「一生一世一雙人」的愛戀，並非必定要獨霸其一女性下屬，而是共用亦可。以現代詞彙或可謂是「資源分享」，各自增加所謂的「人脈網路」，藉此增加敲開不同行業或不同機會之間利益大門的便利。於是情婦與情夫官員之間，逐漸織出以利益爲經緯線的網路，不分彼此地共用。百姓一時譏嘲爲「公共情婦」與「公共情夫」。如此事例無論是網路還是官媒均廣有報導流傳。女兒，如此齷齪的大陸中國官場景象亦可謂爲「世上大觀」，無奇不有。我並非是想在此將大陸官場腐敗渲染成篇，只是身爲女性，不免爲那些身陷權力體制中的女性們生出些混雜的情緒，同情、悲哀與憐憫遠多於厭惡譴責。我遺憾那些無論是官方還是民間的報導中，對「公共情婦」充滿謾罵羞辱，其程度遠多於針對那些「公共情夫」的指責。為什麼輿論是如此的不公？為什麼那些執掌權力的男人會遭受的指責，遠遜於那些女性遭受的羞辱？「情婦」與「情夫」之間造成的畸形關係，究竟是何為根本？何為源頭？又是何為弱勢一方？

回想起當年M那番閒談，她說時可能只是無心帶過，不幸卻是被她言中。大陸中國的體制下，表面是男女平等，男女性共於同一單位工作，但其實是女性始終是壓抑於男性威權之下。同時在這一體制中，學校乃至社會輿論對於「性」行為的教育、規則與規範，始終是完全空白，其中或亦有華夏千年男權意識的幽靈未除，最終會是怎樣一副社會場景？M與我那番閒聊已經過去四十年，如今的大陸官場場景，便是M那一問的答案。無權力的女性在體制之中，若想對私人利益有所斬獲，甚或是對男性始終是第一性的狀態心有不甘，或有心報復，便是以自身唯一的資本——女性的身體，與男性執掌的權力去交換。紅色政權建政之初被中共取締的青樓，已經無聲無息地復活，實質是復活在大陸中共官場中。這是否可看作是大陸中國體制下，女性無意識中發起的報復？或者是人性天然生出的報復？若問我對此衍生出的齷齪場景是否有厭惡？自然會有，不過我的厭惡並不在於女性發起報復，而在於前面曾幾次在文中的感歎——墨染的泥淖中，眞的能開出瑩潔透明的蓮花麼？我看到那些從未體驗到何爲公正、公平、公義地競爭女性——她們是在墨染泥淖中長大的女性，她們向男性看齊，同樣地野心勃勃，試圖「平等地」與泥淖中的男性競爭權力與財富。於是她們自然而然地，選擇了她們惟一見識過與懂得的方式發起報復。報復行爲是否承認道德底線？我想答案是就現實行爲模式而言是「不承認」——只有以牙還牙，以眼還眼，以邪惡報復邪惡，以荒淫報復強權。

她們選擇通過女性魅力間接掌控男性來報復男性強權，選擇以對於財富永無饜足的貪婪，來補償自己因男性強權而失去的鮮活肉體，與作爲女性內心的空虛。那結果便是我們如今所見的權力與性的融合，對於華夏土壤的污染，觸目皆是惡之花。我雖心有厭惡，女兒，卻不要誤會我的厭惡首先是針對那些選擇與權力以身體交易的方式發起報復的女性。絕對不是的。若無人首先清除那造成那不平等與不公的體制，那些惡之花只會開得繁盛。我相信天良未泯之人不會選擇首先譴責她們。我的感受在此處也可與當年那些爲病退而「造病」的知青類比，那些知青「造病」的手段確實是欺騙，但與那些官一代子弟可以藉父母權力而「正大光明」地奉調返城的場景相比較，究竟何爲根？何爲源？何爲弱勢一方？如今，大陸國人的是非黑白之分混亂不明，道德觀念顛倒且各式詭辯盛行。對於如此墨染的泥淖，是否也應追問，何爲根？何爲源？誰是受害人？

女兒，孩子們，讀到這裡你們是否會頗爲沮喪？難道偌大華夏土地如今已經全無淨土？全無純眞透明的男女之愛可以存身？當然不是的，孩子們。我看到自改革開放開始，一個多元化的大陸社會曾經開始勃興，華夏土壤中生出了更多自由的靈魂。官場並非是年輕一代惟一期望的去處，許多「單位」亦不再有將雇員作爲終身附屬的權力，於是少年人便有了更多憑藉自身能力或興趣，選擇人生路徑的可能。我讀過一本散文集[7]，講述一群選擇去作流浪歌手的少男少女。他們大都是內陸城市的孩子，卻在少年時拒絕那墨守成規的人生路——讀書，考學，畢業後去做規規矩矩的白領，而是想嘗試作「天涯刀客，浮石散人，江湖遊俠，流浪歌手」，背起自己的吉他去看蒼山洱海，去雪域高原。他們不想讓他人擺佈自己的人生，他們不心儀安穩牢靠的未來。「以夢爲馬，不負韶華」，這是詩人海子的心願，其實有相同心願的不只海子一人。在麗江、瑞麗、拉薩……，他們是街頭賣藝的歌手，唱他們心愛的歌，戀上他們一眼萬年的姑娘，也爲街道上行色匆匆的行人，帶來一時的熱鬧或愉悅。幾年之後，其中有人決定駐足在心儀的小城一直唱下去，爲獲得些穩定的收入同時，也擺小食攤或經營小酒吧；有人與熱戀的姑娘在某鎭子裡安了家，雖只是個竹棚，竹棚簷下也有家的味道——臘肉烹煮的香味。也有人嘗試後決定返回家鄉城市，加入規規矩矩的白領隊伍。

女兒，我寫出他們的選擇，並非是想鼓動你去做流浪歌手。我只是想說，其實無論嘗試的結果如何，只要是自己選擇遠離那製造邪惡的權力與誘惑，選擇乾淨清白的人生路就好。如此，在花甲之年回想人生起步之時，不致心中只有遺憾。我在A國法學院讀書時，結識過一個本地姑娘，她告訴我她高中時癡迷導遊行業，畢業後便去沿黃金海岸行走，靠作臨時導遊或酒吧餐館打工賺錢養活自己。她的父母雖不贊同卻也不曾阻攔，他們任由她享受選擇的自由。兩年之後她結束流浪，重入大學課堂，選擇成爲環境法與海洋法律師。我羨慕她少年時獲得的自由，那使她有足夠的時間，去發現她自己的興趣與關注所在。相比我結識的A國女孩，我們一代在集權體制的大陸中國出生，在懵懂年歲即毫無準備地被扔進文革煉獄，繼後作爲城市垃圾一般丟入綠皮列車中，在倉惶中摸索何爲人生，急於尋找走出困境的路，爲擺脫一個困境而陷入另一個困境，又常是在岔路口誤入歧路。我們一代如同永遠在躲避獵人的獵物，從無主動選擇的機會。你們是更幸運的一代，所以，女兒、孩子們，恰是韶華歲月的你們，不要辜負自己的幸運，永遠不要在嘗試之前，便將自己的自由選擇權利輕易放棄。

我也看到習氏主政後，大陸中國的多元化氣氛承受集權壓力。身爲「第一尊」，習氏力圖將已經多元化的社會拉回舊路，重新成爲小民面前只有「華山一條路」的集權化體制。他亦是心心念念要複製毛氏體制、重作萬民心目中如神祇般的帝王，不過我相信那只是他的妄念。華夏小民如我們一代，經歷過文革的爛尾，又眼見了改革開放帶來的種種人生可有的選擇與欣悅，即使是不得已而對其口稱萬歲，也必定是會心口不一。不過我會擔憂，女兒，你們是未經歷過文革歲月的一代，沒有對比，不知文革之前與其間時，小民的人生艱辛與不自由，因此是否會被那些鐮刀斧頭旗下的豪言壯語所欺騙？我惟願自己只是杞人憂天。女兒，孩子們，你們有幸成長受教於八〇年代，脫離了那蒙眼的紅布，又怎會不比我們一代更有智慧？

那數十年的改革開放也帶來新大陸的風，大陸中國社會也還是有了些新氣象，對於女性自己選擇生活方式的權利多了些尊重，對於同性戀也逐漸接納。女兒，孩子們，事實上我也確實見到如你們一代的多數女性更加獨立，甚至爲不願在婚姻關係中成爲「第二性」而選擇獨身。如今的大陸社會輿論也因親見眾多女性自立的現實而不再嘲諷獨身女性，甚至有了專用此語，稱「單身貴族」。其意究竟是褒是貶，怕也是見仁見智吧、不過無論如何，相比三〇年前那對於單身女性只有譏嘲羞辱的輿論，現在的社會已經是進步了，只是速度緩慢，進兩步退一步。我也看到你們一代對於「人爲刀俎，我爲魚肉」的強權方式治理的抗拒。例如習氏以鐮刀斧頭旗之名，祭出「不得妄議」的詔令，並爲此對網路輿論一封再封，一刪再刪，一禁再禁。網路輿論卻永遠是如野草生於原上，無論是草色離離還是草色鬱鬱，卻始終禁之不絕，桀桀傲立，野草之綠始終不絕如縷，肆意展示於習氏眼前。我想這網路世界是與你們一代的成長同步築成，在大陸中國，它的存在本身便是小民意志的另一種表達。它表達對於習氏對小民言論自由壓制的譏嘲與反抗。我也看到紅色政權機器在習氏治下，愈益貪婪地壓榨在王土上討生活的百姓，例如以各種名義增加稅收，或以各種名義徵收罰款，諸如此類，無不是官員的貪婪，意在將百姓口袋中的積蓄掏淨，納入國庫的同時亦等同於納入私人口袋，任由習一尊及其屬下爲滿足虛榮心——尤其是爲展現「上國風範」而作爲各種或毫無意義或名目荒謬絕倫的國際會議東主，大擺奢華國宴，等等。

不知習氏與其屬下是否尚記得，那小學時人人皆要背誦的古人詩，「誰知盤中飧，粒粒皆辛苦？」或是「朱門酒肉臭，路有凍死骨」？小民雖無法抗拒納稅或被罰款，因爲那只會增加他們的罪名。小民卻能創出人人皆心照不宣網路辭彙，對那紅色政權充滿譏嘲，例如自稱「韭菜」，而以權力掏淨他們口袋的行爲則稱爲是「割韭菜」。你們一代也很快領悟到，眼見「韭菜」生長得愈快，則權力便更加磨刀霍霍，加快地「割韭菜」。於是你們創出新詞，曰「躺平」，那意思便是「韭菜」不再生長。甚至網路上流傳的有更爲激烈地表達對毛氏與習氏抗拒的帖子，例如「下定你的決心，不怕我的犧牲。我須排除萬難，去爭取你的勝利」。這基於毛氏語錄所做的修改，直接對立於毛氏與習氏的帝王之尊[3]。二〇二二年五月中，將近這冊小書截稿，正值上海封城期間，又看到你們一代中人抗拒那些強行闖入你們自家門內，又強行以消殺新冠病毒的名義要在屋內噴灑不知何種「消毒水」的警員們。面對警員告誡「你們要想想後代」，他們決絕地宣說，「我們這是最後一代」。如此決絕的宣示，其蘊含之意呼之欲出——我們再也不和這個政權發生聯係，哪怕是從此絕後。他們出離憤怒，全然不顧悖逆那「不孝有三，無後爲大的千年祖訓」。聯想到我們一代人中曾做過的「毛選宣講」，我理解你們一代已經有更多敏悟，自覺或不自覺地抗拒大陸中國那再次興起的強權模式。不過我依然是心有擔憂的，如大老W數年前的歎息，「個人永遠鬥不過組織」。女兒，聯想到我的家族長輩，他們是醫生同時也是清末民初興起的大陸中國的民族工商業者。他們的創業路開啓是遠在鐮刀斧頭旗覆蓋華夏之前。他們創建的民族工商業，最終全部在中共建政之後，以「贖買」名義被收歸國有。如今習氏會選擇怎樣對待你們新一代中大陸中國的創業人呢？不知道工商界公認的「大哥」馬雲，最終會面對何種結局？

女兒，抱歉，原本只是想講敘「性」與「愛」的感悟，卻不免又牽扯到政治議題。其實身處一個集權一元化的體制中，在集權力圖掌控一切的國度，又有哪件事在集權者眼中眞的是閒事？我們一代少年時代的「性」與「愛」釀出的苦酒，又有哪一件不是由於集權與集權制下的紅色教育？那是我們生存的背景與底色。那黯沉的背景下，又能開出幾枝清瑩如玉的愛之花？

男女之愛本是天地間可談之不盡的話題。男女之愛曾藏在華夏千古詩詞中，其中有迂迴曲折，有泰然愉悅，有眷戀，有旖旎，有款款情意，有分手之恨也有不盡相思。其實文字即便是如山之高如海之深，又如何能盡數描畫人間男女間愛意？俗話說「人生一世草木一秋」，一人之命雖短，卻也會跟隨四時節序，春華秋實。我們一代人，回想我們的情愛之路，爲什麼大都只剩了「往事不堪回首月明中」這一句詞？在本應如春華初綻的少年季節，我們一代卻對於愛心全無領悟，甘願成爲偉人宏圖霸業的祭品，形如中蠱，殘暴無限度。我們一代人，步履顢跚苦尋出路時終進入青年與中年之交的季節，大都爲現實所迫，婚姻全爲稻粱謀，又有幾人遇到青梅竹馬夫唱婦隨的幸運？是誰剝奪了我們可以循常路走過人生的愉悅與安然？面對被他毀儘一生的舊日少年們，如今成爲一具軀殼睡在那座形狀拙劣的紀念堂中的毛氏，可是眞正地感到他帝王的尊榮與豐功偉業？

女兒，爲盡可能避免觸碰他人傷痛處，原諒我便以上面一句爲我們一代少年舊時男女之間的故事草草作結吧。作爲母親，自然會日日祈求我們一代所經歷的沉重與無望，便結束在我們一代，而你們永不會經歷；也祈願我們一代由於強權之力被扭曲人性的經歷，亦不會再重現大陸中國；祈願你們永不會成爲人性扭曲的一代；也籍以自己的一點點文字，祈願你們在成長爲少年的旅途中可怡然欣悅於那夜月幽夢、春風十里的少男少女慕戀之愛。

註釋

❶ The Meaning of Life, by Terry Eagleton, Oxford University Press, 2008.

❷《王國斌油畫知青系列》，文字引自《百度百科》。

❸引自《百度百科》：「旗爲内蒙古自治區特有的縣級行政區，即行政地位與縣相同。清代初年，仿照滿洲的八旗制度在蒙古地區設立旗作爲基層行政區，沿用至二十一世紀」。

❹見前註腳㊴。

❺引自《中國產業資訊網》2020-12-15文章，《中國結婚登記數量、初婚人數、再婚人數、離婚人數及離婚率分析》。不過其中數字遠低於文中舉例。原因或在於官方如今採用「烏鴉麻雀一鍋炒」的方法統計，將結婚率與離婚率綜合計算。

❻王佩英，知名企業家張大中之母，文革中因公然批評該運動而成爲「反革命」，並遭槍決。

❼《他們最幸福》，大冰著，中信出版社，二〇一三年。

❽毛氏語錄本是：「下定決心，不怕犧牲，排除萬難，去爭取勝利」。

結語——山的語言，失落了麼？

M市濱海，先生與我常去海邊稍坐。女兒，你知道他童年最美好的記憶，都留在他童年嬉戲的家鄉海濱沙灘上。他童年那座城市與M市之隔也是海角天涯，不過海水總是相通的，於是M市的海水亦如他的老友，「一日不見，如隔三秋」。其實我們去海邊既毋須衝浪駛帆，甚至無需游泳，只是面對海水靜坐即好。日腳雖已經西斜，陽光卻依然充盈於海上，將粼粼海水打碎成無數鑽石，鋪出耀眼的鑽石大道，從天際一直閃爍到淺水處，再細碎成道道柔和閃亮的水浪懶懶地拍打海灘。海灘上萬物都自由自在。有狗在海灘上撒歡地追逐海鷗，有小孩子嬉笑打鬧用樹枝逗弄狗，也有人在那淺水沙灘上褲腳半挽，自得其樂地在淺水中趟來趟去。二人雖併肩靜坐，心中卻可能是各有所思。面對海灘眾人熙攘，自己卻不免心中悵然，目光轉向海水與天際交界處，默默地向我的奶奶和父親打個招呼，因爲他們在人世的最後遺留——一盒骨灰，都最終葬入海中。在飄蕩的海水中，他們的骨灰將落在何處？是否會化爲碧色海草？或是化爲一簇珊瑚花，隨水波柔曼開合，洗淨舊日風塵？相信他們的靈魂在自由流動的海水中必定會重逢吧？我的靈魂亦終有一日會與他們重逢，亦會與姥姥和母親的靈魂重逢，雖然他們的骨殖未葬於海水而是化入土壤，其實又何嘗不是終會與自然融爲一體？還有我的姨與舅舅們，始終關照獨自留在帝都學校的我，我的靈魂又怎能不再與他們重逢？

女兒，我曾寫過，基督教的教義中沒有個人生命的輪回基督教的教義中，因而每個基督徒來到人世間便只有一生，不可期盼個人還有來世。不過人類代代相傳，這世間總有人選擇繼續擔負起那在正道行走的責任，那承繼往日繼續行走於途中的人，便相當於延續了那些故去的生命。

女兒，我也曾在「前書」中寫道，我少年時在日記中留下一段無厘頭的話。那是關於山的語言最終隱含在風裏，由風帶遍世界，人世間卻無從解讀，因爲那解讀大山語言的鑰匙已經丟失了。常讀到前人以山的形象比喻沉默或堅守，例如「不動如山」、「沉默如山」，於是山丟失了開啓山門的鑰匙。我在「前書」中還寫過，我們的前輩家人爲保護我們而選擇了沉默——如「行道樹」般沉默，且那選擇在類似家庭背景的長輩們幾乎是不約而同。我們幼時享受了他們以沉默換取的片刻清涼，片刻的童心如水，不過若無七〇年代末期遇有改革的窗口，我們也幾乎丟失了前輩們與我們一代間的精神、人格與風骨的聯繫。女兒，我寫過我悟到昨日之非，便不應再重複那沉默。我願將自身與我們一代的語言一同化爲文字，權作是留予我們的後人尋找解讀那個荒誕世界的千萬條路徑之一。

女兒，你是上天賜予我此生最好的禮物，也是我此生永遠的牽掛，我會永遠竭盡所能守護你的心靈。不過我知道，由於你自幼年被母親帶離華夏故土，直到如今中文對你還只是種口語，化成文字的中文，你還讀不懂，它們於你眼中或更像是些符號。不過沒關係，我的女兒，我相信有一天你會翻開書頁，試圖去讀懂那些符號，會理解這些符號中表達的領悟與情感。這些看似符號的文字中沒有假話，或許這些文字也同時屬於我們一代中某些人群。我相信那便是我們的心靈開始再對話之時，那或許也會成爲你與那片遙遠又接近的華夏土地開始重新認識彼此之時。詩人王鷗行對他的母親說，「如果幸運，文字結束處會是我們開始時」[9]

女兒，若是如此，這也就是我——你的母親——一生的幸運了。

後記　「不要問我從哪裡來」

此稿起筆時正值二〇二〇年，歲在庚子，是華夏傳統認定的大災之年。不知華夏古人是否確有預言的天賦，不過此一庚子年也確實正流行將載入全球疫病史的新冠疫病。疫情起自武漢，繼而全球流傳，疫病患者最終或可以數億計，死亡者已超數百萬。澳洲先是封城，直至封閉國境，以作防範。我們枯坐家中，一年有餘。不過這枯守家中的年餘間卻結下果實，我一直心心念念N年的兩份稿件終於成書。雖然原本期待的出版地是大陸中國，最終出版地卻是臺灣。自二〇一八年習氏在大陸中國修憲成功，得以終身坐於至尊皇座以來，兩地雖祇相隔一灣海水，卻是山川異域，甚至感覺連日月亦不同天了。

拙作《落花時節——記憶中的家族長輩》出版後，承蒙出版商有心，選了兩節放上臉書。我讀到其中有跟評，寫道這也可以成爲兩岸民間相互理解的一個管道。若確能如此，也是對我的勉勵了。龍應台先生的《大江大海，1949》，寫出當年許多家庭被迫拆散的人倫悲劇，其實當年的人倫悲劇的另一半——留在大陸之人，於一九四九年後爲此所遭遇的紅色政權的荼毒甚至遠甚於離去之人。兩岸中有許多人確實是血脈相連。例如我的二舅作爲軍校學生，於一九四九年隨校遷往臺灣。二舅已經去逝，但他的兒子——我的表弟，便永遠留在了臺灣。他出生就是臺灣人，對大陸中國的惟一瞭解便是那是他父親的故鄉。我可以理解臺灣年輕人，哪怕是父母來自大陸，也會與大陸愈益隔膜。大陸與他們而言只是距離遙遠的一片土地，因爲歷史的一個轉身，使得兩者發生了某種聯繫，甚至那歷史的面貌如今也漸行漸遠，愈是模糊不清。由於種種原因交錯，例如大陸中國的意識形態與洗腦疊加、大陸中共強勢的國際態度、臺灣不同黨派糾葛中的自覺或不自覺的洗腦宣傳，諸如此類，使得兩岸民間也形成諸多誤解，乃至相互之間心理與意識的壁壘高築。

於臺灣人而言，對於大陸人似乎是惡感逐年增加，似乎大陸人均是仗勢欺人，均是為中共搖旗吶喊的惡勢力。這惡感並非不可理解，但是這皆是源於大陸中國官方媒體的聲音，因爾又何嘗不是想當然的誤解？大陸中國十數億人，又怎可能僅存在一種心思？只是強權之下，他們有些是言不由衷，有些是默不作聲，但也有風骨猶存、公然對抗之人。自然也不能否認亦有中共的跟隨者，否則如何攀登權力階梯，獲得更多私利？拙作中寫下我們一代的少年歲月——先是被毛氏蠱惑為馬前卒，繼後又被棄之如垃圾。由於少年失學，許多人日子始終過得艱困，卻始終不甘放棄努力，尤其是竭盡全力給兒女最好的教育。我們一代中大多數如今只有普通人的心思，期待餘生平安，兒女平安長大，不再重複如我們一代的足跡。他們並非真心想要在任何戰爭中，再為滿足紅色帝王的野心而再度成為炮灰。我真心希望拙作可以使更多的臺灣人，瞭解我們一代的大陸中國人，我們一代的人生，或許也可有助於解構那大陸紅色帝國。無論臺灣人未來如何選擇——是獨立還是統一，我都希望大陸人與臺灣人心中不要塹壕深築，不要互相視為仇讎，而是可以平和地交流，見到各自小民的真相與真心，如同前生有緣的朋友。若拙作真的可以使臺灣人對於大陸平民的人生多些瞭解，自己也覺幸甚。

文革後大陸中國施行的改革開放，雖可說是始自七〇年代末，但大陸學界那時依然是駐留在漫長的冬季中，冰封雪埋。半是中共對文化界的開放，始終是「猶抱琵琶半遮面」，語焉不詳，再是人才凋零。例如前輩學人中的精華，文史界如陳寅恪先生，理工界如束星北先生，歷經「反右」與「文革」幾乎全軍覆沒。倖存者若論學養人品則是參差不齊。只以文科舉例，既有依然勇於為民主與文明發聲的資中筠先生；亦有延安時期的文人如丁玲，歷經「組織」數次整肅，對於中共依然是頌贊不止，不知是否可證明毛氏洗腦術並非全無功用？不過縱然是冰封雪埋，華夏文人的再度重生還是證明了「天氣有正氣」，且正氣即使是深埋於萬丈冰下，仍會如同火苗般融解冰凌，重歸人間。七〇年代晚期，融冰破雪首先見於文學界的一代新人，突破紅色文學八股的《今天》與《星星》，對於當年萬馬齊喑的文壇，如同敲打春季之門的首場豪雨，震撼力至今依然是學界永遠的話題。

及至九〇年代中晚期至千禧年初期，大陸中國學界已見草木生發，新的學人逐漸長成，開始從各個角度反思那過往歲月，對於中共意在自圓其說的一套標準說辭提出質疑，乃至否定，亦有學人提出憲政等體制議題。各類著述亦出現在大陸中國的媒體界與出版界，例如英年早逝的楊小凱與高華的著作，又如秦暉，一冊《走出帝制》引發無數大陸人思考（他本人在習氏執政後被，從清華大學開除教職，只得在華夏王土之外另尋落足之地）。這期間亦成為大陸學人，甚至包括文革中無端遭到折辱迫害的各行業人等，出版書籍的鼎盛時期，如同從雜花生樹的初春，進入繁花競放的仲春，本可期待有更多學人的分析與反思對於那「紅布」撕成碎片，直至還歷史眞面目，還一度神化的毛氏的眞實帝王面目。如此趨勢卻被習氏祭出鐮刀斧頭旗以強權斬斷，以黨之名義將輿論重新封禁。出版界更是受到嚴控，大陸中國一向是「上有所好，下必甚之」，編輯們審稿也不得不愼之再愼。許多文稿已經不允許出版，甚至某些已經出版的作品亦被詔令禁售，由於其傾向不符合一尊治下的政治正確。如我自己的書遭大陸出版社拒絕而轉在臺灣出版便是實例。

臺灣與大陸中國間的交往，在過去多是見於商務，兩岸人文學界無論官方還是民間的交流則不多見。大陸中國人若在境外出版書稿，也多選擇香港爲出版地。香港本是言論與出版自由的化外樂土，於二〇二二年被紅色政權強行奪去言論自由。如此，若大陸中國學人（或如我一般的業餘寫手）希望出版試圖講幾句眞話的中文作品，則唯有選擇臺灣。臺灣逐漸成爲大陸中國學人出版中文著述惟一可選的化外之地。我留意到這幾年大陸作者將出版地選在臺灣的已經逐漸增多。自八〇年代中期，臺灣作家著作登入大陸中國，例如高陽先生的著述幾乎流行到家家必有。如今則見到反向流動，習氏治下的大陸中國作者選擇了臺灣出版。他們藉此機緣重新認識了臺灣，那個遙遠卻又與他們之中許多人有千絲萬縷血脈聯繫的島，那片化外之地，言論自由之地。且通過臺灣出版界的努力，他們的著述可以走向世界，唯獨被禁止回到家鄉——大陸中國。這樣，習氏的禁制令使大陸人通過臺灣向人間講出眞心話，或許也使臺灣人得知他們對於大陸中國紅色政權的眞實看法。想必這是一尊想不到的結果，與其願望更是南轅北轍。我願這一趨勢繼續下去，使得臺灣人與大陸中國的讀書人有更多溝通。

寫到此處想起兩件舊事，似乎都與人之間是否可有溝通有關。我住在M市。M市的有軌電車亦可看作是城市名片之一。四通八達的老式有軌電車，配了極舒適的新車廂，甚至新冠大疫封城期間，也始終正常行駛，按部就班地通過寂靜無人的街市，似乎是宣示M市的活力仍在。大疫之前，有軌電車是M大學生最常用的交通工具，由於「條條大道通羅馬」——每條經過城市中心的有軌車都會經過M大。我的家鄉近M大，大疫前一年的某日我乘坐電車時，見一對年齡接近中年的華人登上電車，略顯拘謹，似是新到M市的大陸人。二人顯然對於M市的電車不夠熟悉，又對自己的英語不夠自信，便左顧右看，最後看到一排座位上一對女孩，華人相貌，約是大學生的年齡，正以華語聊天。一對中年人便先拘謹地問候，之後問他們是否講「中文」。二人點頭後，那對中年人向她們確認是否此條線路會到M大，確認無誤後便客氣道謝，之後在M大下車。他們下車後，其中一個女孩語氣冷冷地道，「我們雖然說中文，我們可不是中國人」。她有意拉長「中文」二字，語含譏諷。我即刻明白她們是臺灣來的留學生，心中有意識地與「中國」分割。將華語稱爲「中文」，使得她們心中即刻生出反感。我理解兩個臺灣女孩的意識，但對她們如此「步步設防」的心態卻有些遺憾。問路的二人顯然是新走出大陸中國，完全缺乏對臺灣人心理意識的瞭解，他們更未意識到「中文」二字，對於臺灣新一代可能隱含何種敏感資訊。「中文」二字於他們只是習慣用語，並非有意挑釁。是否如此的誤解可以通過溝通而消除？是否會有機會使臺灣人與大陸人可以多些相互理解？

前面提過，幼時聽過巴別塔的故事，其實我想上帝並非是想讓世人從此相互不能溝通，而是想說明語言並非是人類唯一的溝通管道。溝通在於先要有善意，有眞誠，說眞話，懷有相互體諒與悲憫之心。在大陸中國，平民並不能左右政府，而政府之言其實也未必代表民意。十四億國民也可看作是被政府綁架的人質，龐大的人口數字，使得紅色政府似乎聲威赫赫。其實那政府如今在大陸人心中剩有多少信譽？我眞心希望臺灣人可以將大陸中國出來的每個人看作是個人，而並非是大陸政府的一個符號。這些人雖然默不作聲，但可能有異於政府的想法。嬰兒於人世落地，他們無法事先選擇自己生於何處、何國，或者是何種族。生於集權體制的大陸中國可能是種不幸，卻並非是那十四億平民的錯。

第二件事則是數年前，我隨先生一同去台南。緣由是先生藉當年傳教士的古荷蘭語《聖經》中的記載，將台南一個部族已經失落的語言重新解讀出來。該部族便邀請先生與我同去台南開語言學研討會，亦表達謝意。我對語言學是純粹的門外漢，在先生演講時，便自覺地坐在最後一排，避免打擾別人。午飯的間歇時，我也並未湊到被本地學者圍住的先生身旁，只是獨坐。一位與會女士端了飯盤坐在我身旁，互道問候。她的氣質介於教員與行政職員之間，大陸中原一帶人的相貌，一身規規矩矩的辦公衣裙。我一向不善應酬，一時不知該如何找出話題。她卻看定我，笑容滿面，直截了當，問，「看到你，感覺你很nice（原話是「You look nice」）。你一定是我們的人（「You must be one of us」）。你從哪裡來的？」我思忖，她的「我們」到底是怎樣定義呢？必定是專指某一類人，但是究竟是哪些人呢？我自幼便學得待人禮儀阻擋我直面反問她「我們」是指誰，又不願敷衍或騙她，便答道「我是澳洲人，但原本是從大陸移民到澳洲」。她臉上的笑容霎時間收起，再不發一言，端起飯盤去另尋座位。到此時，「我們」二字的特定含義自是不言自明，即凡是生於大陸中國之人均排除在「我們」之外，是不受歡迎之人，須分割清楚。此一偶遇不免使我聯想起大陸中國的「階級論」，兩者似可一比。毛氏「階級論」將人群切割為「自己人」與「異己」，「自己人」對於凡歸類為「異己」之人，則理所當然地須鄙視之，羞辱之，遺棄之甚至屠戮之。人類間難道一定築起塹壕嗎？

晚上部族留我們過夜，與我先生繼續探討如何讓族人學習重新發現的部族語言。晚飯後有個男生走近，自我介紹他是志願者，協理會議雜務，問我這個閒人願不願隨他去看這裡有名的「螢火蟲谷」？我求之不得，借月光照明跟隨他走過草間小徑，再穿過一片雜樹林。他在一株老樹後駐足，輕輕說，「時間正好」。如同是他的聲音喚醒了萬千螢火蟲，霎時間一團團如霧氣般數不清數量的螢火蟲掛了小燈，一閃一閃地從草間升起，自由自在地飄蕩在樹葉間，在我們頭頂上，升起又落下，又再次拂過我們，飄起在林間，小燈閃爍如一團團柔和閃爍的霧氣。我從未見過這麼多螢火蟲聚在一起的情景，如雨如霧，如夢如幻，一時真是呆住了。他見我盡力屏住呼吸，便輕聲說「喘氣嚇不到它們的，別怕」。回程時，他說大陸遊客見到螢火蟲也很喜歡，大多是大跳大叫來表達，沒想到我居然這般安靜。不過與白天的女士不同，那男生語氣溫和，不過我還是暗中為我的故鄉人臉紅。我理解當地人崇敬自然，對於大陸遊客的魯莽必會不悅。不過我也理解大跳大叫，或許是大陸國人學到的唯一表達感情的方式。

華夏傳統待人接物的方式與規矩，都被文革攔腰斬斷，至今未能恢復。我們一代與我們的後代因而在許多異國人眼中，都是最粗魯無禮的人群。不過如此的自辯，若說出來，只怕是他人難以理解，反而是自取其辱。我只能默不作聲地一笑。不過只是鄙夷、指責，或將生於大陸中國之人皆劃在「我們」之外，便可以改善他們麼？還記得有位先哲之言的大意是行善不易，但改變惡行要難於行善的百倍。雖然如此，改變惡行才是最大的行善。見識過「階級論」的惡果，我真心希望無論是誰，都不要為他人劃出類別，將其歸列入另冊。生於五〇年代的大陸中國或許是種不幸，但出生於何處並非出生者之錯，因為我們一代中無人可以選擇生於他處，或生為其他種族。無論「我們」還是「他們」都是人類，真的不能嘗試溝通麼？對於生而不幸的人，或許更應多些善意與理解。語言雖是人類溝通的管道，但即使可說同種語言亦未必可以溝通，因為溝通需要心存善意、真誠與悲憫作為基礎。

《不要問我從哪裡來》的歌詞，出於台灣作家三毛手筆——「為了天空飛翔的小鳥，為了山間清流的小溪，為了遼闊的草原，還有，為了夢中的橄欖樹，不要問我從哪裡來，我的故鄉在遠方」。這首歌至今風靡大陸中國，超過半數大陸人都知道，也都喜歡，其實分於兩地之人並非都是心意不可相通。前文寫道，我無法選擇出生於何處，或出生為何種族，生於大陸中國非我的選擇，亦非我之過錯。我也曾行走過許多國家，遇到形形色色的同事或旅人。在某種意義上，我們都在同一個星球上，為各式各樣的原因流浪其間，遇見陌生人亦不免隨意交談兩句。接納與不接納，友善與偏見，永遠是避不開的溝塹，是否可以試試跨越其實全在人一念之間。在流浪的途中，真心希望任何人遇見我首先「不要問我從哪裡來」，更不要因為我的來處，便頃刻間將我劃入另類，或藉此來評判我。這與毛氏宣導的將人「分類」管制，是否是邏輯類似？為什麼不可以試試問「喜歡什麼」或「不喜歡什麼」？實際上，許多人即使在本國亦是終生過著流浪的日子。由於種種原因，他們成為終生的流浪者，即使身處人群中亦會感到寂寞。如「一生負氣成今日，四海無人對夕陽」的陳寅恪先生，亦如「多隱痛，淡虛名，天馬要行空」的聶紺弩先生。我真心希望我們無論落腳何處，遇見何人，都不要只被問是從哪裡來，只是——「為了夢中的橄欖樹」。

我夢中的橄欖樹是和平之樹。蒼綠的橄欖樹枝葉，將和平與安寧的訊息，傳遞於所有劫後餘存的生靈。

註釋

❾《此生，你我皆短暫燦爛》，王鷗行，時報文化出版社企業股份有限公司，二〇二一年三月。

國家圖書館出版品預行編目資料

寂寞舟中誰借問：我們的「人之初」爲誰殉葬 / 逸之著. -- 1版.
-- 新北市：華夏出版有限公司, 2022.09
面；　　公分. --（Sunny 文庫；268）
ISBN 978-626-7134-52-8（平裝）

855　　　　　　　　　　111013044

Sunny 文庫　268

寂寞舟中誰借問：我們的「人之初」爲誰殉葬

著　作　逸之
印　刷　百通科技股份有限公司
　　　　電話：02-86926066　傳眞：02-86926016
出　版　華夏出版有限公司
　　　　220 新北市板橋區縣民大道 3 段 93 巷 30 弄 25 號 1 樓
　　　　電話：02-32343788　傳眞：02-22234544
E-mail　pftwsdom@ms7.hinet.net
總經銷　貿騰發賣股份有限公司
　　　　新北市 235 中和區立德街 136 號 6 樓
　　　　電話：02-82275988　傳眞：02-82275989
　　　　網址：www.namode.com
版　次　2022 年 9 月 1 版
特　價　新台幣 420 元　（缺頁或破損的書，請寄回更換）

ISBN-13：978-626-7134-52-8
《寂寞舟中誰借問》由逸之授權華夏出版有限公司出版繁體字版